夏の坂道

村木 嵐

潮文庫

目次

夏の坂道

装画：村田善子
装幀：仁川範子

序章

楠

暗い夜道を大きな月が照らしていた。

二歳になった繁は、母の背中からその月を見ていた。

「お母さん、あのね。お月様がついて来るよ。さっきからずっとお母さんを照らしている」

母が笑ったのか、その背が小さく揺れた。よいしょと繁を背負い直して振り向いた。

「そうですよ、繁さん。お月様はいつもごらんになっていますよ。だから人は悪いことはしてはいけません。昼のお日様と夜のお月様に恥ずかしくないように、繁さんも立派な大人にならなければね」

母の頬に手を伸ばすと、ぽろぽろと涙がこぼれていった。母は笑い皺を刻んで泣いていた。

「どんなに辛いことがあっても、しっかりと顔を上げて前を向くことですよ」

母の背は日なたの布団のように温かく、繁はうとうとして目を閉じた。返事をしたかは分からないが、母と月に守られて心は安らかだった。

「お気づきになりましたか、総長」

昭和三十二年師走（しわす）、南原（なんばら）繁は香川県東部、大川郡引田（ひけた）町の屋敷の一室で目を覚ました。十一月に東京を出て津山、岡山、高松と講演を続け、故郷の相生（あいおい）で演述を終えたところで意識を失った。心筋梗塞を起こして長く眠っていたという。

座敷を見回すと、おぼろげに記憶が戻ってきた。今年、南原は夏に原水禁の世界大会で講演し、秋に大著を出してすぐこの長い旅に出た。東大の総長を辞したのはすでに六年前だが、ほとんど休みも取らずに仕事をしてきたから、無理がたたったのかもしれない。

傍らで白衣の医師が点滴を調節している。

「失礼だが、沖中（おきなか）先生ではありませんか。たしか東大で幾度かお会いしましたね」

ゆっくりとそう言うと、医師は顔をほころばせた。どうやら呂律（ろれつ）は異常がないようだ。

「さすが、一度見た人の顔はお忘れにならんという噂は本当ですね。よくお分かりくださいました、東大の沖中です。これだけしっかりしておられれば、あとは日にち薬ですよ」

医学部の教授を務め、南原が総長をしていた昭和二十年代に何度か教授会で顔を合わせたことのある冲中重雄だった。

冷厳な整った容貌で、年はたしか南原より一回り下のはずだ。第二内科の助教授をしていた終戦の年、陸軍に志願して少尉になったが、戦後はまた東大に戻り、四十過ぎという若さで教授に就任している。

指導はとても厳しいと聞いたことがあるが、じつに労りに満ちたいい笑顔をする。

「しかし東京においでの先生が、なぜここで私の治療をしてくださっているのでしょうか」

「ああ、それは」

ふっと冲中の顔がゆるみ、点滴から手を離して枕もとの椅子に腰を下ろした。

「全学連闘争のときに総長が退学処分にされた斎藤浩二君たちを覚えていらっしゃいますか。彼が、総長がお倒れになったことをラジオで聞いたというんですな。それで悦子さんともども私のところへ駆け込んで来ましてね。航空券を握りしめておって、今すぐ香川へ行けと」

悦子というのは南原の四女だが、斎藤といえば共産党と結びつき、反レッドパージ、反朝鮮戦争を叫んで学内に闘争を持ち込んだ学生だ。世間は今、安保改定が三年後に迫って騒がしいが、あのときは安保条約の調印で学内が揺れ、東大は初の退学者を出したのだ。

　だが斎藤たちは結局、学究の徒だったから、大学を去ってからは南原のもとを私的に訪ねていた。

「総長は学生たちからずいぶん慕われておられるのですな」

「戦前に比べれば、闘争を持ち込む学生が軍隊とつながっとるなんぞということはなくなりました。教師が教師らしく学生と向き合える、良い時代になりましたよ」

　それにしては少し騒がしすぎるようだと、南原は目を細めた。まだ南原が法学部長になる以前、日本が戦争に向かっている頃は、千人からの軍隊に住まいを包囲される二・二六のような事件が頻発して、論文を発表するのも命がけだった。

　あのとき軍部に言論をもって勇敢に立ち向かったのは経済学部の矢内原忠雄教授で、南原は次の総長職を彼に譲ることができて本当に満足だった。

　南原は大きく息を吸ってみた。長年の疲れの澱が表へ出てきたように体が重い。

「それにしても沖中先生といえば、石橋総理に退陣を決断させた神経内科の第一人者だ。それを私などのために、四国まで出向いてくださるとは」

　沖中は石橋湛山が体調を崩した今年の初め、絶対安静を説いて組閣後すぐに総理を退かせている。

「何をおっしゃるのですか。あの戦争で私たちは皆、生き方さえ見失った。それを総長の演述でどれほど力づけられたことか。総長はまさに日本国民の恩人ですよ。こうして診察させていただけて、その万分の一でもお返しできたとすれば、私も医者冥利に尽きるというものです」

南原は黙って頭を下げた。心底有難いことだった。

「総長のおっしゃった全面講和なども、斎藤君たちではないが、まさに正論だと思っておりました」

「吉田総理には曲学阿世の徒と罵られましたがね」

南原と沖中は笑い合った。新憲法の絡みで吉田茂と論争になり、長いあいだ新聞を賑わせたのは誰もが知る有名な話だ。

戦争が終わり、日本は明治憲法にかわる新しい憲法を持った。第九条で戦争放棄をうたう世界に先駆けた平和憲法だが、南原は国連加盟もにらんで戦力不保持には反対だった。アメリカとの単独講和も、今のような東西冷戦下では反対せざるを得ないと考えたが、それが吉田とは真っ向から対立した。

「しかし全面講和は、あの後すぐ朝鮮戦争が始まって瓦解しましたからな。私のやってきた政治哲学なんぞは、からかうように現実に足を掬われて、まるでいたちごっこですよ」

南原は静かに天井へ目をやった。年が明ければ南原ももう古稀だ。明治憲法の出た年にこの地で生まれ、学者の道を歩いて五十六で東大の総長になった。太平洋戦争には翻弄（ほんろう）されたが、新憲法や教育基本法の公布に携わることができた自分の人生は、たしかな手応えのあるものだった。

「沖中先生は、人生最初の記憶はいくつのときでしょうな」

　沖中はちらりと顔を上げ、診察簿のようなものにまた何か書き込んだ。

「そうですね。あるときふと気づいたら、ちゃぶ台を囲んで家族皆で食事をしていましたね。まだ金沢にいた時分ですから、二つ三つではなかったでしょうか」

「そうですか。それなら私の記憶も正しいのかもしれませんな。二つのときに母が離婚しましてね。自らすべてに始末をつけて、私をおぶって沃野（よくや）の一本道を帰ったのですよ」

　母きくは大きな商家に生まれたが、幼い時分に家が傾き、近在の娘たちに裁縫を教えて暮らしを立てた。一人息子には地元で教員になることを願っていたが、南原が東京で勉強したいと言うと、篤志家に援助を頼んで一高（いちこう）へ入れてくれた。

「母は学もない、貧しい田舎の出でしたが、儒教を地でいくような見事なところがありました」

　きくは芯の強い思慮深い人で、六十を過ぎて一大決心をして東京へ出て来た後は、息子に説教のたぐいは一切しなかった。南原が子供たちに聖書を読み聞かせるときはいつも上機嫌で輪の中央に座り、晩年は自身もキリスト教徒になった。

——私は教理は分からんですが、繁さんが信じておられるなら間違いはなかろうから。

不平など口にしたこともない、誰からも慕われた母だった。南原は母の清貧な生き方に幾度もキリストの姿を見た。

「戦争の始まった年に死にましたが、今の日本を見通していたような気もしますよ」

「終戦から十二年ですか。総長がここまで国のために働かれることも、ひょっとしたら分かっておられたかもしれませんね」

新憲法に安保条約に、昨年はついに国連加盟まで果たしたと指折り数えて、冲中は微笑（ほほえ）んだ。

「総長はつねに我々の羅針盤でした。戦前は軍部と闘い、戦後は内閣にもＧＨＱにも屈されず、本当に頭が下がります」

これからは少しゆっくりされてと言いかけて、いやそれは無理だなと、鼻の頭を掻くようにした。

「総長の新憲法に対するお考えは、まことに国の宝だと思いました。憲法九条の理念は大切でも、独立国家として自衛権を放棄するとなると、自ずと問題が違ってくるのですね」

「個人としては自分を殺して他人を生かすことができても、国家レベルでは不可能ですよ」

「ああ、なるほどですなあ」

　冲中はしみじみとうなずいた。だが南原はため息が出た。

「私など、何もできなかったのかもしれません。とくに戦前はひどかったですな」

「いいえ、総長には日本人としての矜持を取り戻させていただきました。紀元節に日の丸がひるがえっているのを見たときは私も涙が出ましたからね」

　冲中が言ったのは、終戦から半年後に南原が東大に国旗を上げたことだった。当時日本はアメリカ軍に占領され、国家行事は自粛する雰囲気が強かった。その中で南原は東大総長として正門に日の丸をかかげ、戦前の軍国主義と国旗は別物だと堂々と宣言した。ここでこれから日本の歴史や文化を担っていくという気概もこめていた。

　あの頃は戦前の日本をまるごと否定しようとする思潮ばかりで、政府は終戦わずか七カ月で新しい憲法案まで発表した。教育勅語などはもっとも槍玉にあげられたものの一つだが、理念自体には誤りなどなかった。それを軍の一部が独自の解釈で濫用したことがあの不幸な戦争を巻き起こしたのだ。

　明治憲法も教育勅語も、九条を含む新憲法の理念も、日本が世界に誇るべき平和の真理だ。だが個人が誤りを犯すのと同じように、ときに国家は道を踏み違える。どんな理念をかかげても、結局はその用い方による。

　だからそれを支える次世代の教育が肝要だ。そのために南原は渾身の力をこめて教育基本法を作り、教育勅語にかわる新しい教育の理念を立てた。

　だが終戦から十年も経たずに人類は水爆実験にまで成功し、次に大戦が起これば世界は滅ぶという瀬戸際に立たされている。今、戦争を抑止しているのは、広島と長崎のあの言語を絶する犠牲に他ならない。

「冲中先生。私は明治憲法公布の年に生まれたのですよ」

「その総長が新憲法と深く関わられたのは、なにか日本にとっても象徴的ですね」

「香川では十二のときに教員の免許を取りました。東大の教授で小学校の教員資格を持つのは私だけでしょうなあ」

　冲中は愉快そうに肩を揺すって笑った。

　今回南原は九歳のときの『我ガ望』という自らの綴方を見る機会があったが、そこには他国に渡って学を修め、教育の法を進歩させて国益を広めたいと書いていた。自分では何も思い出せなかったが、今になってみれば幼い日の覚悟と大差ない生涯を送ってきた。ヨーロッパでマルキシズムもギリシャ哲学も学んだが、根は漢籍や母に支えられ、ずいぶん遠回りをして戻って来たようでもある。この年で故郷へ帰ってそう思うのだから、人間というのは面白い。

「政は正なり……」

南原がつぶやくと、冲中は考え深そうな眼差しをこちらへ向けた。

「論語の一節ですか」

「ええ。そう信じるしかないと思ってやってきたが、きっとこれも真理の一つでしょうな」

「総長のなさってきた学問は、現実の政治と切っても切り離せませんからな。だから戦前は、軍部と対峙せざるを得なかった」

「政治哲学や政治思想史は、本来、行政とは縁の遠い学問のはずだったのですが」

冲中は診察簿を閉じてサイドテーブルに挿し込んだ。

「総長はもう何の心配もいりませんな。ただし、お仕事は当分おあずけですよ」

ちょっと皆さんを呼んで来ますと言って冲中は部屋を出て行った。


南原は掛け布団をつかんで軽く身を起こした。ここは引田町の名士、長崎氏の離れで、同じ中学に通っていた縁で十日あまりも世話になってきた。急を聞いて東京から妻と次男が駆けつけたというが、南原は何も知らずに眠り続けていた。冲中によると、あと一月ほどはじっと寝ていなければならないという。

思いがけないことになったが、周囲にここまでしてもらえたのはきっと亡き母の賜物だろう。きくは田畑に人影を見れば一礼してから歩けと教えた人で、精一杯の暮らしの中で病の隣人を引き取り、看取ることまでした。

今回の旅でも、きくに裁縫を教わったという女性たちが涙にむせんで南原に会いに来てくれた。母が無心で蒔いておいた種が、回り回って南原の身を助けたのだ。

瞼を閉じて布団の下で手のひらを合わせたとき、部屋のドアが開いた。

「お父さん、まったく大変な騒ぎだったんですよ。気丈なお母さんが泣かれたので、僕は面食らったのなんのって」

まくしたてて入って来たのは次男の晃だった。東大の四年になり、日銀に勤めることが決まっているが、大きななりをして取り乱してくれたかと思うと、南原は笑みが浮かんだ。

「博子は？」

「ここにおりますよ」

晃の後ろから妻がそっと顔を出した。

「あなた、まだしばらくはご無理をなさってはいけないんですよ。さいわい長崎様もこの離れはふだん使っていないとおっしゃいますし、もう少しお言葉に甘えましょうね」

「だが、それはなあ」

「仕方がないですよ、お父さん。僕は安心したから一足先に東京へ戻りますけどね」

晃は椅子を寄せてきて南原の手を握った。

博子が枕元に腰を下ろし、互いに目顔でうなずくと、南原もようやく安堵が広がった。

「あなた、福家先生のことですが」

「ああ。残念だったが、最後にお目にかかれて良かったよ」

南原は息をついて微笑んだ。

福家幾太郎は中学時代の恩師で、南原は今回の講演旅行でも当時の同窓会をいちばんの楽しみにしていた。だがその前日、南原たちが自宅を訪ねて間もなく福家は亡くなった。福家は南原が戻るのを待っていてくれたのだ。

病床の福家はそれは嬉しそうにかつての教え子たちを迎えてくれた。教師として数十年を経て、教え子から変わらず慕われるのは稀有なことだ。福家が満足そうに白髪の教え子たちを眺めていたあの表情こそ、福家の尊い一生の象徴だった。

「十年前に総長になって戻られたとき、あなたが福家先生に傘を差しかけなさったと、皆様が今も感心して話してくださいますよ。東大の総長なのに少しも偉ぶらない、じつにご立派な方だと、私まで褒めていただいたようでした」

博子は南原の額にかかった髪を整えた。

「故郷で講演をさせていただけるなんて、本当に良かったですね」

「そういえば福家先生の名前は、僕もお祖母様から聞いたことがあるなあ」

晃は南原の布団の上に肘をついた。きくとは長く一緒に暮らしていたので、晃も幼いときはよく膝に乗って話を聞いていたものだ。

「でもお祖母様はおよそ人を悪く言ったことのない人だったから、じつのところは分からないんだよな」

茶化すような顔つきになっているが、きくは全くそんな人だった。村の大樹に手を合わせ、何にでも感謝する姿を見て育ったから、南原は宗教的なものを受け入れる素地があった。

「だからお父さんも、人の批評はしても誹謗には至らないんだな。舌鋒が甘い」

南原は目をしばたたいて息子の顔を見返した。

「それがお父さんの批評における限界だよ」

ふざけてぺろりと舌を出し、南原は妻と同時に噴き出した。

晃は膝に手をついた。

「よし、お父さんももう大丈夫のようだし、僕はついでだからお祖母様の家の辺りを見せてもらって来ますよ」

「父さんは風呂敷に教科書をくるんではすに掛けてな、往復六里を下駄で通ったんだぞ。晃もやってみるかね」

「わ、冗談じゃありませんよ。でも歌碑はせっかくだから見て来ます」

晃はあわてて立ち上がった。

故郷を一望する峠道に南原の歌碑が立っている。南原は半生、日記がわりに短歌を詠んできたが、今回その一首が刻まれたのだ。

晃はもう一度南原の顔を覗き込んだ。

「お父さんもだけど、僕はお母さんの評判がいいのに驚きました。良妻賢母の鑑なんて古い言葉だと思ったがなあ。せめて賢夫人ぐらいで止めておいてほしかった」

博子が困ったように顔の前で手を振っている。

「でもね、お母さんまで看病疲れで倒れたのには参りました。お父さんは、お母さんのためにも早く元気にならなけりゃ」

南原は静かにうなずいた。

「大きな楠があるぞ」

ドアの手前で晃が振り向いた。

「お祖母様がずっと拝んでおられた御神木だ。お父さんのかわりに挨拶してきてくれないか」

「へえ。じゃあ僕と兄さんの名前のもとになった木だな。うん、そうします」

晃は軽く手を挙げて出て行った。

南原家は江戸時代をずっと楠の姓で通した旧家だが、母の祖父が一存で南原（みなみはら）に変え、きくはそれをずっと残念がっていた。だが一高では皆から自然になんばらと呼ばれたので、南原は自ら新たに家を興すつもりで今の姓で来た。

だからきくが手を合わせていたというのも、楠などはどこにでもある木で、万事信心深かったきくがそうしていたにすぎない。ただ母の真心で繁という名をもらったから、南原も息子たちは楠にちなんで実（みのる）、晃とした。

博子は廊下まで晃を送って戻って来た。

「やっぱりお義母（かあ）様が守ってくださったんですね」

「そうだな。昔、提灯（ちょうちん）行列をしたときの夢を見たよ」

「まあ、可愛い。あなたも提灯を下げて歩かれたんですか」

南原が十三のとき、通っていた大川中学の校舎が竣工し、全校生徒で提灯を振って町を歩いた。それまでの質素な分校が大きな建物になり、嬉しくて大声で歌ったものだ。

日本人は空気に酔うとでもいうのか、よく浮かれる。提灯行列はその後も、日露戦争に勝ったときに村総出で神社まで練り歩いた。

「お義母様もご一緒でしたの？」

「いや。だが辻に立って、嬉しそうに眺めていたかな」

「お義母様は控えめな方でしたものね」

南原は微笑んだ。自分のために生きようとしたことはなく、幼い南原を家長として扱い、自立心を養ってくれた。その半面、家に縛りつけず、東京へもやってくれた。もし母が教育の尊さを考えない人なら、南原はずっと四国で暮らし、ヨーロッパなど見ることもなくこの年になっていただろう。

「それにしてもずいぶん心配をかけた。すまなかったね」

「ええ。そのままということもある恐ろしい病気でしょう。東京では皆さん、祈禱会(きとう)を開いてくださったのですよ」

「それは有難いことだな」

南原は学生時代に新渡戸稲造(にとべいなぞう)や内村鑑三(うちむらかんぞう)の薫陶(くんとう)を受け、一見非合理的な宗教の霊性を深く信じていた。福音(ふくいん)中心だから教会には通わないが、祈禱を重んじ、聖書を熱心に読んできた。政治学者として宗教と平和を結びつけて論じてきたのも、政治上の最高善こそ平和だからだ。

そして真実の宗教ならば宗派を問わず、人は神の前に平和を守る責任を持つ。

「世界の絶対平和も信仰によってのみ可能になるだろうな。憲法以上に」

ベッドに起き上がろうとすると、博子があわてて止めた。この病は壊死(えし)した心臓を補うべく新しい血管ができるのを、横になって辛抱強く待たなければならないという。

南原は太い息を吐いた。自分にはまだまだやらねばならないことがある。

終戦の明くる年に公布された新憲法は、占領下に制定されたGHQによる押しつけだという議論がしつこくあった。だが上から一方的に与えられた憲法だとすると、条文の一言一句が問われる事態になれば、人々のあいだから憲法を守れという声が高まってこない恐れがある。

憲法が施行されて十年が経った今、その成立事情がどうであれ、そこに記された自由と平和の精神は守られてしかるべきなのだ。

「あなたはまた……。複雑なことばかりお考えになっていてはお疲れになるでしょう」

博子が呆れて枕元から離れた。そばにいれば南原が話し続けると思ったらしい。

「いや、博子。新憲法の成立過程はいつか俎上に載せられるときが来る。まったくおかしな話じゃないか」

「ですから、それをしばらくお止めにならなければと申し上げているんですよ。修身斉家、治国平天下。まずは自分を修めて、天下国家はそれからでしょう」

えらそうなことを言う前に、まずは自分の身を慎めということだ。博子はわざと少し違う意味で引っ張りだしている。

「だがな、帝国議会が廃止されて新しい国会ができたとき、マッカーサーの司令部は新憲法に変更部分はないかと尋ねて来たんだぞ。それには無しと答えておきながら、なにを今になって押しつけ憲法だと言うんだ」

皇室中心だった明治憲法から、日本は主権在民の憲法を持つ民主国家に生まれ変わったのだ。戦前を自ら清算した新憲法に、そんなけちをつける奴があるか。

「新憲法は諸外国こそ見習うべき理想の法だぞ。それを世界の情勢が変わったから、変えるなんぞと。新憲法と教育基本法の理念は絶対に正しいんだ」

「まあ、教育基本法まで出てきましたの。いい加減になさらないと、また心臓がはたはたしますよ。だいたいあなたがいまだに新憲法などとおっしゃるのがおかしいんですよ。もう私たちの憲法は、新憲法なんかじゃありません。ただの日本国憲法ですよ」

博子はわざと怖い顔になって、サイドテーブルにあった袋からマスクを出した。

薬箱の蓋を開けて何かを探していたが、ヨードチンキを見つけてぱっと明るい顔になった。くるくると蓋を回して、先が筆になっているのを見て満足そうにうなずいた。

「今日はこれをなさっていてください」

博子はマスクの中央にコードチンキで大きく×印を書いて、南原の顔にかけた。

「あなたは総理とも散々やりあわれたんですからね。しばらくは私の言うことを聞いて、口を閉じていてください」
子供にするように軽く額を叩くと、博子は部屋の片づけを始めた。
雪の気配の近づいた昭和三十二年、師走のことだった。

第1章

ニアレスト・デューティ

明治四十年九月、南原繁は膝の上で拳を握り、高い天井を睨んでいた。半時間前から講堂の壇上で校長の話が続いていた。

南原は十八になったこの秋、故郷の香川を出て東京へやって来た。日本中から秀才が集まるといわれる一高に合格し、高名な新渡戸稲造の入学の辞を聞いているところだった。

――本当に構わないのですか。

入試で京都へ行く前の晩、母にはくどいように尋ねた。南原は没落したとはいえ旧家の長男で、奨学金を受けて中学を終えていた。働き通しだった母の願いは、南原がそのまま故郷で教員になることだった。

だが神童だと騒がれて自らも励むうちに、南原はもっと広い世界を知りたくなった。

――繁さん、誰に遠慮がいるものですか。若い人の学問次第で、国はどうとでも変わるのですよ。立派にお励みなさい。

母の幻が視線の先で微笑んだ。

「――諸君はさまざまに将来のことを思い悩んでいるでしょう。だがまずはニアレスト・デュティ、つまり諸君の最も手近にある義務、それを果たすことです。目の前の義務を果たせば、次になすべき義務が見えてくる。それを果たせば第三の義務が、さらにその次の義務が明らかになるでしょう。それを続けているうちに、諸君はその天職を知る」

南原は弾かれたように顔を上げた。

「――ニアレスト・デュティとは、カーライルの『サーター・リザータス』にある言葉です。もっと知りたければ諸君、本を読みなさい。一高では専門より教養を、物事の核心をつかむことを心がけねばなりません。それが後々の学問につながっていく」

聞いたこともない本だった。『仕立て直された仕立屋』とは妙な題だ。

忘れるまいと、ひそかにサーターリザータスと唱えたときだった。

「Do the nearest duty か……」

隣の青年が囁いた。流暢な発音に驚いて振り向いたとき、肘が彼に当たった。

青年は微笑んで囁いた。

「僕は明治学院から来た三谷だよ、よろしく」

端正な顔立ちで、その目はつい見入ってしまうほど澄んでいた。それに三谷隆正といえば入試で二番だった大秀才だ。

「こっちは南原だ。生まれは四国の讃岐だ」

互いに気が合う相手だと一目で分かったが、こちらは黒縁の厚い眼鏡に、山出しの猪のような体格をしている。

三谷は肩を寄せてきて壇上に指を差した。

「さすがだね。新渡戸校長はやっぱり教壇ではキリスト教を説かないんだな」

背広姿もさまになる新渡戸は、妻がアメリカ人という開明派のキリスト教徒だ。札幌農学校から東京大学に学び、アメリカ留学を経て、昨年から東京帝大教授と一高の校長を兼ねていた。だが幕末の武家に生まれたので、儒教と武士道精神にも造詣が深かった。

「まあ当然だろう。学問は理論と論理の世界で、宗教の領域とは重ならんぞ」

南原がつっけんどんに応えると、三谷は面白い奴だなあと顔をくしゃっとさせた。

だが南原はキリスト教がどういうものかよく知らないだけだった。

「東京というところはキリスト教が流行りか」

「流行りすたりとは関わりないよ。だが次の宗教改革は日本で起こるかもしれない」

三谷は確信があるかのような笑みを浮かべながら、頭のてっぺんの寝癖をしきりと押さえていた。整った外見が台無しで、南原も三谷は気取らない愉快な男だと思った。

「――自己を犠牲にしても国と社会、広い世界のために働かねばなりません。豊かな知識を謙虚に学び、国に、人道に貢献できる人になることです」

いたずらに他人を不快にさせる態度は取るな、学生は快活に、広く人とつきあうようにと語って演述は終わった。

南原は三谷を振り向いた。三谷も笑ってこちらを見ている。

「南原は将来、何になる」

いきなりそう聞かれて面食らった。たった今、高校生活が始まったばかりだ。

だが南原たちが入学した一部甲類は卒業すれば帝大で政治か法を学ぶことがほぼ決まっており、その後はたいてい、官吏としての将来が約束されていた。

「僕は今の校長の話で確信を持ったよ」

「博士か大臣と言ったところか」

「いや。だが義務を果たしながら進めば、いつか義務は使命になるんだね」

なるほどなと南原は思った。デュティは義務ではなく使命と考えるのだ。

「俺はまずカーライルを読むことにする」

南原がそう言うと、三谷は大きく目を見開いた。

「面白いものだねえ。僕は今の話を、一番近い義務を果たせと聞いたが、君は本を読めと聞いたんだ」

その笑顔を見ていると嬉しくなった。三谷と知り合えただけでも東京へ来た甲斐がある。これからはこんな仲間たちと学べるのだ。

「校長は俺のような受け取り方は不本意かもしれないな。だが三谷は、まずは髪に執着するのはやめた方がいいな」

三谷は一瞬ぽかんと南原を見返した。それからくしゃっと微笑んで、さっそく二人で肩を組んで講堂を出た。

「おーい、僕も一緒に行くよ」

校門を出て帰ろうとしたとき、校舎の二階から大きな声で呼び止められた。下宿に戻って本の続きを読むつもりだったが、すぐに三谷が真っ白いワイシャツ姿で現れた。

「重そうな風呂敷包みだね。また哲学書かい」

三谷は南原の荷物を取ると、前庭の植え込みに腰を下ろした。中からプラトンを取り出して無造作にページを繰った。

「南原は校長の『武士道』はもう読んだかい」

「ああ。武士道はその表徴たる桜花と同じく――」

「日本の土地に固有の花である」

三谷が声を重ね、二人で笑い合った。

新渡戸が学んだ札幌農学校は北海道開拓使が創設した学校で、青年よ大志を抱けというクラーク博士の言葉がよく知られていた。当時の日本で唯一、西洋の学問を学ぶことができ、留学するのと変わらないと言われていた。実際に新渡戸は農学校を出たあと東大へ入ったが、満足できずにアメリカへ渡り、そこで書いたのが『武士道』だ。

札幌では聖書講義のほか、課外として兵学演習まで受けたという。東大が今のような地位になったのは二十年ほど前に帝国大学とされてからなので、その頃は農学校のほうがレベルが高かったのだ。

「南原は哲学か。だけど僕は校長の読書会が楽しくてね」

三谷はプラトンを閉じると、ゆったりと木の幹にもたれて足を伸ばした。胡座（あぐら）を組んで背を丸めている南原には真似のできない優雅さで、正反対の二人がいつも一緒にいるのは妙な取り合わせかもしれない。

「南原は校長の読書会には入らないのかい」

「ちょっと敷居が高くてな。もう少し勉強が進んでからにする」

「からかうなよ。君ほど優秀なのはいないだろう？」

三谷は顔を覗き込んで優しく微笑んでくる。

「校長はいつか何十年も経って、自分がこんなことを話していたと学生たちに思い出してもらえたら、無上の喜びだそうだ。校長はまず当代随一の国際人だろうな。南原も早く聞きに来い」

もとから蒲柳の質で運動を禁じられている三谷は、課外活動で前庭を走る同級生たちを憧れの目で追っている。

それでも嫉妬や僻みの類から完全に解放されているのが三谷の大きなところで、南原は日々新たにこの友人を尊敬している。わずかも偉ぶらず、欲や汚れとも無縁だ。

「校長の読書会はどんな具合だ」

「良書は僕ら若者には何よりも大切だからね。ご自身の研究もあるのに、若者を導くのは国の将来を明るくすることだとおっしゃっているよ」

暗がりを進むには個々が明かりを持つより街全体が明るいほうがいい。次の世代が少しずつ火を灯せば、日本の未来も輝く。

「火を灯すとは、僕らが善を求めて平和を目指すことだな」

未来と言われれば南原は自分の将来を思うが、三谷はもっと広い、遠い先を見ている。

「結局のところ東西の文化を併呑して発達するのは日本人じゃないかと、校長はおっしゃるよ」

「東西の文化というと、やはりキリスト教か」

「ああ、避けては通れんよ」

　だが新渡戸はキリスト教け説かず、まずは人格を形成し、世界平和のために国際協調を考えることだと教えている。

「預言者エレミヤの〝悔い改めぬ国は滅びよ〟さ。正義の実現に力を尽くさない国は、この世に存在してはならないんだ」

　南原は胡座の足に肘をつきながら、ギリシャ哲学と似ていると思って聞いていた。アリストテレスは正義の概念を平等とし、プラトンは統一とする。それはどちらも正義を実現しようとしてのことだ。

「どうだい、カントだって自由を媒介にして霊魂の不滅と神の実在を一致させた。人間の根本的な悪を考え、宗教の世界へ辿り着いただろう？　自由と善は正義さ。〝正義をして成(な)らしめよ、たとえ世界は滅びるとも〟」

　三谷は頬を赤らめてカントの一節を力強く言った。その該博(がいはく)な知識に南原はいつも驚かされる。

「お前は明治学院でもキリスト教を教わってきたからな。俺は正直、まだ西洋の宗教までは手が回らん」

「僕のキリスト教は姉のおかげだよ。姉弟だが、僕はあれほどのキリスト者も少ないと思うなあ。この世に生(な)さぬ仲という言葉があるのが信じられないよ」

　三谷の十六歳年上の姉は、姉弟たちのなかで一人だけ母親が違っている。だが慈(いつく)しみ深い理知的な人で、病弱な三谷は幾度も寝ずの看病をされて育った。人に率先して働き、謙虚に感謝して生きることを身をもって教えたのは姉なのだ。

そして三谷はこのところ、さらに信仰について考えている。

「僕たちは校長に内村先生への紹介状を書いてもらったよ」

「『聖書之研究』のか」

南原が顔を上げると、三谷はうなずいた。

内村というのは新渡戸と農学校で同級だった内村鑑三で、キリスト教の日本化を追求して無教会主義をかかげていた。『聖書之研究』で強固な非戦論を展開し、立場的に宗教を語れない新渡戸が生徒たちを通わせていた。

「本はどこにいようが明日も読めるよ。それより、これから一緒に内村先生のところへ行ってみないか」

三谷は微笑んでじっとこちらを眺めている。

内村は第一高等中学校で教鞭をとっていたとき、教育勅語に拝礼しなかったせいで失職した。勅語の理念には賛成でも、その神格化には首肯できなかったのだ。

南原は内村の著書も読むのでその思想には敬意を払っているが、神経質で自信家の、堅物の知識人という気がしていた。どんな思想だろうと、大勢が敬う勅語をことさらに否定するのは我執に見える。

「まあ、あれは大した本だからな。そのうちに是非頼む」

風呂敷を包み直そうとすると三谷が止めた。

「本を読んで学識を積めばいいってものじゃない。学者と呼ばれるのは徳によるんだよ」

南原は苦笑して腰を下ろした。

「どうも俺は、皆が熱中するのが分からんのだが。キリスト教というのは不合理極まりないだろう。儒教で十分さ」

南原は草の上に伸びて肘枕になった。

一高は体育もさかんで、弓を持って道場へ向かう者や、まとまって走る生徒たちがひっきりなしに前を通って行く。

「僕も論語は一通り教わったよ。修身斉家（せいか）、治国平天下とはもっともだ。だがどうして僕たちは善であろうとする？　世の中を見れば、弱者を騙（だま）して悪事を働いて、それでたとえ豊かな暮らしをしたところで、決して満足できる者はいないよ。人は最高の善を求めるようにできているんだ」

「道徳的至善（しぜん）か。たしかにそれを本能と片づけることはできんな。だがキリスト教はどうも、善悪の二元から出発するからな」

三谷は優しい顔をしてため息をついた。最後には善と正義が勝つと信じることが信仰の第一歩なのだという。

　もちろん南原も善の勝利と正義の成就を疑ったことはない。母に負ぶさって月がついて来ると無邪気に叫んだ二歳のときから、それだけは知っていたような気がする。

「だが俺は、不合理なのはどうも苦手だからな」

　南原が目をそらすと、三谷もそばに伸びて仰向(あおむ)けになった。

「不合理かな。内村先生は、この日本を正義において世界第一の国にするとおっしゃっている」

「そもそも三谷はどうして俺に信仰を説く」

「いや、説いているわけではないよ。Do the nearest duty さ。君を内村先生のもとへ連れて行くのがね。まあ、高尚にして勇気ある生涯を送れと言われているわけさ、僕らは」

「僕ら?」

　三谷の視線の先に目をやると、校舎の前を細身の青年がこちらに頭を下げて歩いて行く。三谷に挨拶をしたようで、彼もまた穏やかで魅力的な笑顔をしていた。

　糊のきいた舶来もののシャツを着た、見るからに育ちの良さそうな青年で、門のところで校舎に一礼して出て行った。

「一年下の高木八尺(たかぎやさか)だよ。学習院出の、男爵のご子息様だ。首席で通しているらしいな」

彼も内村のもとへ通っているそうで、さいきん三谷は彼らと柏会（かしわかい）という聖書輪読の会を作ったらしい。

「柏会にはあれもいるんだ」

三谷は校舎の二階の窓へ、くいと顎（あご）をしゃくった。箒（ほうき）を片手に窓枠に爪先立ちで、樋に挟まった球を取ろうとしている。

「森戸（もりと）じゃないか。危ないことをするなあ」

人なつこい笑顔でずけずけと物を言う、弁論部でも目立つ級友だ。向こう見ずなところがあるが、輪読会ではほとんど口も開かず、じっと内村の話に耳を傾けているという。

「それは信じられんなあ。そうか、森戸までいるのか」

「ああ。みんなで借りてきた猫の如くさ。内村先生はまた、声がいいんだ」

まるで夢でも見ているように語る。

それにしても三谷といい森戸といい、今しがたの高木も入れると、一高でも秀才で知れ渡っている学生たちがことごとく通っているようだ。

「内村鑑三というのはそれほどか。皆、ずいぶん心酔してるんだな」

「そうだよ。人間、いつかは生と死の問題に突き当たるからね」

聞けば分かると言って、三谷は起き上がった。

東京育ちは万事洗練されていて、このまま手ぶらで帰るらしい。南原はたった今田舎から出てきたような大きな風呂敷包みを離したことがない。

そのとき三谷はふわりと振り返った。

「僕は南原が好きだなあ。まっすぐで勤勉で、僕はこれでも若い奴を見る目はあるよ」

三谷はいつもどこか達観して、自分の将来よりも周囲の皆の行く末に目を凝らしているようなところがある。自らの能力に恃んで上へ上へということが一切ない。

そのうち一緒に行こうと言いながら、三谷はズボンの土を払った。

「南原はきっと誰より偉くなる。校長の言う、とびきり大きな灯火を持っているんだよ。お前は日本どころか、世界のために働く男だ」

だからキリスト教を知ってほしいと笑みを残して、三谷は軽やかに門を出て行った。

少しずつ寒さがゆるみ始めていた春、三谷と校舎へ入ったとき、階上から森戸が駆け下りて来た。両腕にビラをかかえ、南原の風呂敷包みに当たって派手にひっくり返った。

「ああ、大丈夫か」

三谷が駆け寄って森戸を起こした。

森戸は人なつこい目を細めて、ちょうど良かったと二人にビラを手渡した。

「相変わらず南原は大荷物だな。まあ、これも読んでくれ」

南原と三谷は顔を見合わせ、森戸を踊り場の脇へ引っ張っていった。

何の話か分かるのだろう、森戸はいたずらでも咎められたように頬をふくらませている。

「なあ森戸、他人にまで吹聴するのはよせ。新入生には地方から出て来たばかりの奴もいるんだぞ」

「俺だってその一人だったさ。だが一高弁論部だからこそ、やらなきゃならんことがある」

それでも森戸はきちんと聞く耳を持っている。次の言葉を待ってこちらを見返したとき、三谷がその肩に手を置いた。

「あの事件は本当にでっち上げなのかい。思想弾圧の側面もあるかもしれないが、上級生が下の者を煽動するのはよくないよ」

三谷が珍しく強く言い、森戸もたじろいだ。

この五月、幸徳秋水らの社会主義者が宮城襲撃を企てたとして検挙されていた。

彼らはロシアのクロポトキンの思想に影響され、国も権力も否定する無政府主義を標榜(ぼう)していた。

森戸は経済学に関心が高く、理論としてはアナーキズムにも共鳴していたから、弁論部の講演で彼らを擁護するつもりだったのだ。

「事は大逆罪(たいぎゃく)だというんだろう？　一高全体が巻き込まれるよ。君だって今は大学に入ることを考えたほうがいい」

「南原も同意見か」

森戸はすねたようにこちらを向いたが、南原も即座にうなずいた。

大逆罪は天皇らに対する罪を厳しく罰するもので、一審のみの特別法廷で裁かれ、刑も死刑だけだ。他の犯罪と違って、予備や謀議だけでも処罰される。

「まずはもっと勉強してからだぞ、森戸」

南原が言うと、森戸はふんと顔を背(そむ)けた。

「お前はどうせ政治をやるんだろう、南原。美濃部(みのべ)教授の天皇機関説を頭に叩きこんで、高等文官試験を受けて、末は大臣閣下だな」

森戸は毒を吐いた。美濃部達吉(たつきち)の天皇機関説は学界の通説で、官吏に登用されるにはその理解が不可欠とされていた。

「美濃部教授の講義は、皆が楽しみにしているんだよ。君だってそうだろう？」

三谷が屈託なく微笑むと、森戸はあっさり矛(ほこ)を収めた。三谷の損得抜きの大らかさを見てしまうと、過激な角は溶けていく。

「まあ、俺はあいにくと経済でな。どうも法学部は国家主義で好かんな。経済を法学の亜流とでも考えとるらしいが、俺は経済学を学問として法学から独立させるつもりだ」

「それならやっぱり、まずは大学じゃないか。いくらクロポトキンが優れた思想家でも、実際のところ平民社がどう考えていたかは分からんのだから」

平民社とは秋水たちの結社だ。そこで爆弾が作られ、国家転覆を謀ったというのが政府の主張だ。

「おはよう。どうしたね」

そのとき後ろから声をかけられた。揃って振り向くと新渡戸校長が階段を上りかけて足を止めていた。

三谷がまっさきに直立になって頭を下げた。

校長は森戸の手元に目をやって微笑んだ。森戸はあわててビラの束を背に隠している。

校長は黙ってうなずくと階段を上っていった。

森戸はビラの束にため息をついて、そこに指を弾いた。少し様子を見るかとつぶやいたとき、三谷が嬉しそうに笑ってうなずいた。

「お前らは政治学科へ行くのか」

聞かれて南原と三谷は顔を見合わせた。互いにそうするつもりで、南原はとくに小野塚喜平次(おのづかきへいじ)教授の政治学を心待ちにしていた。

「ふうん、小野塚教授なあ。しょせんは七博士(しちはかせ)だろ」

せいいっぱい唇をとがらせて言うと、じゃあなと手を挙げて廊下を歩いて行く。怒られて強がっている少年のようだ。

「小野塚教授も、森戸にかかればかたなしだね」

「ああ、まったくだ。帝大教授ともなると一挙手一投足をあげつらわれて気の毒だな」

南原は風呂敷包みを持ち直して三谷と教室へ向かった。

東大七博士というのは日露戦争前夜、対露強硬路線を唱えた七人の教授たちのことだった。日露関係が緊迫するなか、帝大でローマ法を教える戸水寛人(とみずひろんど)教授が旗を振り、一日も早く開戦せよと政府に意見書を出したのだ。

七博士の論考は国民からも熱狂的な支持を受け、その翌年には戦争が始まった。一年後には講和になったが、そのときも七博士は政府の対応を弱腰だと批判した。

「早く小野塚教授の本物の講義を聴きたいね」

教室が見えたとき、三谷が気遣うように声をかけた。

森戸の言う通り、七博士の一人に小野塚が加わっていたことには南原も失望していた。まだ顔も知らない教授だが、すでに論文や著作は読み始めていたし、小野塚がいると考えるだけで大学への期待がふくらんでいた。

「小野塚教授は最後まで七博士だったわけじゃないよ。例のバイカル湖が出て来たときは、もう袂（たもと）を分かっておられたんだから」

小野塚は対露開戦が避けられない状況で、勝つには一日も早い開戦しかないと考えて意見書に名を連ねたが、日本の無責任な膨張を吹く戸水らとはすぐに意見が分かれた。戸水がバイカル湖まで占領しろと言い出したときは政府当局者どもも辟易（へきえき）して、戸水にも苦言を呈した。

だが戸水がそのあまりにも過激な思想のために休職させられたときは、帝大の教授たちは揃って文部省へ抗議文を出している。教授の人事に口を出すのは学問の自由の侵害で、大学自治への干渉だからだ。それで戸水は翌年には復職した。

教室の引き戸を開けながら、三谷がぽつりと言った。

「帝大は官吏を作るところだから、いろいろと限界があるのかもしれないな。学問の世界には本来あってはならない制約が」

「三谷は政治学科で何をやる」

「考えていることはあるよ。僕の人生に姉がいたように、誰の若いときにも姉のような人があればいいなと思う」

思わず南原は三谷のシャツを引いた。

「それならお前は大学教授を目指せばどうだ。新渡戸校長のような」

「まさか、無理だよ」

三谷はぱっと笑顔を弾けさせた。

「生徒に教えながら自分の研究を続けて、帝大教授ともなれば世の中の舵取りまでさせられる。一生を懸けても、僕にはせいぜい一つしかできない」

南原は目をしばたたいた。三谷はそのどれを選ぶのだろう。

そして南原は何を目指すのか。

「大学へ行けば、きっと思いがけない世界が広がるんだな」

椅子を引きながら三谷は恥ずかしそうに微笑んだ。その顔が南原はずっと忘れられなかった。

*

三谷は横を歩きながら、南原の風呂敷包みを見て微笑んだ。

南原はその日、柏木（かしわぎ）で開かれる内村鑑三の聖書研究会へ顔を出すことにしていた。

帝大に入って授業にも慣れ、ようやくキリスト教について考える気になっていた。

――弱い人間が宗教にすがるとも言われるが、南原はそうは思わないだろう？

案内を頼んだとき、三谷は自信満面でそう尋ねた。

――宗教が不要だというのは人間の力に恃んでいるからだ。僕はそれにこそ疑いを持つよ。人の一人にすぎない自分の力となると、僕は目も当てられないからね。

三谷の顔は清々(すがすが)しかった。こんな友人が生きていくのに不可欠なものだと言うなら、ともかくは知ってからだと思った。

いつも哲学書を机いっぱい広げて講義を受けている南原のことは、内村も楽しみにしてくれているらしい。近いうちにと言いつつ秋になったが、大逆事件で幸徳秋水らが処刑されたのはまだ今年の初めだから、南原はそのことも聞いてみたかった。

「まだまだ登りは暑いな」

南原は足を止めて額の汗をぬぐった。東京はかつて湿地だったというが、意外に坂ばかりで、重い本を下げていると難渋することも多かった。南原の東京暮らしももう四年だが、いつまでたっても三谷のような小ざっぱりした学生にはなれそうにない。

「柏木では大逆事件のことも話すのか」

「ああ。キリスト者は皆、死刑には反対だよ。第一、あれほどになると冤罪(えんざい)だろう」

三谷は淡々と歩いて行く。

「およそ日本に生まれて、本気で天皇陛下を亡き者にしようと企む人間がいるのかな。僕らの天皇陛下への尊崇の念は、それこそ何千年と血肉に刷り込まれてきたんじゃないかなあ」

それは欧米人がキリスト教から離れられないのと同じだと三谷は言った。キリスト教は宗教改革を経て残ったが、日本の皇統はそんなこともなく長く続いている。

今日会う内村が理想とするのは、論語のように聖書が読まれ、人々の精神の糧になることだという。Jesus（イエス）とJapanの二つのJを敬う内村こそ、三谷に言わせれば真の愛国者なのだ。

「キリスト教は普遍の真理だよ。日本はキリスト教を取り込んで、世界平和に貢献するべきなんだ」

三谷は白いシャツを風にふくらませて坂道を上って行く。青年には高邁なビジョンが必要だというこの友人を、南原は青臭いと思ったことはない。

偉大な哲学者が説くように、世界は至高の善を目指して進まなければならない。南原が学んでいる政治とは、混乱した現実の中に理念を導き、それを作り変えることだ。

大学に入ってから南原は、儒教と哲学を通して政治を考えるようになっていた。政者正也という言葉は、正義の実現こそ政治だという孔子の信念を表し、いっぽう実証主義的政治学を説く小野塚教授には、形而上的な思考は排し、実際に検証できるものだけを事実と認めるように教わっている。

そこに筧克彦教授の西洋哲学史の講義も加わって、南原は今では哲学に自分の人生を委ねたいほどの情熱を持っていた。もとから好きだったプラトンを普遍的に再構成したのがカントだと気づいてからは、カントに倣って日々の散歩まで心がけているほどだ。

要は経験科学としての政治学から、政治哲学へということだ。政治にも哲学でなければ迫れない領域があると南原は考えている。

「政者正也、か。現実に行われている政治は正しいものとして受け入れよということだね」

三谷はいつも南原の話を熱心に聞いてくれる。

原因がどこにあるにせよ、現実の政治は正義と認識すべきだと孔子は説いている。政治とは理想と現実を統一しようとする人間の営みにほかならない。そしてそのとき決定的になるのが、政治の理念だ。

だが三谷はそんな南原を理想主義者だと笑いもする。

「理想が高いのはいいが、現実に軸足を置くとしんどいよ。ソクラテスを死に追いやったのもアテネの政治じゃないか」

三谷はとてもいい笑顔をする。プラトンの師のソクラテスは対話によって青年たちに己の無知を自覚させることに一生を捧げたが、アテネの政治家たちの手で死刑にされた。

だがそこからプラトンは大哲学者になった。

南原は風呂敷包みを持ち替えて肩をひと回しした。三谷こそ、南原にとっては対話のできる師にも等しい。

政治は権力をめぐる争いにすぎないのかもしれないが、その闘争を通して、人はより良い社会を目指そうとする。世の中に善と悪があるように、人が肉体と魂を持つように、政治にも相反する二面があるということだ。

プラトンは現実の政治が人を教育すると考えて、哲学と政治を一つにしようと試みた。ただ、ものの本質を知るのは支配者だけで、民衆は支配者の知識を信仰すれば足りるとしたところに三谷は納得がいかない。

「現実社会は人の集合体だよ。一人ひとりの思考の底上げが必要じゃないかな」

「俺は、真理が現実に働きかけると思う。必死で考えれば人の行いは変わるし、そのあいだも現実そのものは動いているだろう?」

南原は確かめるように三谷の顔を覗き込んだ。ドイツの哲学者フィヒテは、人間の労働は荷を運ばされる家畜のようであってはならないと言った。人は生きるかぎり働くが、眠る前には天を見上げ、心を解き放つゆとりがなくてはならない。

「なあ、南原。人生の究極の目的は幸福になることではないんだろうね」

「朝(あした)に道を聞かば夕(ゆうべ)に死すとも、か」

「そうだよ。生きる目的は人間性を完成することだ」

南原は思わず足を止めた。自分なら一生かかっても行き着けるかどうかという境地に、三谷はもうすでに立っている。

「人間性の完成か。だがプラトンは、そんな人間ばかりでも困ると思ったのかもしれん」

「そうだね。でも大事なのは一人ひとりが真理を真理として追究することだよ。それが学問の目的だ」

三谷は澄んだ目で南原に笑いかけてくる。そしてからかうように、小野塚教授には宗教の才能がないと笑い飛ばした。

たしかに小野塚は人格者だが、宗教というものにはまるで関心がない。

南原も三谷がしたように空を見上げた。

「俺は哲学と儒教から政治を考えるが、宗教は哲学とも重ならんのかもしれんな」

「まさか。大いに重なるよ」

三谷は笑って手招きをした。

「小野塚教授はだめだが、奥さんは内村先生の聖書研究会に通っておられるよ」

だから小野塚と内村も親しいのだと、嬉しそうにその手で坂の上を指した。南原もそちらを振り仰いだ。故郷の讃岐の小学校に似た、門の大きく開いた板壁の家が見えた。


門の前まで来ると、ちょうど中から十六、七の少女が出て来た。

「ああ、ルツ子さん。もうお加減はいいのですか」

娘がこちらを向いたとき、南原はつい顔が赤くなった。艶やかな髪を結い、透き通るように美しい。

内村の娘で、春先から月に十日ほど高い熱が出て、つい先日もまた寝込んでいたという。

「皆様にもご迷惑をおかけしてすみません。そちらの方は」

言いながらルツ子は南原の風呂敷包みに目を留めて、合点がいったように微笑んだ。すぐに内村が出て来て、ルツ子は先に中へ入った。

内村と目が合って南原は唾を呑み込んだ。

白髪混じりの五十年配で、着古したズボン姿はどことなく社会主義者のようにも見える。口ひげは豊かだが、国際派で押し出しのある新渡戸とは違って、野良仕事の似合いそうな皺（しわ）の多い顔だ。

内村は手に盥を持ち、こちらに笑いかけると玄関先で手早く水を汲んだ。なぜかその姿がとても尊く思えて、南原は値踏みしたような自分が恥ずかしくなった。新渡戸と親しいのにまるで雰囲気が異なるのが、三谷と自分のようでもあった。

「先生、ルツ子さんは治られたようですね」

「いや、どうも訳の分からん病でね。熱が下がればあの通りだから、ついこっちも油断するんだな」

明るく応えて、目尻を下げて南原を見た。

「病も授かり物だから、悪いことばかりではないのだろうがね。まあ私もそのせいで一年遅れて、新渡戸君と同級になれたから」

内村は盥を廊下の襖の前に置くと、そのまま奥へ歩いて行く。襖の向こうから、ありがとうございますとルツ子の小さな声が聞こえた。

「君はまさか三谷君に、無理やり連れて来られたのではあるまいね。私は札幌で上級生にキリスト教に入れと取り囲まれて、そりゃあうんざりしたものだよ」

南原は首を振った。聖書も一度ならず読んだことはあり、今日は疑問をぶつけるつもりでやって来た。聖書に書かれているのは不合理なことばかりで、現代の科学知識からすればキリストの復活など信じられるはずがない。

いつも皆が集まる場所なのだろう、家の隣に箱型の集会所があって、内村はそこへ南原たちを招じ入れた。

「聖書とは真理を啓示した書物ですよ、南原君。一つひとつの事象を科学的に実証できるか、まあ考えるのは楽しいかもしれないが、そのために読む物ではないと私は思います」

内村は集会所の窓を一つずつ開けながら、背を向けたままで続けた。

「論語は私たちの父祖が実際に人生を生きて、これは学ぶべきだと確信したから子供たちに教えたんですよ。聖書も同じで、数千年にわたって人々が真理だと思ったから、こうして伝わった。科学書として残ってきたわけではありません」

南原は何かに胸を突かれたような気がした。

「真理は一つだが、その捉え方は人それぞれでしょう。だが人智を超える摩訶不思議があったからキリスト教を信じるわけじゃない」

内村は窓を開け終えると、演台に向かう椅子の最前列に腰を下ろした。三谷がその後ろへ座り、南原も隣に並んだ。

「聖書の福音さえ信じることができればキリスト者だが、それが難しくてね。私は無教会主義をかかげているが、教会に行きたければ行けばいいし、洗礼を受けたければ受ければいい。真理さえ信じるなら、枝葉末節はどうでもいい」

その言葉は澄んだ水を飲んだように身体に沁みてきた。人は理性だけですべてを乗り越えることはできない。生きることに疲れて歩けなくなったとき、はるかな先に灯火を見出させるのが宗教だ。

「現実の政治に失望せざるを得ないとき、前を向かせてくれるのがキリスト教ですよ。宗教はすべての価値の背後にあって、それらに力を吹き込む」

「唯物論者にとって、神は人間の恐怖心から生まれた幻にすぎません。科学が進めば、神はやがて消滅するのではありませんか」

「だが神があるからこそ万物が、つまり科学や恐怖心さえもが存在するんですよ」

それでも南原は疑り深く顔を上げた。

「先生が教育勅語に拝礼なさらなかったというのは本当でしょうか」

「ええ。尊敬はするが、崇拝はできない。国民がいかなる神を信じるかは、その国の運命を決める重要な鍵だ」

三谷が満足そうにうなずいている。

「長い歴史を振り返ってね、南原君。全身全霊を祖国に傾け、これを高める意志なくしては、どんな偉大な事蹟も達成されなかったと思いませんか。宗教は個人の救済の問題じゃない。はじめから大下国家の課題ですよ」

内村の信仰は、各々の魂がひたすら神を信じることですべてが救われるとする福音主義だ。

「人間は蒼穹を仰ぎ見るべく創られてある――。君の好きなフィヒテも書いているでしょう」

南原は目をしばたたいた。この皺だらけの農夫のような人は、フィヒテはむろん、南原がフィヒテに傾倒していることまで知っている。フィヒテがそうだったように、まじめに人生を歩こうと思えば、人はいつかは宗教に向き合わねばならないのだ。南原の心臓は激しく鼓動を打っていた。一高や帝大の仲間が憑かれたように内村のもとへ通うわけが少し分かったような気がした。

ここに来ればどんな人生の迷いにも答えがもらえる。何をどう尋ねればいいのかも分からない、とりとめのない曖昧なものの形を内村は教えてくれる。それが真理という、南原にはまだおぼろげな姿さえつかめないものであってもだ。

そのとき集会所の扉が開き、誰かが入って来た。

「ああ、矢内原君」

内村が軽く手をあげて手招きをした。

「南原君はたしか香川だったね。彼は愛媛だよ。一高の二年だ」

上背のある、眉根を寄せた厳しげな青年だった。だが笑うと柔和な素の顔立ちになって、落ち着いた理知的な人柄がいっきに伝わってきた。

「彼も柏会だよ」

三谷が誇らしそうに微笑んだとき、南原の心は決まった。

「先生、僕も入門させてください。僕は遅れて来たから、別の会を作ってもいいですか」

矢内原がまっさきに笑って、三谷は嬉しそうに南原の肩に腕を回してきた。内村は三人をかわるがわる眺めながら、ただ黙って目尻を下げていた。


本を読んでいると、丸い影がページの上に落ちてきた。

「ほうほう、フィヒテか」

図書館だというのに声をひそめていないので睨んで顔を上げると、教授の小野塚喜平次だった。南原はあわてて立って頭を下げた。

口ひげを生やして丸縁の眼鏡をかけ、髪をていねいに撫でつけている。歩いているだけで子供が寄って来るそうで、猪首で背が低く、見るからに親しみの湧く風貌だった。

「ちょっと私の研究室へおいで。その前に山上御殿でビールでも飲んで行くか」

南原は急いで本をまとめ、小野塚の後ろをついて行った。

山上御殿は富山藩の御殿を教授たちが会合に使っているもので、扉を開くと冷えた空気が広がって蟬の声も止んだ。

研究者たちのグループが散らばってソファに掛けている。若い学生はおらず、隣のテーブルでは政府当局者らしい一団が設計図を広げていた。

「君は将来、どうするつもりだね」

小野塚はさっさと注文すると、こちらを向く前に言った。

大学も二年の半ばを過ぎ、官庁へ行くつもりの学生たちはすでに夜を日に継いで試験勉強を始めていた。だが南原はまだ哲学の本ばかり読んでいる。

「僕は政治と哲学の関わりに興味があるので、実際に政治をやろうかと考えています」

「すると官吏にでもなるかね」

はあ、と南原は生返事をした。田舎の母親を思えば帰ってやりたいが、三谷がいつか言ったように、どこにいても本が読めるとは南原は思わない。南原はただ手に入るわずかの書物を読んで、故郷の子らを教育するだけでは物足りない。

「まだ二年だからなあ。大学に残って学者になることを考えてみてはどうだね」

小野塚は襟元をゆるめながらビールに口をつけた。

「地方に行けばただの上意下達だぞ。私の言っている意味は分かるね。君は教育だけではなく、研究も実践もやりたいだろう」

小野塚の話はいつも明快だ。歯切れのいいその口ぶりを聞くたびに南原は、まるで碁石を並べるように頭の中が埋まっていくのだとつまらない想像をする。

南原はぼんやりと小野塚のグラスの泡に目をやった。小野塚のように帝大の教授になれる者は学内でも一人か二人で、そもそも学者になるには、生涯一人で頂きも見えない険阻(けんそ)な学問の山を登って行く覚悟がいる。

「なにも私の研究を継げと言ってるんじゃない。フィヒテだってカント哲学を批判したからな。自らの学問を論駁(ろんばく)し、発展させる弟子を育てられてこそ教授だよ」

南原は一息に水を飲んだ。ずっとグラスを握りしめていたので生温かった。

「教授は戸水事件のとき、どうお考えだったのですか」

「世間に伝わっている通りだよ。意見書を出したときは一日も早く開戦すべきだと考えていたし、ロシアの権益にまで手を伸ばすと言い始めたときは愚かな連中だと思った。国民を戦争へ煽(あお)って、次は国民の熱に煽られて、自分は碌(ろく)な学者ではないと痛感して終わった」

「それならどうして戸水教授の復職に協力されたんですか。政府ですら投げ出した過激思想でしたよ。狂っている」

小野塚はふと南原を見返して、挑むように笑いかけた。

「個々の教授がどんな思想を持っていようと、それで学問の自由が閉ざされていいのかね。君からは過激に見えても、あれは戸水先生が一生を学究に費やしてこられた成果だ。君らももう高校生じゃない、自分で判断して受け入れも拒絶もできるだろう」

それよりは大学の自治だと小野塚は言い切った。国の将来を担うべく集まった学生たちに自由に真理を追究できる場を与えることが、教授に課せられた使命だ。

「帝大教授が必ず成し遂げねばならないことは何だと思うね」

小野塚が身を乗り出して笑いかけてきた。ぱちりと碁石が打たれる大きな音が、どこからか響いてきたようだった。

「次代を導かせるにふさわしい、次の教授を確保することだよ」

後生畏るべし――

論語の一節を飄々と唱えると、小野塚はビールを飲み干して山上御殿を出て行った。


明治四十五年一月、ルツ子が亡くなったと知らせがあり、南原は三谷たちと柏木に向かった。経済学科の森戸辰男や一年遅れで法学部に入っていた高木八尺も一緒で、田中耕太郎という後輩とはこのとき初めて口をきいた。裁判官の息子で、とにかく優秀だと聞いており、皆そろって柏会だった。

内村の家は門が開き、集会所にはすでに大勢が集まっていた。

いつも内村が立つ演台にルツ子の柩が置かれていた。南原たちは祭壇の前で花を取って一本ずつ亡骸の傍らに添えた。

静かに聖句が読まれ、棺は雑司ケ谷の墓地へ運ばれた。

内村の聖書研究会には女性もいたし、ルツ子の女学校の友人も多かった。あちこちですすり泣きが漏れ、内村の顔はあまりに悲痛でまっすぐ見ることができなかった。棺が土の中へ下ろされるとき、そばの樫の大樹が風に揺れた。やわらかい木漏れ日が棺の上で手を振るように動いて、ルツ子が別れを告げているようだった。

今ここで土に還されてしまうたった十八歳の少女は、内村の愛情を一身に受け、幼い日から聖書を読み、いつかは教理を学びに外国までも行くはずだった。これほど若くして死ななければ、きっと内村のように福音を説き、多くの人をキリストの下へ導いたのだ。ルツ子には一粒の種として死ぬのではなく、広く福音を述べ伝える生涯が待っていたはずだ。

「ルツ子さん万歳……」

墓地に膝をついた内村が、土を握って天高く差し上げた。

「あなたはまだ、この世の何も見ていない。輝くばかりの若さで真のキリスト者になった」

厳かな声に、女性たちのすすり泣きが大きくなった。

「いや、何も見ていないはずがあるものか。あなたは私より多くを見、真理を悟ったのだ」

内村が土をかけ、棺が埋もれていく。樫から降る光がルツ子の棺を眩しく照り返している。

南原たちもそっと土をかけた。内村の胸中を思うと目頭が熱くなった。キリストに従い、ひたすら人に尽くしてきた内村がなぜこんな悲しい目に遭わねばならないのか。

「福音を信じ抜くとは、凄絶なことだ」

南原のそばで呻く声がした。

「それでも人は神を信じることができるのか」

一高の矢内原だった。

日がゆっくりと傾き、会葬者は少しずつ帰って行った。足早にその場を離れた内村は、真新しく均された土の上に十字架の影が落ちるのを見ただろうか。

南原は三谷たちと並んで墓地を出た。まだあちこちに人が残り、矢内原は若い二人連れのほうへ頭を下げていた。

どちらともなく近づいて、南原はその人に初めて会った。

「医学科の星野さんですよ。そしてこちらは、妹の百合子さん」

面差しの似た二人が控えめに頭を下げた。高木や田中はすでに顔見知りらしく、三谷ともども会釈をしていた。

誰も一言も口をきかず、南原も短く名乗っただけでその場を離れた。百合子の頬に落ちかかった一筋の後れ毛が風に流され、はかなげで清らかで、一度会っただけのルツ子もそんな人だったとぼんやり思った。

道々の家にはまだ注連縄（しめなわ）をかけているところもあって、新年らしく空気が澄んでいた。

道の隅にひっそりと一輪のタンポポが咲いている。

「真理はこんなにも一瞬で伝わるものなのに」

花弁に目をやって、矢内原がつぶやいた。

三谷も目頭を押さえて足を止めた。

「そうだね。神が装わせた花はこれほど美しい。だがなぜ僕たちはこれを美しいと感じることができるのだろう。その訳が分かるのはいつだろう」

誰もが今、この道端の花に悲しみを宥（なだ）められ、生きる力を与えられていた。きっと神が南原たちにこの花を見せているのだ。

真理とはこの一輪の花にあるのだろう。だがそれを見出せるかどうかは力を尽くして人生を歩いてみなければ分からない。

「生きていくのは大変なことだ」

誰かがそうつぶやいた。

南原は唇を引き結び、前だけを向いて坂を下りた。

その年の夏、天皇が崩御(ほうぎょ)して大葬が行われた。南原は法学部の代表に選ばれ、宮城の二重橋でその棺を見送った。

南原たちは明治憲法と同じ年に生まれ、富国強兵を推し進めた明治という時代に育(はぐく)まれてきた。これから世は大正になり、皆が一歩ずつ実社会に漕ぎ出して行く。

南原はそっと手を合わせて瞑目(めいもく)した。天皇の棺が遠ざかり、その向こうから新しい時代が来るのを感じていた。

*

談話室で新聞を広げていると、肩をとんと叩かれた。

「軍部大臣、現役制限を除くか。山本権兵衛(やまもとごんべえ)内閣もよくやったね」

笑って三谷が隣に腰を下ろした。記事はちょうど南原が読んでいたものだった。

「このところ政治も頼もしいね。ひょっとすると大正は、明治よりも民主的な時代になるかもしれない」

「デモクラシーだな。このまま護憲でいくといいが」

二人は頭を寄せて新聞を覗き込んだ。

大正二年六月、山本内閣は軍部大臣を現役武官に限るという規定を陸海軍省官制から削除した。現役武官となると大将、中将のみだから、これまで軍部は気に食わない内閣には武官を送らず、昨年はそのために西園寺（さいおんじ）内閣が総辞職に追い込まれていた。このままでは政府が軍部の言いなりでしか組閣できず、憲政擁護のために規定を削除すべきだという声が高まっていたのである。

もともと陸軍・海軍大臣を武官に限るというのは、その任務の特殊性から、天皇の軍隊統率を十分に補佐するために設けられたものだった。だがそれをさらに現役に限定したのは、明治の半ばに政党内閣が台頭したからだった。軍隊という組織は一糸（いっし）乱れぬ行動が要求されるので、党利党略を優先させる政治家に成り下がった退役の指揮はふさわしくないとされたのだ。

「軍部にすれば、黒星続きだな。そのうち手痛いしっぺ返しを食らうかもしれんぞ」

南原が言うと三谷もうなずいた。ヨーロッパではどうやら戦争の雲行きで、軍部は焦りを強めている。実際に戦争になれば、世論など一瞬でどう変わるかもしれなかった。

昨年、陸軍は閣議に二個師団増設を要求して否決されていた。理由は財政難で、東京商業会議所も同調する声明を出したから、しばらくは海軍拡張費も通りそうにない。

それでも文民統制を保っておかなければ、いざとなると武力を行使できる軍部の強さは突出している。

「まあ聖書にも明日のことは思い煩(わずら)うなとあるからね。考えるのを放棄しろというわけじゃないが」

三谷はさっぱりとした笑顔になると、さあ行こうと立ち上がった。今日は内村の聖書研究会で、柏木の集会所へ出かけることになっていた。

久しぶりに一高の前を通ると、校旗が気持ちよさそうに風にひるがえっていた。一高の校旗は真紅に白線が横二本の護国旗で、中央に金糸で〝國〟と縫い取りがされている。

――わが校には護国旗があって、忠君愛国をかかげている。今回の件は私が責任を負うから、諸君は安心して勉学を続けるように。

風に乗って、懐かしい新渡戸校長の声が聞こえてくるような気がした。あれは森戸が弁論部ＯＢとして企画した徳冨蘆花(とくとみろか)の講演会の明くる朝、一高で緊急に開かれた集会での言葉だ。南原は三谷たちと大学を抜けて聴きに行ったのだ。

――徳冨氏の演説にどうこう言うつもりはない。諸君ら若者が新しいものを求めてこそ、新しい時代も来るだろう。

だが謀叛とは穏やかではないと、新渡戸はため息をついた。

──諸君は危険な思想に陥ってはならない。視野は広く、なにごとにつけ偏らぬことを心がけてもらいたい。

新渡戸は前日の徳冨の言葉も織り交ぜながら、誰もが生涯忘れられない演述をした。

「あれから二年か」

南原がつぶやくと、察しのよい三谷はすぐうなずいた。旗があまりに潑剌(はつらつ)としていたから、同じことを考えていたのかもしれない。

「森戸はしょげていたな。自分たちのせいで校長が進退伺(うかがい)を出されることになるとは」

「そうだね。校長ほど優れた教育者もないからね。それが一高の後輩たちから奪われたら、結局は国の損失だよ」

三谷はいつも周囲を案じ、そこに向ける眼差しも温かい。

明治四十三年に大逆事件の検挙が始まって、一高弁論部はその核心を突くような講演会を開いた。演者に徳冨蘆花を招き、それがちょうど関係者が処刑された数日後というタイミングに重なった。

講堂は校外からも聴衆が詰めかけて満員になり、演説の抜粋は新聞にも掲載された。

「僕だって共感したが、校長の危惧(きぐ)はもっともだろう。若者は謀叛しろというのはちょっとね」

思想は時代と密接に関わるから、今はたとえ逆徒でも、時代が変われば異なる見方が出ると蘆花は熱弁をふるったのだ。

南原はそんな演説を聞けば一人で向き合って考えるだけだが、三谷はそれを聞いた万人がどうするかまで慮(おもんぱか)る。だから蘆花が肉体の死ではなく霊魂の死を恐れよと言ったことに大いにうなずきながら、高校での講演会という形は避けるべきだったと思っているのだ。

やはり三谷はキリスト教を説かない新渡戸校長と似ている。

「三谷は将来、何になるか決めたのか」

南原はずっと気にかかっていたことを尋ねた。南原たちも一年後には卒業だ。

やはり、あっさりと三谷はうなずいた。

「そうか。三谷には天職だと思う」

三谷は驚いたように見返したが、すぐいつもの笑みを浮かべた。三谷は一高の教授になるつもりなのだ。

「だけどなかなか一高で教鞭(きょうべん)はとれないからね。東京を離れることになると思う」

予想はしていたが、衝撃だった。何か疑問があるたびに三谷と話す、そんな生活ができるのもあと一年なのだ。

「南原は、哲学と政治だろう」

「俺は……」

やりたいのはそれだが、実際に政治に携わらなければ哲学が分かるはずはない。哲学のような目に見えないものをやるなら、一度は底辺をくぐる必要があると近頃よく考える。

南原は生活と結びついた政治をしたい。

「俺は、地方官吏はどうだろうな」

「そうか。南原は官僚になるのか」

うなずくことも首を振ることもできなかった。南原は今もまだ自分が何になればいいのか分からない。

「さすがに内村先生に聞いても、それは教えてもらえないよ」

三谷がからかうように言って前を向いたとき、道の先に内村の家が灯火のように輝いて見えた。

集会所では森戸が前のほうに座り、後列の女連れを振り返って話していた。

どうやら医学部の星野と妹の百合子で、百合子が先に南原たちに気づいて会釈をした。星野は今年から南原たちの白雨会（はくうかい）に入り、親しくなっていた。

三谷が三人のそばへ近づいて行くので、南原は自分だけ離れて座ろうかと思った。

「森戸。今、一高の前を通って、弁論部のあの騒ぎを思い出していたところだよ」

三谷が笑って南原を振り向いた。百合子がこちらを見るので、南原はあわてて目をそらした。

「ああ、徳冨先生の講演か。あれは良かったなあ。〝我らは生きねばならぬ。ただの賊でも、死刑はいかん。いわんや彼らは有為の志士だ。その行為は狂に近いとも、志は憐れむべきではないか〟」

森戸は胸に手のひらを当て、講演を諳んじてみせた。百合子は星野の肩に隠れるようにして微笑んでいる。

「なんだ、南原はここへも風呂敷包みか。百合子さん、こう見えて南原は学年一の大秀才なんですよ」

「おい、森戸」

さえぎろうとして伸ばした腕が百合子に触れた。途端に南原は、腰が抜けたように長椅子に座り込んでしまった。

三谷が笑って隣に腰を下ろした。

「そう言うもう一人の大秀才は、そろそろ卒業後のことは考えたのかい」

「俺か。そうだなあ。いつかはクロポトキンで論文を書いてやるつもりだが」

南原と三谷は顔を見合わせた。クロポトキンは権威も権力も否定するアナーキズムの理論家で、幸徳秋水の直接行動論もその影響だった。

「あまり過激に走るなよ、森戸」

「南原に心配してもらえるのは有難いな。お前は偉くなるだろうから、何かのときはよろしく頼む」

南原が困って肩をすくめている横で、三谷と星野が微笑んでいた。この二人は帝大の中でも際だって品がいい。

そんな二人に、南原や森戸は憧れに近いものを持っている。

「それにしても医科の奴ってのは大したもんだ。大学へ入るときはもう医者になると決めてるんだからな。まったく、星野は早熟だ」

森戸の矛先が自分に向いて、今度は星野が苦笑している。

「僕はただ、早くに母を亡くしたからかもしれないな」

星野は百合子とうなずき合った。二人がまだ十歳にもならないときに母と妹が伝染病で死に、星野は医学を志したという。

「医学は、南原のやっている哲学のような学問とは違うからね。とりあえずは知識を入れて、いろいろ考えるようになるのは一人前になってからじゃないかな」

哲学は深遠だから、実社会に出て十年、二十年と考えてようやく分かる学問だろうと星野は言った。

そのとき南原は、官吏になればこれまでの学問を活かして大きくできるという熱が湧いてきた。ともかくは一度底辺をくぐることだと覚悟ができて、いきなり目の前が開けたようになった。

「そうだな、星野。プラトンも星野と同じように言ってるんだ。哲学は教育を受けただけで分かるものじゃない」

夢中で口にしたとき百合子と目が合った。とたんに南原は、覚悟も将来のことも消し飛んだ。

集会所を出て星野兄妹と別れたとき、森戸がふざけて肩を組んできた。

「あれは無理だぞ、南原」

「何のことだ」

「あのメッチェン（娘さん）の親父（おやじ）さんは、群馬の銀行家だぜ」

まあ元気を出せと妙な激励をされて、南原は首をかしげた。

大きな笑い声をあげて帰っていく森戸を見送りながら、南原は将来を好きに思い描くことのできる喜びをかみしめていた。それを阻（はば）むものはきっと貧しさくらいだと、その頃の南原は純粋に信じていた。

大正三年七月、南原は帝大を卒業した。高等文官試験にも合格して、先ごろようやく内務省警保局に配属が決まったところだった。

年の暮れも近づいたので、久しぶりに小野塚の教授室を訪ねることにした。

ドアを開けるとちょうど小野塚だけがいて、南原に気づいて書き物の手を止めた。

「ああ、来たな。決まったのかね」

小野塚はソファに移って茶をふるまってくれた。

「夏からこっち、よく図書館で姿を見かけたよ。君ならすぐ助手に採用するんだがね」

丸い黒縁眼鏡を軽く持ち上げて、目をくりくりと動かして微笑んだ。

「しかし警保局といえば警察事務を取り仕切る中枢だぞ。よほど試験ができたんだろう。まあ君なら当然だがね」

小野塚はソファに背を沈め、諭すような顔つきになった。

「だが君は結局、底辺には行けないよ」

南原は驚いて目をしばたたいた。底辺というのは、このところずっと考えていることだ。

小野塚はこちらの顔つきに満足したように目を細めた。

「私からの助言はだな。このさき君がどこへ配属を願い出るつもりかは知らんが、決してそれを底辺だとは思わんことだ」

「それはたとえば、食べるためには人殺しもしなければならない、それが先生のおっしゃる底辺でしょうか」

「違うとも。まったく、安直な喩えだな」

楽しそうに笑って、小野塚は熱い湯呑みにふうふうと息を吹きかけた。

「それぐらいが底辺なら、君も私も、明日にでも堕ちるかもしれんじゃないか」

南原は首をかしげた。小野塚の話は難解で、実のところ、まだまだ教わりたいことばかりだ。小野塚は帝大を首席で出て、日本の立憲政治に多大な貢献をしてきた学者だ。

「君は、大切な家族のためなら躊躇なく人を殺せるかね」

「いえ」

「そうだろう。私はなにも性善説ではないがね、もしもそうやって空腹を満たしても、一生そのことは忘れんだろう」

南原はうなずいた。罪を犯すとはそういうことだ。

「底辺というのは、だ。食うために人を殺しても、何も思わずに通り過ぎる暮らしだよ。人を殺したといって立ち止まったり振り返ったり、それはまだ真っ当じゃないか」

小野塚の言う底辺は、それすらも分からない生活だ。そしてそんな暮らしを送る人間は現実に存在する。

「善を知るかぎり、一輪の花を美しいと思うかぎり、どれほど貧しくても決して底辺ではないさ」

　そのとき南原は、それが真理ではないかと思った。真理と善と美が、人の突きつめるべきものではないか。

　南原は呆然として湯呑みをつかんだ。飲んだものが茶なのか水なのか、まったく分からなかった。

　そんな南原を小野塚は面白い生き物でも見るように笑っている。この眼鏡の奥の目は、こちらに何を見ているのだろう。

「まあ、そのうち適当なところで呼び戻すからかまわんさ。それより、どうして私がそんな話をしたと思うね？」

　まだ頭に靄（もや）がかかっているようで、南原は両手で頬を勢いよく叩いてみた。

「少しは目が覚めたかね」

「ヨーロッパで戦争が……。現実の政治が戦争を引き起こしたとなると、哲学ではどう咀嚼（そしゃく）するべきか、僕はまだ」

　夏にオーストリアとセルビアが始めた戦争は大陸中に飛び火して、イギリスの同盟国である日本もドイツに宣戦布告していた。海軍拡張費は春には削減されていたが、戦争となれば、いつ復活するかも分からない。現実が政治を変え、これからは政者正也と踏ん張るのも難しくなってくる。

南原は忙しく頭を働かせた。だが小野塚は見当外れだといわんばかりに手のひらを振っている。

「家内に聞いたが、君は医科の星野君と親しいそうだね。妹さんは謙虚で控えめで、すばらしいお嬢さんだそうじゃないか。家内が君にぴったりだと言っていたよ」

「とんでもない。親しいといっても何度か食事をしただけです。星野の家は群馬でも指折りの素封家だそうで」

南原はあわてて首を振った。すぐ百合子の顔が浮かぶから困ったものだ。

小野塚は笑ってソファの背に両腕を広げた。

「だから私は話をしたんじゃないか。君は決して底辺の暮らしなんぞ送らんさ。銀行家の娘さんだろうと、何の遜色もないと思うがね」

まあいいか、と小野塚は立ち上がった。

「私はいつでもここにいるから、気が向いたときは出かけておいで。プラトンも名門の生まれだったが、経験的世界を超えて存在するイデアに価値を見出したのだ。とにかく、やってみることだな」

イデアとはあらゆる存在と認識の根拠となる、事物の本質だ。

「だが忘れてはならんのは、理論なき実践は無意味だということだ。自戒をこめて付け足せば、実践を導き出さない理論は空虚だがね」

そう言って、小野塚はドアの外まで南原を送ってくれた。

階段を下りる間際に振り返ると、小野塚はまだ立ってこちらへ手を振っていた。

待ち合わせの辻に着くと、先に来ていた百合子が南原の姿を見て微笑んだ。

「今日は風呂敷包みはお持ちではありませんのね」

南原は空いた両手を見下ろして顔を赤くした。三谷が岡山の六高（ろっこう）に赴任することになったので、これから皆で駅へ見送りに行くのである。

「星野はどうしました」

「すみません、大学に実習簿を提出してから回ると言って、先に出てしまいましたの」

南原はうなずいて歩き出した。百合子は少し遅れてついて来る。

「星野は本当に熱心ですね。以前、哲学は社会に出てようやく分かる学問だと言ってくれましたが、医学の世界は日進月歩だからな。卒業の頃には、脇目もふらずに膨大な知識を入れなければなりませんね」

「お互いの学問を尊敬なさっているんですね。南原さんにそんなふうに言っていただける私の兄は、偉いのですね」

「え？」

南原が振り向くと、百合子は微笑んでこちらを見ていた。

「懸命に学問をなさるのは本当に尊いことだと思います。せめて私にそのお手伝いができれば、どんなに素敵でしょう」

思わず足が止まったが、百合子は目をそらした。

やがて駅舎の屋根が見えてきた。

「おお、来た来た。久しぶりじゃないか、南原」

三谷を囲む輪の中でまっさきに大きく手を振ったのは森戸だった。

「相変わらず、絣に袴か。図書館にお前の姿が見えんと、どうも俺は一人で取り残された気分になるよ。それに今日は、三谷までが行っちまうからなあ」

森戸は道に迷った少年のように心細そうな顔をしている。

だが森戸は信念をもって大学に残り、経済研究室の助手としてまじめに論文に取り組んでいる。それぞれの道が分かれていくのは仕方がないことだ。

南原は三谷の背を叩いた。

「岡山は讃岐の向かいだからな。食べ物が旨いぞ」

「なに言ってる、俺の故郷の隣だぜ」

森戸が威勢よく割り込んだ。森戸は広島の出身なのだ。

「広島といえば海軍だがな。士官学校の奴ら、妙に垢抜けてスマートでなあ。六高も負けるなよ」

三谷は笑ってうなずいている。士官学校がどれほど洒落ているかは知らないが、三谷ほど聡明で万事に洗練された青年はいないだろう。

「ときどきは東京へも戻って来いよ」

「そのつもりだが、難しいかもしれないな」

「お前は身体が丈夫じゃないからな。学生の面倒はほどほどにしておけ」

「南原こそ、内務省は激務だろう。警保局じゃあ、なかなか底辺には行けないね」

三谷はつねに南原の最善の理解者だ。

「底辺とはいかんが、いずれは地方へ出るつもりだ。ひょっとして岡山になれば、また三谷ともたっぷり話せるさ」

それはずるいと森戸が早速むくれている。

三谷は森戸に優しい目をやった。

「しかし地方勤務か。やっぱり南原は実際に政治をやるんだね。長い学者の道のりの、第一歩を刻むわけだ」

「学者だって？　とんでもない」

南原はあわてて首を振ったが、三谷は悠然と微笑んでいる。

「南原はそのうち学者になるよ。ああ、きっと小野塚先生をしのぐ大学者になるとも」

南原は目を見開いた。三谷の笑顔は吸い込まれるようだ。

「僕は若い奴を見る目はあると言っただろう？　南原が日本を導く羅針盤のような学者になるかどうか、賭けてもいいよ。見間違えたら、僕は教師失格だね」

「そりゃいいや。羅針盤学者と、それを信じて航海に出る六高教授だ。三谷君の門出を祝って、万歳、万歳！」

森戸の勢いでわっと歓声があがり、駅にいた人々があちこちで振り返った。

列車の警笛が鳴り、旅客は少しずつ車両へ入って行く。森戸たちは三谷のトランクを昇降口の前へ運んで行った。

三谷がそっと輪から抜け出して百合子の前で挨拶をした。

「百合子さん、どうもお世話になりました。一つお願いがあるのですが」

三谷は彫りの深い顔立ちで、二人が向かい合っていると、とてもよく似合う。

三谷は帽子を取って頭を下げた。

「南原はただでさえ忙しい仕事なのに、きっと寸暇を惜しんで本を読むでしょう。だからあなたには、気の利いたことの一つもできないと思います」

南原はぽかんとして三谷を見ていた。

「でも南原の尊敬するプラトンも、ソクラテスと対話することで大哲学者になったんです。だから南原には話をする相手が必要です。百合子さん、どうか南原の話し相手をしてやってください」

「え？」

南原は呆然と聞き返した。

「私などに務まるでしょうか」

百合子がおずおずと顔を上げている。

「もちろんですよ。百合子さんはただ笑って、そうだな、ときどき相槌を打ってやってください。そうすれば南原の学問は進みます」

「本当ですか」

「ええ、本当です」

「おい、三谷」

南原はあわてて割って入ったが、二人とも南原のことは見ていない。

やがて百合子が恥ずかしそうにうつむいて、小さくうなずいた。

「ああ、良かった」

三谷がぱっとこちらを向いた。

「じゃあ行ってくるよ、南原。お互いにこれからだ。Do the nearest dutyで行こう」

三谷の笑みに吸い込まれて、南原は無心でうなずいた。

「では皆さん。見送りどうもありがとう」

三谷は颯爽と昇降口を上って行く。

「姉が特等で行けと、うるさくてね」

三谷はやはり姉を誇らしそうに、少し照れて切符をかざしてみせた。

「三谷！」

「また会おう、南原」

三谷が明るく手を振った。

突風を巻き起こして三谷の列車は出て行った。

白い煙が残らず消えてしまうまで、南原たちは列車の行手をずっと見ていた。

第2章　真善美を超えるもの

歩く先から泥に足元が埋まっていく。南原は水平線と重なる広大な泥濘にしばらく呆然と立ち尽くしていた。

「今は一面の泥ですが、これが長雨になればまた湖に戻ります。地図に描いておらんのは、水が溜まるのは春と秋だけなので」

中年の係官はあっさりしたもので、神武以来の土地柄だと、ため息もつかない。

この春、希望が叶って富山県射水郡に赴任してきた南原は、庄川の氾濫湖が底をついたというので確かめに来た。庄川は飛騨高地に発する日本有数の急流で、県の西を走り、富山湾に注いでいる。

両岸に灰色の礫河原が広がり、中央を場違いなほど澄んだ水が流れている。河口に近いこの辺りは水はけが悪く、ひとたび溢水すれば長く泥に沈んだままになる。

「私の村にも始終氾濫する川がありましたよ」

南原の故郷の荒れ川は大雨のたびに流れを変えて土砂をぶちまけたが、土地は石ばかりで保水力がなかった。雨が止むと井戸など汲み干してしまうほどで、茄子を転がしておくと焼き茄子になると言われた。

「深井戸から水を汲むのが難儀でね。撥ね釣瓶だらけだったが、それでも追いつかなかった」

係官は聞いているのかいないのか、ふんふんと海を見晴かしている。

「富山は雪が深いですからなあ。ごらんの通り、平野も広い。水がはけん場所は放っておくしかないでしょう」

「しかしそれではボウフラも湧きますよ。伝染病が多いのも、そのせいだ」

南原の故郷では誰もが働き者で、脚絆をつけたままで眠り、そこに挟まった籾から芽が出ることもあった。その点、富山の青年たちは冬のあいだ、雪かきのほかはただ無為に過ごしている。この沼地が田に化ければ、射水郡は今の倍は豊かになる。

「排水さえ上手くいけば、病の因は断てるのじゃないかなあ」

庄川に水門をこしらえて水の逆流を防げば土地は変わるはずだ。

だが係官はうんざりしたように足元の泥を蹴りつけた。

「この土地の治水はまともにやろうとすれば十年二十年ではどうにもなりません。そもそも明治十六年から内務省の直轄で河川工事をやっとりますよ。これでも洪水を防ぐために、上流にはいくつも水撥ねを設けてあります」

水撥ねとは川が流路を変えないように川岸から付ける杭や石塊、あるいは沈床のことだ。

「郡長さんは内務省から、ここ数年の巡視に来とられるだけだ。何か本気でなさるというなら知事になってからにしてください」

「ああ、おっしゃる通りだ。結局、人間の理性は自らの試みを通してしか成熟せんのだから」

係官が怪訝そうに見返したが、これはカントの言葉だ。およそ南原の常の思考は哲学的で、目の前の現実とは関わりがないように見えてしまう。

だが南原は実際の政治をするためにここへ来た。

「私は本気ですよ。妻は群馬の生まれだが、母親と妹を伝染病で亡くしています。細菌の蔓延する沼地なんぞ、くそ食らえだ」

そのとき係官はようやく少し感心したようにこちらを向いた。

南原は腕組みをして、この地の目指すべき姿を思い描いていた。ちょうど妻が身ごもったばかりで、病の因になる泥になど絶対のさばらせておくものかと思っていた。

「この川はとくに上流が見事で、まるで宝石を散りばめたように緑に輝いています。ですが流れが急なもので、氾濫するとひどい鉄砲水になって大岩を落としていくんです」

　南原は政友会総裁の原敬に庄川流域を案内していた。原は歴代内閣で内相を務め、昨年の総選挙で政友会が第一党になってからは次期総理との呼び声も高かった。

「南原君はこっちに来てあまり熱心にやるもんで、内務省を辞めて富山に骨を埋めるつもりかと言われとるそうですよ。細君はあの沼田銀行の星野氏のお嬢さんだ。三月前には赤ん坊もできたんだ、ねえ」

　親しげに肩を叩いたのは、原の次官をしてきた床次竹二郎だった。長く鉄道院で活躍し、原が総理になれば、国の殖産興業を一手に担う内相に就くはずだ。国の援助で大規模な耕地整理をしたい南原にとっては、富山の実情を訴える又とない機会だった。

「富山といえば昔から政争の激しいところでね。だからまあ、僕らも視察に来たんだが」

　原は忙しく周囲に目を動かしながら、そっけなく言った。

　ヨーロッパではもう四年も戦争が続き、そのあいだに欧州の市場を奪う形で日本の輸出産業は好景気を迎えていた。

　おかげで外貨は蓄積されたが、金本位制をとる日本ではそのまま通貨発行額が増え、インフレも進行していた。物価は上がって実質的な賃金が下がり、農村ではぽつぽつと小作争議が起こり始めていた。今のまま商人が買い占めを続ければ、農村では打ち毀しも起こりかねないというほど米が不足しているのである。

「南原君は水門を作って、一帯の町村を灌漑しようと言っとるそうじゃないか。そりゃあ実現すれば大した生産量の増加だ。どうだね、まずは政友会総裁を説得できるかね」

床次が冷やかすように言って、原もちらりと南原を見た。夏の帽子を軽やかに被った二人は、これからの日本を率いていくという自信に満ちていた。

「広さは三千数百町歩にも及ぶというんだろう？　となると郡レベルでやらなけりゃ無理だな」

床次が辺りを見回すと、原もうなずいた。

「郡制というのはしょせん大地主の特権制度だ。金を出したがる奴などおらんよ」

沼地が田に変わったとして、誰の所有地になるのかも分からない。小作農にとってみれば、汗を流すだけ損だ。

そもそも郡制は農村を安定させるために創設された自治体だが、郡の仕事は町村への賦課金で行うため、とにかく町村が嫌がった。原たちの言うように、郡は県と町村の狭間にあって上手く機能していないのだ。

だが南原はこのところの世情を読んで、今こそ大規模な事業に取りかかるときだと思っていた。

「外ではシベリア出兵も間近との評判で、米価は倍の勢いです。米の収穫量を上げることが、長い目で見れば小作争議をなくす近道ではないですか」

だがもちろんこの沼地から米が穫れるようになるのは、早くても南原の子の世代だ。地元の人々が繰り返し言うように、この地域の整備には時間がかかる。政者正也と思うためには、途方もなく広い視野と長い歳月が必要なのだ。

「争議をなくすために労働者の権利を拡充するといっても、今の国力ではおのずと限界もあるでしょう。上からの生活保護も失業対策もいいが、下からも富国を図るべきではないですか」

それを考えれば、土地を拓き、人々に仕事を与えて収穫を増すのが実は確実な方法だ。時間はかかるが、湿地がなくなれば病気も減る。

「ふうん、それこそ内務省のやるべき仕事というわけか」

「ええ。大きな目標があれば、誰しも多少の辛抱はききますから」

原と床次はうなずき合った。南原が内務省警保局から派遣されてきた高級官吏だということは二人ともよく知っている。

そして南原は床次が鉄道院総裁だったことを知っている。

「鉄道もそうではないですか。私の故郷では、鉄道が延びるのだと言って、子供の時分に線路用の杭が立ちました。あの嬉しさは子供心にも格別でした。今どこまで進んだかは知りませんが、何年かかったっていい、大きくなれば必ず故郷のために働こうと思いました」

あの粗末な杭の連なりが南原に大きな夢を抱かせたのだ。貧しい村が、日本という小さな国が、どこまで羽ばたいていくのだろうと胸が高鳴った。きっと自分も負けずに世界へ出て行くと、あのとき南原は決めたのだ。

そのとき床次が南原の連れの係官を振り向いた。

「君はいつも南原君の話を聞かされているんだろう？　どう思うね」

「はあ。郡長さんがやってくださるなら、地元の人間にとっては有難いかぎりで」

一年前、南原が赴任して来た当初は耳も貸さなかった中年の係官だ。

「かと言って、先立つものは金ではないかね」

「半分を地元負担として、残りは国庫と県の補助を受ければどうでしょう。県が調査をして、河川改修も将来にわたって続けます。地元には耕地組合のようなものを立ち上げて」

ふんふん、と床次がうなずいた。たしか君は小野塚（おのづか）教授の教え子だったなと言いながら原を振り向いた。

「君は実務面もずいぶん考えとるようだな。内務省もえらい男を送り込んだものだ。

ここへ来て一年半だと言ったかな」

「しばらくは金を持ち出す一方としても、将来的な収益を考えれば、戦争景気に沸く今が掛かりどきです。なにより昔と違って、技術的に可能になったということです」

もしも射水郡が排水事業に乗り出せば、百害のみの戦争から、せめて一つの利を見出すことができる。遠いヨーロッパで戦争が起こり、それを止める手立てがないなら、わずかな善を探ることが今南原の目の前にある使命だ。

「ともかく伝染病の蔓延は防ぐことができますよ」

「なるほどな。君なら議会を説得できるかもしれんぞ。知事には早いうちに県会を開けと言っておく」

原が頼もしく請け合って、床次も笑顔でうなずいた。

床次たちが視察を終えてわずか二月の後、富山の魚津で騒動が持ち上がった。米価が三倍になり、漁村の女たちが米の船積みを阻止しようと海岸を封鎖したのである。米価はさらに暴騰し、取引所が軒並み停止して米屋の打ち毀しが始まった。米の略奪は各地に伝播して、山口の炭鉱などでは軍隊が出動する騒ぎにまでなった。八月に入ると寺内正毅内閣はシベリア出兵を宣言したが、結局は米騒動の収拾をつけられずに総辞職した。

そうして翌月、ついに原敬が組閣した。

やはり富山という土地は、漁師女に至るまで一筋縄ではいかんのだな――

床次はようやく内相の椅子を手に入れ、春の終わりに訪れた富山に思いを馳せていた。米の産地は各地にあり、積み出し港も数え切れないが、真っ先に実力行使に出たのは富山の、それも女たちだった。

政友会総裁にも臆することなく理屈を説いた、まだ若い南原の澄んだ目が忘れられなかった。はるかな遠い先を見据えているのに、両足はしっかりと現実の富山に踏ん張っていた。あれほど穏やかで思慮深い男も珍しいと思ったが、不思議に頭でっかちとも、理想に酔っているとも思わなかった。

「まあ、かまわんさ。近いうちに呼び戻す」

床次は椅子に反り返ってつぶやいてみた。

「本気で知事にでもなられたら、富山の一人勝ちじゃないか」

その台詞もこの椅子も、なかなか座りがいいと思った。床次は一人、執務室で悦に入っていた。

官舎を出たとき正面から刺すような突風が来て、南原はよろけて柱につかまった。

真冬の富山はときに睫毛を凍らせるような冷気に覆われ、つくづく自分は南国育ちだと情けなくなった。この地の冬も二度目だが、秋口には流行りのスペイン風邪にやられて二週間も寝込んでいた。

「繁さん、傘はいらないの？」

百合子(ゆりこ)が赤ん坊を置いて玄関へ出て来た。

「ああ、いらない。濡れて帰ろうと思えるところが、雪はいいな」

南原は笑って妻を門柱まで手招きした。

「ほら。雲の向こうに光があるぞ」

百合子が寄り添って空を見上げ、まあと明るい声を上げた。

厚い雲の裏側に大小の光源があり、百合子は小さいほうを指さして、月かしらとつぶやいた。

「今日は繁さんの大事な日だから、お母様が応援してくださっているんだわ」

「ああ、そうかもしれないな」

南原は東の小さな光に向かって手を合わせた。今日はこれから県会があり、南原の出した射水郡の排水事業案が諮(はか)られることになっていた。

「あなたの熱意が伝わりますように。待子(まちこ)とお祈りしていますからね」

百合子が優しく微笑(ほほえ)んだ。待子というのは昨年授かった娘の名だ。

南原は雲の向こうの月を見ながらうなずいた。あの広い低湿地がいつか田に変わるものなら、それはきっと今日の県会で決まるはずだ。

「じゃあ、行ってくる」

泥濘の消えた土地の幻が南原の胸を温めていた。


二階の議場にはすでに議員たちが集まっていた。南原が席に着くと係官が合図がわりにうなずき、すぐに知事が現れた。

「本日は臨時の県会であり、議題は一つ。持ち越しにはせず、今日ここで結論を出す」

いかにも気乗りのしない様子で知事が口火を切り、議員たちは南原が配った手元の資料に目を落とした。

「あの例の、春と秋にできる湖な。あれをこの際、できんようにしようと郡長は言うとられるんじゃが」

南原は議員たちに根回しもしなかったので、議会を仕切るのはしぜん知事の役目になった。だが南原は資料のほかに冊子を自作して、半年ほど前から議員たちに回覧しておいた。

係官が演台に庄川流域の大きな地図をかかげた。あの地図のさまざまな場所から、今日の議員たちは集まって来ている。

　庄川は河口に近づくにつれ網状に支流が増え、蛇行を始める。河原はどこも石ばかりで、砂州になっているところも多い。排水事業を進めるなら、上下流はもちろん支流まで、水系一貫で改修しなければ効果は上がらない。

　南原は資料を鞄にしまったまま演台に立った。東京の政治家には郡制と国庫から話したが、地元の人々には富山の歴史と風土を再認識してほしい。広域にわたる治水事業は子や孫の代まで続くので、日常的な巡視や点検がなにより重要になってくる。

「岩清水を集めた庄川がブナの林を縫って峡谷を流れて行くのはたいそうな美しさです。ちょっとこれほどの景観は他所では見られない。加賀百万石の藩主の墓が流域を選んで建てられたのも当然でした」

　紙を繰る音でざわめいていた議場はこれで静かになった。

「この地の治水の初めは、その寺を守るために行われたと伝わりますが、史料に残らん普請は年々歳々繰り返されてきたでしょう。我々の世代も、それはやらねばなりません」

「だが郡長さんはすぐ内務省へお戻りでしょう。土が変わらんかぎり、あそこに湖ができるのは仕方がない。まあ内務省主導の直轄工事は続けさせてもらうとして、どうです、無茶な治水事業に手を出すのは止めておきませんか」

　議員たちがそれぞれにうなずいている。

だが南原は議場に悠然と微笑みかけた。

「大正の世がこれまでと違うのは、水の管理次第で伝染病が防げると分かっていることでしょう。ここは病院を建てるよりも、まずは治水で効果的に病人が減らせます。病院がいる、鉄道がいると政府へ陳情するのもいいが、我々の手で、神武以来、富山に埋もれてきた宝を掘り起こすべきではありませんか」

富山の欲しい物は他県でも欲しがっている。建物だ道だ橋だと、あてがわれる順番をただ待っているよりも、この土地にはその間にやれることがある。

南原はほとんど一人で話し続けていた。一段落して、出されていた水をいっきに飲んで鞄の資料を取り出した。

「ただ行列に並んでいるだけでは我々もつまらんでしょう。その間に、どこからやるかです。私のような役人はむろん、知事も何人代わるか分からない。それでも富山の人はやるんです」

それはここに生まれた人間の宿命だ。世界のどこで生まれようと、故郷が背負っているものはともに担ぐしかない。

それならまだ好況といえる今、国からの援助がもらえるうちに、富山は思い切った将来図を描いてしまうべきだ。

「今なら我々がやると言えば、国はきっと後押しをしてくれます」

議場がざわめいている。これは絶対に実現させなければならない。富山は今の倍の米を作って、伝染病を撲滅するのだ。

「富山は昔から水が澄み、その水で作った薬を津々浦々に売って来たんじゃありませんか」

薬都、越中富山に、あんな広大な泥濘があっていいはずがない。

「排水事業は、いずれはやらねばならんのです。それなら自分がやるか、子供にやらせるか、あるいは孫の代から取り掛かるか」

南原はゆっくりと議員一人ひとりの顔を見回した。

「川の恩恵を受けて暮らすかぎり、治水と手を切ることはできません。その道程で射水郡は耕地を広げ、病人を減らすという目に見えた成果を上げることができる。完成は遠い先でも、洪水は減り、被害を受ける町村も確実に減る。一年ごとに、前に進んでいるという実感は強くなる」

政者正也だ。人間は至高の善を目指して歩み続けなければならない。そしてその日々の労働は、眠る前に空を見上げ、喜びを感じられるものであるべきだ。

「あの湖がなくなるのも夢ではありませんか」

前のほうの席の議員がおずおずと尋ねた。そんなことになら南原は自信を持って答えることができる。

「必ずなくなります。今の私たちにはもうそれだけの技術力があるんです」

昔は不可解だったろうが、最近では庄川の底にさらに地下水が流れていることも分かっている。それが河口付近で庄川に流れ込むので水量が増え、長雨のときは湖にもなるのだ。

「技術はこの先、さらに進歩しますな」

知事が問うたとき、議員たちはそれぞれにうなずいた。

「若い者も、冬といえば雪を掻くばかりでは、かえって倦むでしょうなあ」

議員の一人が前向きなことを言うと、あとはあちこちから案が出た。耕地整理の組合を置き、青年団に率先して関わらせればどうだろう。農学校を作り、灌漑技術から世界の課題まで、広く学ばせてはどうか。

「下流には天井川になっているところもありますな。あれは底を掘って、地面より下にしましょうや」

「そうですな。台風のとき一番にやられるのは分かっとりますからな」

知事は黙って周囲を見回していたが、しばらくして立ち上がった。

「郡長さんの言うてなさる今が好機かもしれん。知事は何代かわろうと、完成するまで申し送りで続けていくことにしよう」

知事の言葉は満場の拍手でかき消された。

帰り道はほのかな雪明かりがあって、往(ゆ)きよりも歩きやすかった。降り続いていた雪もやみ、久々に月が雲にさえぎられずに輝いて、手を伸ばせば届くような気がした。南原は新しい雪を踏みしめながら、襟元をゆるめて官舎への坂道を上って行った。二階の障子が一つだけ開いて明るかった。百合子が起きて待ってくれているのだ。

――真理を求め、百合子君は南原君を、南原君は百合子君を、幸福へ導くように。互いが互いの灯火となって歩いてほしい。

南原たちが結婚するとき、司式(ししき)の内村鑑三(うちむらかんぞう)はそう言って二人の手を堅く握らせた。

さくっと雪を踏む音がして、南原は道の先へ目を上げた。玄関の引き戸が開き、前に丸い影法師が立っている。

影が小さく手を振ったとき、南原は笑顔になった。

「思いのほか上手くいったよ。すごいぞ、百合子。庄川の逆流も止まる」

「まあ、そこまで決まったの。良かったわ、あめんぼさんには少し可哀想だけど」

百合子は楽しそうに肩をすくめて微笑んだ。鞄を取ろうとしたが、南原はそのまま持っていた。もとから百合子は丈夫ではないから、できるだけ労(いたわ)りたかった。

「なにも迎えに出てくれなくてよかったんだ」

「だって心配で、そわそわして。待子を起こしたくなったくらい」

妻は嬉しそうに南原の腕につかまった。ほんの二、三歩そうして歩いたが、すぐ家に着いてしまった。

「なあ百合子。人というのは夢さえあれば、どんな険しい道でも歩いて行けるのかもしれないなあ」

厳しい現実に直面しても希望の灯火だけは失ってはならない。どれほど小さくても、それさえ見失わなければ人は歩き続けることができる。それは南原の母がかつて歩き、いつかは南原自身も歩かねばならない道だ。

「俺たちは皆、故郷を背負っているんだな。何世代もかかると言ったのに、やり続けると言ってくれた」

「あなたが毎日調べ歩いているのを、皆さん知っていらしたもの。東京の人間がって言われたから、私もね。繁さんは苦学して人一倍努力して、ようやく富山に来たんです、ただのお役人じゃありませんよって言い返したの」

上り框（がまち）で百合子の明るい声を聞いていると、心地よく力が抜けて立ち上がれなくなった。富山に来てもうすぐ丸二年が経つ。あの泥濘に愕然（がくぜん）としてから積み上げてきたことが、ようやく第一歩を刻んだのだ。

「地方であればあるほど、政治の実現には時間がかかるのね。あなたの故郷も、列車はまだなんでしょう？」

「そうだなあ。いつか列車が通れば乗りに行くか」

いいわねえと笑って、百合子は狭い玄関で南原の隣に腰を下ろした。

「それでな、百合子。本気ついでに、知事でも目指してみるか」

「まあ、ご機嫌なのね。香川で生まれて東京で勉強して、富山の知事さんですか。あら、きれいな三角形になってるんじゃないかしら」

百合子は細い指で宙に三角を描いた。南原はその支点の一つで今日、現実の政治をしたのだ。

そのとき居間で電話が鳴った。百合子が立とうとしたが、南原は手をつかんだ。

「いいさ、電話ぐらい。人間はこうやって高邁（こうまい）なビジョンをかかげるのが大切なんだ」

南原がふざけて万歳をすると、百合子が笑って肩にもたれてきた。

＊

内相の床次が事務室へ入って来たが、南原は目をそらして手を動かし続けた。周りの机では同僚たちがペンを止めて頭を下げている。

「どうだね、東京も慣れたかね」

名指しされたわけではないから顔は上げなかった。南原は先月、とつぜんの電話で富山から呼び戻され、内務省警保局で労働組合法の草案を作らされているところである。

同じ内務省のまさしく隣室では、これとは逆方向の、社会運動を取り締まる法案が練られている。政治も政治家も勝手なもので、総理が代わるごとに大臣も知事も代われば、勤務地も変わる。南原ごとき若い官吏の哲学的思考や至高善など、一瞬で踏みつけにされるのだ。

「良かったじゃないか、富山では君がいなくてもやってくれることになったんだろう」

隣に椅子を引いて来て、床次はどかりと腰を下ろした。

「労働者の暮らしを向上させるには、資本家と対等な契約を結ばせてやることが必要だろう？　それには弱者を団結させてやらんとな」

床次は南原の手元を覗き込んで、得意げに言った。

労資が同じ土俵で話し合えるようにしなければ双方ともに発展しない、そう考えて練られているのが労組法だ。だが今は組織と名が付けば取り締まりばかりで、この労組法も成立したところでどのていど機能するのか、南原はまったく疑わしいと思っていた。

「選挙となると、警察部長が率先して選挙干渉する時代ですからね」

南原はぷいと顔を背けた。

富山の県会で南原の提案が通ったその晩に、電話一本で東京に転勤させられたことがいまだに腹に据えかねていた。南原が去っても排水事業をやり続けると言ってくれたのは、すべて富山の係官たちの心遣いによるものだ。南原は皆に合わせる顔もなく、歯がみしながらここへ戻って来たのだ。

「おいおい、内務省の人間がそんな言い方をしてもらっては困るぞ、南原君。君なら政府が恐れとることくらい分かるだろう。昨年、一昨年と、立て続けにロシアとドイツで革命があったんだからな」

「わが日本は、川崎造船所で大きなストもありましたね」

南原は淡々とペンを走らせた。ここでは労組法をやり、隣ではその取り締まり立法をやっている。こんなことをいくら続けても、問題は何も解決しない。

南原が話に乗ってこないのに飽きたのか、床次は立ち上がった。

「ところで君、東大の経済学科というのはどういうところだね」

さすがに南原は顔を上げた。

「ちょうど君が入った時分にたしか政治学科から分かれたんだろう？　私のときはまだなかったからな」

床次は帝国大学の政治学科の出身だ。

「今年、学部に昇格するんだが、わざわざ法学部と分ける必要があるのかね」

「法科はそういうところが権威的で、鼻につくと言われたことがありますよ」

一高時代からやんちゃだった森戸(もりと)の顔が浮かんだ。いつか経済学を学問として独立させると息巻いていた森戸は助手として大学に残ったはずだが、学部昇格とはどれほど喜んでいるだろう。

だが床次は、それは厄介だなと言って、軽くこめかみを掻いた。

何か含みのある言い方だと思ったが、床次はあっさりと背を向け、手を振って出て行った。


集会所の門のそばに内村の姿が見えたとき、南原はほっと息を吐いた。内村とともに喜びたいことがあり、思い立って来たものの、内村が案じているに違いない話のほうをどうするか迷い続けていた。

昨年、東大では経済学部が誕生したが、その第一号の紀要に載った森戸の論文が物議を醸(かも)していた。森戸は経済学部の助教授になっていたが、そのクロポトキンの論文が新聞紙法に反するとして起訴され、年明け早々に東大を休職させられることになったのだ。

森戸がクロポトキンを大きな研究課題の一つにしていたことは南原もよく知っていたし、ずっと書きたがっていた論文が完成したことはとても喜ばしいことだった。だがクロポトキンが無政府主義の理論家だというので森戸まで同様の扱いだ。学術的な論文が起訴されたのは、政府がロシア革命を恐れるあまりのとばっちりとしか言いようがなかった。

ふとこちらを向いた内村が、南原に気づいて手を振った。森戸の論文では紀要の発行人だった大内兵衛（おおうちひょうえ）助教授までが失官することになりそうで、どちらとも面識のある内村の心中は察するに余りあった。

「やあ、久しぶりだねえ。新渡戸（にとべ）君のことは聞いたかい」

内村は明るい声でそう言った。ヨーロッパでの戦争がようやく終わり、交戦国は国際連盟を結成することになったが、新渡戸がその事務次長として転出することになっていた。南原が内村と喜びを分かち合いたかったのはそのことだ。

だが南原がうなずいたと見ると、やはり内村の顔にはすぐ影がさした。

南原も内村もアナーキズムには賛成しないが、森戸はそれを学問として研究しているだけで、なにも喧伝したわけではない。政府は森戸が無政府共産思想をいだいて社会運動を勧めたと言うが、むろん何一つ実際には行動していない。学問は個人の良識の問題であり、そもそも大内にいたっては、専門は財政学だ。

「先生、森戸はやはり朝憲紊乱罪に問われるのでしょうか」

国体の変革をうったえ、暴力的な革命を企図したとする内乱罪だ。

「それは内務省にいる南原君のほうが詳しいだろう。床次大臣は強硬だからね」

内村はやれやれと苦笑してみせた。

「経済学部の船出はこれからだというのに、森戸君も大内さんも災難だね。大内さんはわざわざ大蔵省を辞めて大学に戻られたと聞いていたがねえ」

内村は少しも嫌味を言っているわけではないのに、南原は勝手に恥じていた。

南原は日常の仕事では労組法に取り組みながら、すぐ隣でその取締法が進んでいることも知っている。労働問題も社会状況も、こういった立法作業では何も改善されない。日々の暮らしからはかけ離れているように見えても、哲学的思考のほうが現実社会をよほど前進させるような気がしてならなかった。

「僕は一人前に政治をやっているつもりでしたが、真の意味で現実の役に立つのは学問のほうではないでしょうか」

南原はこのところずっと、わだかまっていることを口にした。

「今回のことにしても、森戸は高校のときから、いつか経済学という学問を確立しようと懸命にやっていました。遠回りのように見えても、森戸の論文は世の中を一歩、善に近づけたと思います」

森戸は論文の中で暴力革命について解説したが、それをはっきりと否定している。読む側も政府も、論述の一言一句が法に触れるかどうかよりも、その内容自体を精査し、論評するべきなのだ。

内村はしみじみと南原にうなずいた。

「森戸君の一件は思想問題だよ。実際に政府の転覆を図ったわけでもないのに、万が一、罪に問われるようなことになれば、それこそ憲法の精神も学問の自由も踏みにじられる。政府の論法でいけば、民主主義も自由主義も危険思想だ。キリスト教も今に、やられるときが来る」

少し感情的になったと思ったのか、内村はふっと表情を和ませた。そんな日本にとって、新渡戸の活躍はこれからますます重要になると微笑んだ。

国際連盟は世界の平和維持機関としての役割が大いに期待されるが、日本はその常任理事国の一つに選ばれる運びだ。国内では共産主義や無政府主義が目の敵にされ、政府は社会運動をきっかけにした革命を病的に警戒しているが、国外へ向けては、平和の構築へ着実な一歩を刻んでいるのだ。

「君は床次大臣の下で労組法を作っているんだってね。どうだね、手応えはありますか」

内村に屈託なく尋ねられて、南原はどう答えていいか分からなかった。

内村は南原を連れて集会所へと歩いて行く。

「私はアメリカへ行く前は農商務省で働いていたんだよ」

前に話したかなと尋ねられ、南原は首を振った。

「政府はどの省も懸命に仕事をしているね。あれは日本人のすばらしいところだ。だから維新からたかだか五十年で、日本という国はここまでになったんだ」

幕府の長い武断政治に終止符を打ち、富国強兵、殖産興業に邁進して、ついには新渡戸のように世界機関で特別な役割を果たせる人材まで出した。それは日本中が個人の損得を後回しに、必死で列強に並ぼうと励んできたからだ。

「今はどうか知らんが、私がいたときの農商務省は資本家のことばかり考えていたから辞めてしまったが」

さらりと言った内村の言葉がずしりと胸に響いた。原内閣にしても、初の本格的な政党内閣などと賞賛されているが、どうも従来の強権的な政府とさして変わらない気がする。

「ところで南原君は、最近、小野塚先生に会ったかい」

「いえ、富山から戻ったときにご挨拶に伺って以来です」

何かおっしゃっていたかと尋ねられて、南原は苦笑した。社会問題を扱うとは、なにも立法することではないと早速、釘を刺されたのだ。立法なんぞ他の奴にまかせておけと、あの大きなぎょろ目で顔を覗き込んでこられて、南原はなぜかまた碁石がぱちりと打たれる音を聞いたように思った。

内村はうんうんと大きくうなずいて笑い声を上げた。

「君は大学で研究するほうが、きっと世の中のためになるからなあ」

南原は目をしばたたいて内村を見返した。内村といい小野塚といい、南原がこのところ、政治には学問こそ最も必要だと思っていることを見抜いているのかもしれなかった。

秋も深まり、久しぶりに東大の構内を歩いていると、高々と枝を広げている樫の木にこちらの背筋まで伸びるようだった。故郷の香川の緑が浮かび、三谷たちと将来について語り合った日々がよみがえってきた。

クロポトキン論文で朝憲紊乱の罪に問われた森戸は経済学部の助教授を休職し、有罪判決が出て禁錮三月に処されていた。憲法で言論の自由や学問の自由が保障されているのに不可解だと思うにつけ、この東大の中で森戸の学問を嫌う学派が、政府に強硬に働きかけたという気がしてならなかった。

もちろん無政府主義となると天皇制廃止を唱える者もいるし、共産主義から私有財産制の破壊を目論む輩もいる。長い歴史を経て今の形になった日本を土台から覆すような暴力的な革命には、南原もほとんどアレルギーに近い嫌悪感がある。

だが森戸が無政府主義や社会主義について書いたのは学術上の研究からであり、その実現を呼びかけたのでも美化したのでもない。森戸は経済学というまだ新しい学問を法学から分け、燦然と打ち立てようとした。そのために書かれた論文であり、まさに東大経済学部の誕生にふさわしいものだった。

南原はあれやこれやと考えながら坂を上り、山上御殿の重い扉を押した。中を見回したが小野塚はまだ来ていないようで、奥のテーブルについてコーヒーを頼んだ。

ほんの三月ばかり前、南原たち内務省の事務官は労組法を完成させ、床次内相を通して内閣の臨時産業調査会に提出した。だがその法案は原総理が保留とし、棚ざらしにされたあげくに握りつぶされた。農商務省が強硬に反対したそうで、南原たちには答申の機会さえ満足に与えられなかった。

南原はソファに身体を沈めて足を組んだ。

原は平民宰相などと言われるが、実は労働運動のたぐいを毛嫌いしている。階級闘争を助長するような、ほんのわずかでも革命に結びつきかねない法など、最初から施行するつもりはなかったのだ。

「やあ、待たせたかね。おう、少し肥えたようじゃないか。細君が美味しい飯を食わせてくれるんだろう」

ぽん、と肩を叩いて小野塚が向かいのソファに腰を下ろした。相変わらず黒縁の丸眼鏡で、機嫌の良さそうな笑みを浮かべている。

「どうだ、大学は懐かしいかね」

「はい、とても。山上御殿は、不思議に図書館と似た匂いがしますね」

「ああ、そりゃあ君がこっちの椅子のほうが合っとるからだろう。年長者の言うことは聞くもんだぞ」

小野塚は身体を後ろへねじって、いつかのようにまたビールを注文した。

「で、労組法は成立の見込みはなさそうだな」

「さすがに先生はもうご存じでしたか」

「ああ。だから君を呼んだんだ。どうだね、内務省で法なんぞこしらえても、根本的な解決にはならんということがよく分かったろう」

つい南原はうつむいた。まったく小野塚の言う通りだが、政治はそうでもして地道に現実に働きかけていくしかない。

「世間の評判は知らんが、原総理というのは、あれは完全に統治側の人間だろう。内務省に労組法を作らせて、自分たちの案だと言って議会に諮るなんぞ、あり得んね」

小野塚は気持ちよさそうにビールを飲んだ。南原もカップに手を伸ばしたが、こちらは牛乳を入れても苦いばかりだった。

「原敬もついに総理になったからな。やりたいこととやらねばならんこと、やれることは違ってくるだろう。どれが正しくてどれが誤っているとは一概には言えんよ。立場によって、やるべきことは変わるからな」

それが現実の政治だと言って、小野塚はソファにもたれこんだ。

南原は黙って姿勢を正した。原が労組法をお蔵入りにした理由は南原にも分かっているが、それを納得させてくれるのは、やはり小野塚のような師だけだ。

「森戸君のことだがね。あれは学問に人生を懸けとる学者を、同じく学者たちが救った一幕だったとは思わんかね。結果としては禁錮刑にされたんだが」

小野塚は面白そうに南原の顔をじっと眺めている。

森戸は起訴されて法廷に立ったが、東大の教え子から知識人に至るまで、言論界はいっせいに森戸支援の論陣を張り、各地で演説会や講演会が開かれた。当局も裁判の他には強硬な手を打たず、問題の論文が掲載された紀要を発禁処分にはしなかった。

法廷では、東大で政治史を教える吉野作造や京都帝大教授の佐々木惣一ら、当代の錚々たる学者たちが特別弁護人に立った。

「あの弁護人の顔ぶれでは、さしもの政府も、手も足も出ませんでしたね」

「そうだろう。華々しいね、まだまだ捨てたもんじゃないぜ、今の時代は」

そのわりにはどこか弱々しい声だったので、南原は顔を上げた。やはり小野塚は冷めた顔をして南原にうなずきかけてきた。

「君はこのまま行くと思うかね」

またぱちりと、碁石を打つ音が聞こえてきた。勢いこんで飲んだコーヒーは苦かった。

「政府はこれからも政府の思惑で動くだろう。そのとき君は内務省にいて、学問のためにどんなことができるんだね」

「学問のために……？」

小野塚はまっすぐに南原を見ていた。

――君が望んでいる真理を追究するということは、学問のために生きるということではないのかね。

小野塚は身体を斜めにしてソファに肘(ひじ)をついた。

「クロポトキン論文でどうして禁錮刑を受けなきゃならんのだね。学者を甘く見てもらっちゃ困るぞ。政府の考えていることや、どんな国作りを目指しているかぐらいお見通しだ。政治家にも官吏にも、立場や果たすべき義務があることなんぞ百も承知だぜ。だが学問の自由は、何よりもまず第一に尊重されるべきではないかね？　好きに学問もさせずに、それでまともな臣民が育つのかね」

南原は思わずコーヒーをこぼしそうになった。内村とは違って、小野塚は内面の激情を隠そうとしない。

「どうして吉野さんや佐々木さんが時間を割いて法廷になぞ足を運ばねばならん？貴重な研究の時間を、なぜ弁明なんぞに費やさねばならんのだね」

小野塚はいっきにビールを飲むと、おいでと言って立ち上がった。

南原はあわててその後をついて行った。

小野塚は法学部校舎の暗い階段を上り、長い廊下を黙々と歩いて行く。

「君はもちろん京都帝大の沢柳事件を知っているだろう」

大正二年、京都帝大の総長だった沢柳政太郎が七人の教授たちを免官し、残りの教授たちがそろって辞表を出すことで処分を撤回させた一件だ。沢柳は文部省の意向で動いていたが、結局は総長を辞し、あれで教授の人事権は教授会がもつという慣行ができた。

「学者はときとして闘わなければならない。あれが東大で起これば、私らももちろん同じようにしたさ。だが東大は政府のお膝元にあるからな、果たして京大のように闘うことができるかねえ。政府だ官庁だと目の敵にしたところで、大半はわが卒業生たちだろう」

東大はもともと高級官吏を養成するために作られた。世の中の風向きがどうなろうと、一年一年確実に、官吏という国の働き手を送り出さねばならないのだ。

「君は以前、戸水教授の復職に腹を立てていたが、あれは間違っている」

南原もそれは少し分かるようになってきた。自分の主義主張と違うからといってその学問を否定するのは、焚書坑儒と根が一つだ。

「もともと学者なんぞ、現実の政治の前には非力なものさ。いやしくも本を読む人間は、学問という旗の下で、その弱い力を合わせねばならん」

実際に戦争にでもなれば民衆もジャーナリズムもあてにならないと、小野塚は少し遠い目になった。日露戦争の開戦前夜、小野塚には民衆の熱に煽られた経験もある。

南原の前を歩いて行く小野塚の背には権威主義のかけらもない。歩くことすら不器用そうに、肩を上げ下げしながら暗がりを進んで行くのは、そのまま小野塚の朴訥とした純粋な人柄を表しているようだ。

小野塚は政治学教室と札の下がった部屋の前へ来ると、重そうに両手で扉を押した。するとぱっと廊下まで明るくなって、南原は足が止まった。

正面の窓から部屋いっぱいに光が差し込んでいた。そのすぐ下に本を積み上げた小野塚の机があり、隣には吉野作造が座っている。

その手前に助教授たちの机が並び、入り口に近いところでは助手たちが座っていた。

小野塚は手招きをして、やはり肩を上げ下げしながら奥の自分の机へ歩いて行く。

途中で、本の一冊も置かれていない机に、とん、と人差し指を突いた。

「ここは高木（たかぎ）君の机だがね、今はアメリカ留学中だ」

内村の聖書研究会に来ていた、一高で一年下だった高木八尺（やさか）だ。彼は帝大を卒業して大蔵省に入ったが、一年ほどで辞めて東大に戻っていた。

机は毎日拭かれているのだろう、木目に光が跳ね返って丸い輪ができていた。

そのとき南原はぐっと胸がしめつけられた。ここで朝から晩まで自分の好きな学問をすることができたら、どんなに満ち足りた思いがするだろう。

どれほど孤独で苦しい道でも、やはり南原はその道のほうを行きたかった。実際面では関わらなくても、新聞を読み、小野塚たちのぼやきやつぶやきを聞くだけでかまわない。

富山で排水事業に取り組むのも、内務省の堅牢（けんろう）な建物の中で労組法を考えるのも、実際的で意味のある仕事だ。だが南原は官庁で国を前へ進める仕事に携わるよりも、そんな仕事をする次の世代を育てる仕事をしたかった。好きなだけ学問をし、この世の本という本を読み尽くしたかった。

ふいに若者を育てたいと言った三谷の顔が浮かんできた。人の一人にすぎない自分の力なんて、僕はそれにこそ疑いを持つよ――

呆然と高木の机の前に立っていたとき、ぽんと肩を叩かれた。小野塚が鞄を持ち、さあ行こうと言った。

ふたたび南原は小野塚について暗い廊下を歩いた。

「いったん社会に出て、大学に戻って来るのは珍しくないぞ」

小野塚の声は廊下の高い天井に反響して、どこか天から降って来るようにも聞こえる。

南原はここで学んでいたとき、筧（かけい）の授業でラファエロの描いた「アテネの学堂」を見た。むろん教材として使われた写しだったが、ルネサンス期の精神を存分に表した見事な壁画だった。

ギリシャの学者たちが一堂に会し、中央の光の中をプラトンとアリストテレスが歩いていた。プラトンの指は天を、アリストテレスの手のひらは地を示していた。天とは観念的なイデアの世界、そして地とは現実の政治だろう。

「君にはここが合っとると言っただろう？」

小野塚が足を止めて振り返っていた。

「プラトンは哲学者の統治する理想国家を説いたろう？　君は学問のために闘うべきだ」

ぱちりと、碁石の置かれる大きな音がこだました。

「助教授にしてやるから戻っておいで」

足がすくんで動かなかった。南原はただぼんやりと小野塚の顔を見返していた。

「東大はちょうど来年から、四月に年度が始まるんだ。内務事務官だかなんだか知らんが、それまでに内務省は辞めなさい」

小野塚は廊下に仁王立ち(におうだ)になっていた。

「当分は大学行政なんぞやらんでいい。今は嫌気がさしているだろうからな」

政治はそんなものだと、小野塚は口笛でも吹くように言った。

「僕は多分、ジャーナリズムとの付き合いもできません」

自分でもなぜそんなことを言ったのか分からなかった。だが小野塚は肩をすくめて笑った。

「残念ながら、それは無理だな。昔とちがって、今は政党政治もジャーナリズムも成熟しとるからな。向こうが放っておかんよ」

こっちから打って出るんだなと言って、小野塚は童顔に戻って南原の肩に腕を回した。


その朝、南原はいつもより早く目が覚めた。横を見ると妻も二人の娘もまだよく眠っている。

南原はそっと布団を抜け出して隣の書斎へ行った。鞄を開けようとして思わず笑みが湧いた。昨夜、床に入る前もさんざん眺めまわしたから、まるで初めて東京へ出て来た高校生に戻ったようだった。

あのときも、それから数年後に東大に入ったときも南原の荷物はいつも風呂敷にくるまれていた。それがこんな立派な革の鞄になったのは、百合子の父が記念に贈ってくれたからだった。

百合子が起きたのか、台所から包丁の音が聞こえてきた。大正十年五月、三十一歳の南原は今日から東大の助教授に就任する。

服を着替えて居間へ行くと、もう朝食が並んでいた。

「おはよう、繁さん。きっと今朝は早いと思っていたのに負けちゃった」

百合子は前掛けを取ってテーブルの向かいに腰を下ろした。

二人で手を合わせ、箸をつけた。

「しばらくは百合子にも厄介をかけるよ。衣類の整理なぞはあとまわしでかまわないからな」

内務省の官舎を引き払ったばかりで、居間の隅には箪笥(たんす)や書棚が寄せたままになっていた。当分は引越しの片づけに追われるが、百合子の身体が丈夫でないのが気がかりだった。

「大丈夫よ。それよりあなたこそ早く大学に慣れて、思う存分、本が読めるようになりますように」

百合子は微笑んだ拍子に少し咳き込んで、それをごまかすように空いた食器を持って立ち上がった。

「東大には矢内原さんもいらっしゃるんでしょう？」

「いやそれが、ヨーロッパに行ってるそうだ」

内村の聖書研究会で親しくしていた矢内原は、新渡戸が国際連盟へ転出した後を受けて経済学部の助教授になっていた。だが南原と一足違いで海外へ留学していた。

「あら、そうなの。森戸さんは大阪へ行ってしまわれるし、高木さんも留学中では寂しいわね」

「うん。仕方がないがな」

南原も食事を終えて食器を下げに行った。

森戸は結局、禁錮刑を受けて大学を失職し、大阪にある大原社会問題研究所へ移っていた。民間の研究所だが、森戸や大内兵衛たちがこぞって移籍したので、今に東大の経済学部をしのぐ研究成果を上げるだろうと言われていた。

「俺はまずは学部に慣れんとな。七年も前だから、教室の場所も覚束ないよ」

南原が大学を卒業したのはヨーロッパで戦争が始まった二十四のときだった。いくら社会に出てから大学に戻る者が多いとはいえ、一、二年が通例だから、南原は珍しい部類だ。

「これからは学者さんだもの。繁さんも早く留学しないとだめね」

「まあ、いつかは行ってみたいがな」

だがそんなとき真っ先に考えるのは百合子のことだ。病弱な身体で富山のような雪深い場所に二年以上も暮らさせた上に、東京へ戻ってからも南原はあれやこれやと忙しく、あまり家を手伝うことができなかった。

それでも百合子はいつも南原の頭にあることを分かっている。流しの前で、どこへ留学するつもりなのかと顔を覗き込んできた。

「いくらプラトンが好きでも、古代アテネを想ってギリシャへ勉強に行く人はないものね。だとしたら、カントのドイツかしら」

「カントはフランス思想にも詳しかったんだぞ」

「あら、だったらパリにも行かなくちゃ」

世界のパリ、と百合子は憧れを込めてつぶやいた。

「セーヌの河畔に建つノートルダム寺院は、さぞ素敵でしょうね」

「どうだ、一緒に行くか」

まあ、と百合子は噴き出した。

「楽しそうだけど、私は日本でお留守番をしてるわ。乳飲み子を連れて留学なんて、研究が半分も進まないでしょう」

百合子はわざと茶化して子供のせいにした。富山どころではない、一年の半分も凍てつくヨーロッパで暮らすのは百合子には無理だ。

「私は、繁さんに代わりに見てきてもらえば満足なの」

フランスは国民の大半がカトリックというキリスト教国で、英国国教会のイギリスとも大いに違う。狂乱のフランス革命を経て今の姿になったという歴史もある。

「宗教は精神の最後の拠り所だからな。日本もこれからは、キリスト教をいかに採り入れるかが大事になってくる」

百合子は嬉しそうにうなずいた。互いに内村のもとで出会い、キリスト教は二人の暮らしに大きく関わっている。

「俺は現実の政治という意味ではやっぱりイギリスが優れていると思うがな。議会制度は世界に先駆けて発展したし、社会も比較的安定しているだろう？」

近代哲学の原型は古代ギリシャにあるが、政治として固有の価値が開かれたのはイタリアのローマだ。真理という考え方もギリシャで生まれたが、今それを学びたければイギリスやドイツへ行くほうがいい。

南原がぶつぶつとつぶやいているのを、百合子は食器を拭きながら楽しそうに聞いている。

「繁さんは世界中にお友達がいるから、どこに行かれても安心だわ」

「何を言ってる。行くなら百合子も一緒だぞ。俺は、学問を捨てても君を守ると決めて結婚したんだ」

「私はいつだって十分守ってもらってますけれど？」

百合子はおどけたように笑って、書斎から鞄を取って来た。

子供たちはまだよく眠っている。寝間からはことりとも音がせず、百合子は南原を送って坂を一緒に下りてきた。

「さすがにちょっと早すぎるんじゃないかしら」

辺りは暗く、まだ誰も歩いていない。

「とてもよく似合ってらっしゃいますよ、南原助教授」

百合子は南原の襟を整えると、まるで赤ん坊の頭にするように優しく鞄を撫でた。

「ありがとう。行って来るよ」

南原は笑って、軽く帽子を持ち上げた。


大学では小野塚たちと同じ政治学教室に南原の机が置かれた。きっかり九時半に小野塚が現れ、それからすぐ吉野作造もやって来た。小野塚の弟子でキリスト教徒でもある吉野は、南原の斜め前に座って、口ひげを撫でながら微笑みかけてくれた。

吉野は東大では政治史を担当しており、ヨーロッパでの大戦が終わってからはとくに平和主義と民主主義をかかげるようになっていた。雑誌『中央公論』で帝国主義批判の論戦を展開し、今や論壇の花形でもあった。世の中は大正デモクラシーで、あらゆる分野で民主主義や自由主義が唱えられ、東大の人気教授ともなると発言はそのまま新聞に掲載されて世評を賑わせた。

だがそのぶん国粋主義者からは疎んじられ、この東大でも吉野の論敵といわれる教授たちの派閥があった。

とりわけ五年前に吉野が民本主義論を発表してからは、民衆の利益を尊重するのは国体に反するとして、同じ法学部の上杉慎吉教授たちから論戦を挑まれていた。しかも一方では主権者を規定しない中途半端なデモクラシー論だとして社会主義者からも批判を浴びていたので、吉野は少し大学に倦んでいるようだった。

南原が続けて行政法教室に挨拶に行ったとき、教授の美濃部達吉から苦笑まじりにその話をされた。

美濃部は僧のようにつるりとした頭で、これもまた宗教家然とした、いかにも万事よく聞き分けそうな才走った耳をしていた。

「学者の発言が物議を醸すのは悪いことではないがね。今は比較的いい時代だから上手くいっているだけの話だな。まあ君も早く一人前になって、いざというときは手伝ってくれたまえよ」

美濃部自身も上杉たちから執拗に攻撃されていたから、これはかなり辟易しての言葉だと南原は思った。

昨年から東大の憲法学は美濃部と上杉の二講座制になったが、圧倒的な支持を集めているのは美濃部だった。美濃部は日本は天皇の統治する君主制国家だと明言しつつ、天皇を絶対君主とはしなかった。天皇を神格化する憲法論とは鋭く対立し、そのため上杉との論争は二講座制になる前から、もう十年余りも続いていた。

もともと美濃部は行政法の専門家だが、文部省の依頼で憲法講義を行ってから憲法学者として名を馳せることになった。国家法人説にもとづいて憲法を解釈する立場だから、上杉らの天皇主権説と激しい論争が起こったのだ。

学界では主流派の美濃部だが、学問的に近い立場の吉野とも、それほど付き合いはなさそうだった。

「私が留学したのはもう二十年も前だが、君もこれから行くんだろうな」

どこへ行くのかと尋ねられて、南原はそっと、ドイツ辺りへと口にした。今の日本の憲法学はドイツで学んできた美濃部に負うところが多いので、さすがに緊張した。

南原は学生時代、美濃部の講義を懸命に聴いて、高等文官試験のときは著書の『憲法講話』を一文残らず暗記するほど読み込んだ。その美濃部に、君が授業に出ていたのはよく覚えていると言われたから、顔が真っ赤になった。

「いつも最前列に座って哲学書を二冊も三冊も広げとったからね。君の後ろに座ると黒板が見えんもんだから、つねに周りの席が空いとったな」

南原は思わず肩をすくめた。

「ドイツでは何を研究するつもりかね」

「批判的にですが、マルクス主義を研究しようと思っています。そこからカントやフィヒテに発展させていければ、と」

すると美濃部は、ああそれはいいねと即座に笑みを浮かべた。

「誰を研究するにしても、その著書だけを読んで終(しま)いの学問はないからな。まだまだ日本には紹介されていない論文も多い。これと思ったものの翻訳もひとつ、頼んでおくよ」

南原は力を込めてうなずいた。

もう猛烈に外国へ行きたくなってきた。船に一月も二月も乗らねばならないのだ、行くからにはドイツだけでなくイギリスやアメリカも見てみたい。東大で教鞭(きょうべん)を執るには留学が必須のようになっているから、近いうちに思い切ったほうがいいのかもしれない。

だが百合子の儚(はかな)げな笑顔も目に浮かぶ。

南原は美濃部の研究室を出て廊下を歩いて行った。

気がつけば憲法学教室の前だった。これはしっかり挨拶しなければと、気合を入れて服の埃を払っていると、扉が開いて着物姿の男が現れた。

「上杉先生」

南原が名乗って頭を下げると、男は穏やかな顔でこちらの上から下までを眺めた。

上杉は着物よりも洋装が合いそうな彫りの深い顔立ちだった。南原はどことなく三谷を思い出した。

「学部長のお声がかりというのは君ですね。これは期待していますよ」

憂いを帯びた目で静かに話しかけられて、これがあの激しい弁舌をふるう上杉かと拍子抜けがした。学部長と言ったのは小野塚のことだ。

「それで君も、やはり美濃部先生の国家法人説の立場なのだろうね」

それには南原もはっきりとうなずいた。上杉の天皇主権説や議会政治の否定にはとても賛成できなかった。天皇の主権を制限するものがないとすれば、立憲政治も議会もただの茶番劇だ。

「そうか。いや、そうだろうな。君は内務省にいたのだ。官界は天皇機関説が闊歩していますからね」

上杉は天皇を機関と言うことすら穢らわしげに首を振った。上杉は穂積八束という亡くなった憲法学教授の秘蔵の弟子で、師に負けず劣らずの保守主義者だった。

上杉の師の穂積は神官でもあり、骨の髄までの天皇絶対主義者だった。「民法出テ忠孝亡フ」の論文は南原も学生のときに読んだが、私法のことでもあり、あまり関心は持たなかった。

南原はきっとこわばった顔をしていたに違いない。上杉はわずかも動じず、憐れむような目で南原に笑いかけた。

「いや、一向にかまいませんよ。君ももうすぐ留学するんでしょう? 本当に優秀な頭脳の持ち主ならば、すぐに私の説くことが正しいと分かるはずです」

当然ドイツに行くのだろうと尋ねられて、南原はうなずいた。ドイツは上杉の研究した国法学ばかりでなく法哲学も優れているし、カントの実践哲学もフィヒテによって飛躍的な発展を遂げている。

「私も若いときはキリスト教をやってみたり、いっときは国家法人説が正しいと考えて穂積先生を批判したこともあったのですよ。だが学究を深めれば、人はおのずと正しい理論に行き着くものです」

上杉の茶色がかった美しい目を見ていると、そのまま吸い込まれてしまいそうだった。

主張が真っ向から対立している上杉と美濃部はどちらも四十代で、互いに二十代の終わりにドイツへ渡り、その国法学を研究して帰国した。似た道を通って同じように学問を積んでも、人はここまで異なる思想を持つようになる。

だが上杉も美濃部も、学問そのものに対する敬意と情熱は変わらない。同じ東大の校舎の中で対立する論陣を張っていても、南原が内務省の中で隣りあって正反対の法案を練っていたのとは次元が違う。

「では失敬しますよ」

上杉が笑って背を向けたとき、南原はかつて小野塚に正されたことがようやく理解できた気がした。吉野と美濃部が近い学説を主張しながら、決して群れていない意味もそこにあると思った。

人がどんな学問をするかは、その人柄を褒めも貶しもしない。学問はどれも等しく尊いもので、貴賤も優劣もない。互いの信念がどれほど遠かろうと、学問に携わるかぎり、人としての相手を否定することはない。

南原は拳を握り込んだ。今すぐにでもドイツへ行って、上杉と対等に話せるほどになりたかった。膨大にあるかにみえる歳月は学問をするには決して長いものではない。今このときも、時は刻々と過ぎていく。

今さらのように森戸のクロポトキン論文を断罪された憤りが湧いてきた。これから南原は研鑽を積み、いつかは学問を守るために闘える学者になりたい。

迷っている時間はないのだと南原は思った。

七月になると南原は家族を連れて百合子の実家がある群馬県の沼田へ行った。南原の留学が決まり、そのあいだ百合子と娘二人を預かってもらうためだった。

沼田は標高が高く、夏の涼しさが百合子の身体にも良さそうだった。富山にいたとき百合子が寒さに強かったのは、このためだったのかもしれない。

明日は南原が一人で東京へ戻るという晩、南原と百合子は、兄の星野鉄男と庭のテラスで話をした。降るような星空が広がり、百合子は背を丸めて袷の羽織を掛けていた。

今年、星野は東大医学部の助手になり、近いうちに自分も留学するつもりだと話した。

「星野はいつから行くんだ」

星野まで日本を離れると思うと、南原はやはり百合子が案じられた。

「そうだなあ、来年の春頃になるんじゃないかな。それで南原は、ドイツのほかはどこへ行く?」

まずはイギリスに渡り、半年弱でドイツへ移るつもりだった。ベルリン大学で一年は研究して、そこからフランスの大学を紹介してもらおうと思っていた。

そのとき百合子が笑い出して、二人は話を止めた。

「ごめんなさい、だって繁さんもお兄様も、いまだに名字で呼び合っているのが可笑しくて」

南原は星野と顔を見合わせた。そういえば南原は星野を兄と呼んだことがなかった。

「でもそれが繁さんらしいわ。繁さんはプラトンやカントを、まるで今そこで会ってきた友達のように話すんだもの。だけどこの頃はマルクスのことばかり」

百合子は少しうらめしげに南原を見た。

「だってお兄様。繁さんはさっきもプンプン怒って、〝マルクスの奴、宗教はアヘンだとさ〟なんて」

百合子は南原の声色を真似て笑った。

「私はマルクスと聞くと怖い人のようで、あまりお友達になってほしくないの」

「おい、百合子。南原の学問をそんなふうに言うものじゃないぞ」

星野が注意すると、百合子は小さく舌を出した。

だがいつも百合子がこうして上手に現実との間合いを取ってくれるので、南原は安心して思索に耽ることができている。

たしかにこのところの南原は留学を思うあまり、マルクスの名を出すことが多かった。もともと南原が大学へ戻りたいと思ったのは内務省で労働問題や社会問題に携わり、マルクス主義に関心を持ったからだ。それを原理から究めるために、マルクスを生んだ精神的な基盤を探るのが留学の目的と言っても過言ではない。

マルクスという思想家はドイツ理想主義から生まれてきた。カントたちまでさかのぼってそれを見極めれば、きっとマルクスの説いた唯物史観がどこまで正しいかを知ることもできる。

唯物史観とは言ってみれば、世の中の政治と文化の特徴がすべて生産様式に規定されているとする考えだ。生産力が発展すれば生産様式は変革され、それによって新しい政治構造も形成されるとする。

だがそんな世界観がいったいどこまで通用するだろう。マルクスが信仰を持たなかったことは、その世界観に限界を与えているのではないだろうか。

「俺は結局、マルクスは理解できないのかもしれんな。今でもすでに、とても同意できそうにないよ」

南原は星空を見上げながら、またマルクスのことを考えていた。もとから南原はクロポトキンやアナーキズムとなると全く肯定できないのだが、それと研究とは別だ。

「人間の不幸の原因をすべて社会経済に転嫁するなぞ、無理に決まっているじゃないか。やっぱり、あれは間違っているだろうな」

きっとマルクスの著書ではだめなのだ。聖書の言葉こそ真実だ。

「それを聞いて私も安心だわ。なんといっても繁さんは、彼のお膝元へ行こうとしているんですもの」

南原は百合子の声をうっとりと聞いていた。息をするのも忘れて深い思索の海にもぐってしまう南原にとって、百合子はつねに海面で待ってくれている浮きのようなものだ。

百合子はテーブルに身を乗り出して、南原に真剣な目を向けた。

「衣食足りて礼節を知ると言うでしょう？　赤ん坊がいるからかもしれないけれど、私は物質的に足りていなければ不幸だわ。だってもしも待子や愛子に食べさせる物がなければ、精神の高揚も何も、知ったことじゃないわ。高尚であるかなんて、どうでもいいの」

そのとき南原は拳で、ぽんと腿を打った。

「ああ、そうだ、百合子の言う通りだ。経済的物質生活とそこから得られる主観的な幸福を通して、人間の精神は高揚もするし、発展もする」

「え？」

「だから主観的な幸福を超えて人間性を高めることこそ、人の使命なんだよ」

百合子と星野がきょとんと顔を見合わせた。

南原は一人で大きくうなずいていた。人間の生活は、マルクス主義が規定するよりもずっと多様で深刻なのだ。

「だいたいマルクスは社会、社会と強調しすぎだろう。そんなに社会が重要だと言うなら、どうして人の精神の自由を認めないんだ？　人がそれぞれ自立して初めて、社会という結合体は成立するんだぞ」

百合子が星野のほうへそっと肩を寄せた。

「ほら、お友達みたいでしょう？」

星野も納得したように笑ってうなずいた。

「まあしかし、僕も少し心配していたから安心したよ。どうやら南原は共産主義者になることはなさそうだな」

「うん？　もちろんさ」

南原が首をかしげると、星野は椅子の背にもたれて腕を組んだ。

「だがマルクスは哲学者でもあったんだろう？　哲学者の身内というのは、これでなかなか大変なんだよ。こっちは南原の言いたいことの半分も分かっていないからな」

百合子もしみじみとうなずいた。

そんな二人のそばにいると、南原は身体中を熱い血が駆け巡るような気がした。

「ああ、俺は幸福だ。こんな兄と妻に恵まれて」

星野は声を上げて笑い出した。

「そこが哲学者の度外れたところだよ。恥ずかしげもなくそんなことを言うんだからなあ」

星野と百合子は笑っていたが、南原はただ感動して夜空を見上げていた。

今度三人で会えるのは何年先か。いつまでもこうしていたいと思うのに、月はいつの間にか真上を過ぎていた。

大正十年十月、南原はイギリスに降り立った。秋というよりはもう冬の寒さで、ロンドン大学で勉強を始めてすぐ、夜のあいだにインクが凍ることもあるのに驚いた。十一月には原首相が暗殺されたと伝えられ、南原は床次ともども富山を案内した三年前の初夏を思い出した。

平民宰相ともてはやされ、民衆の支持も大きかった原だが、経済政策はついに財閥向けで終わり、普通男子選挙制度は衆議院を解散してまで成立を阻止した。原はよく、〝階級〟などは存在しないと言っていた。だから労働運動はまやかしで、階級差にもとづく普通選挙も不要だと考えたのかもしれない。

ロンドンの街がすっぽりと雪に覆われた同じ月、アメリカのワシントンで海軍軍縮会議が始まった。そのころ南原は懸命に哲学史の講義を受けていた。

年が明け、四月まで残っていた雪が消えると街にはチューリップが咲き乱れた。灰色の街は鮮やかな原色に満ち、世界は懸命に生きているのだと思った。

やはり南原は哲学をやらねばならない。ドイツ理想主義を学ばなければ、この世のことは何も分からない。

すべてに急(せ)かされるように南原はドイツへ旅立った。

＊

石畳の広場を突っ切って行くと王宮のような建物が迫ってきた。鉄柵が荘厳な校舎を囲み、コートをたくし上げた座像がこちらを試すように見下ろしていた。

この石像はベルリン大学の創立者、ヴィルヘルム・フォン・フンボルトだ。

「国家からの、学問の自由こそ……」

そうつぶやいたとき石像と目が合って、重い何かを受け渡された気がした。

大正十一年五月、南原はドイツにやって来た。これから研究を始めるベルリン大学は学問の自由をかかげて百年ほど前に建てられた新しい大学だ。

歴史の長い大学なら西欧にはたくさんある。だがここは初代学長がフィヒテであり、カントの理念にもとづいて全学科を哲学が主導するという画期的な方針をとっていた。哲学者の哲学といわれる難解なドイツ哲学を学ぶなら、まずはここが総本山なのだ。

目の前まで来ても自分がここにいることが信じられなかった。南原は三十二歳になっていたが、内務省で政治の一端に携わったのは八年にすぎない。たったそれだけの経験で哲学をやるのは難しいかもしれないが、もう逃げも隠れも、後回しにすることもできないのだ。

南原はそっと胸に手をあてた。

この大学が作られたとき、ドイツはナポレオンに占領されていた。打ちひしがれた国民を前にフィヒテたち哲学者が立ち上がり、いつか来る国家独立の日のために国民全体の道徳の向上を訴えた。国家は教育国家たるべきだとして、ここで青少年の教育に力を注いだのである。

そしてその苦しい占領下の日々、ドイツに文化国家の理念を覚醒させたのがフィヒテの『ドイツ国民に告ぐ』の演説だ。

重厚な石造りの校舎へ入る間際、南原はもう一度広場を振り返った。真理と知識を得るために人が力を集め、これほどの広場で外へ開かれた学問の府は、きっと天からも見えているはずだ。

ここまでの大学を持つ民族は、きっと何度でも廃墟の中から立ち上がる――

念じるようにそう言い聞かせて、南原は研究室の前で鞄を持ち替えた。

ドイツは先の大戦で反戦気運が高まり、ついには革命になった。それもあって敗戦し、報復的な賠償金を課されて、今では国全体がひどいインフレに陥っている。

つくづく民衆は国家と運命を共にする。ドイツへは明治維新以降、大勢の日本人がやって来たが、当時の日本は国力も弱く貧しかった。それが今やインフレのせいで、外国人は南原でさえも十分すぎる金を持っている。良きにつけ悪しきにつけ、国民は国の運命に従わざるを得ないのだ。

ぼんやりとそんなことを考えながら、息を整えてドアをノックした。

すぐに扉が開き、細身の男性が顔を出した。ここを研究室にするシュタムラー教授だ。

シュタムラーは六十六歳になる法哲学の世界的な権威である。その教授に南原はここで来年いっぱい、個人指導を受けることになっていた。

教授はほとんど白一色になった豊かな巻き毛の持ち主で、切れ長の鋭い目に銀縁の眼鏡をかけていた。だがレンズの奥では目尻を下げ、先入観も偏見もなしに親しみを込めてくれているように感じた。

「やあ、君が繁だね。待っていたよ」

「どうかよろしくお願いします。先生の『近世法学の系列』は日本で読んで来ました。ぜひ僕に、いつか訳本を出させてください」

南原がしゃちこばって言うと、シュタムラーは軽く眼鏡を持ち上げて微笑んだ。

「そうか、あれは君だったのだね。大学に購入申し込みが来たからどこかと思えば、東洋の日本という国だった」

よく覚えているよと、教授はうなずいた。

「まったく日本人というのは底知れない民族だと思ったよ。よくもドイツのそんな本を知ってくれていると嬉しくてねえ。その当人と、こうして会えるとは」

シュタムラーは手を差し出した。

「どうやら言葉も問題はなさそうだな。一年半か。仲良くやろう」

南原は左手も添えて握り返した。ふとあの石像の顔が浮かんできて、フンボルトもこんな手をしていたのかもしれないと思った。

＊

ドイツでの研究も一年が過ぎ、シュタムラーとは公私にわたって親しく話せるようになっていた。イタリアではムッソリーニが政権を取り、一党独裁が始まる気配で、このところはファシズムについて多くを教わっていた。イタリアのファシズムは他の考えを認めず、民主主義は否定して、強大な軍事力を背景に他国への侵略の機会を窺(うかが)っていた。

南原はシュタムラーに教わりながら他の学科にも出るうちに、カントとマルクスを直結させるのは無理だと確信するようになっていた。マルクス主義は経済面で百の功績があるとしても、理想の最終段階へ辿り着くまでに人々のあいだに憎悪と敵対心を生むことは否定できない。いくら生産手段を共有にして私有財産制を否定しても、それが実現されるまでに生じる不安や脅威は、唯物史観がどうにも克服できない致命的な欠陥だと思った。

九月になったばかりのあの日も、南原はドイツに留まることができる残りの日を数えながら階段のそばのソファで教授と話をしていた。個人指導を受けるのは階上の教授室と決まっていたから、朝はいつも世界情勢や、研究とは直接関わりのないあれこれを喋って二階へ上がっていた。南原は次はフランスへ行くことにしていたので、そこに滞在する期間を逆算すれば、そろそろドイツを離れる頃合いだった。

あのときまでは南原も、教授には一分一秒でも長く教えを乞いたいと考えていた。学問を中途に日本へ帰るのがもどかしく、なかなかドイツを離れる決心がつかなかった。

だが人が生まれた国の運命に従うとすれば、南原ももう荷物をまとめなければならない。帰国して、得たものを還元する側に就くのは仕方がないと無理に自分を納得させようとしていた矢先だった。

「やはりどこへも行く気になれんかね。ドイツは郊外もなかなか見どころがあるんだ。

現実の政治という意味でも見てきたほうがいい」

いつものようにソファで待っていると、シュタムラーは現れたとたんに案じ顔になった。街並みもちょうど秋が深まったところで、教授に言わせればドイツはこれからが最も美しい季節だという。

「気晴らしにライン川下りでもしてみたらどうかね。カントもフィヒテも、そのくらいは楽しんださ」

南原は無理をして微笑んだ。

富山での経験もあったから、ドイツへ来た当初は北部の沼地へは行ってみたいと思っていた。だが百合子の容態があまり芳しくないと知らせが来て、いつどんな便りが来るかと気が気でなくなって控えていたのだ。

それでももうさすがに百合子のことばかり考えているわけにはいかなかった。かといって研究にも身が入らず、シュタムラーも内心、苛立っていたかもしれない。

南原はほんの一週間前と人が変わったように生気をなくしていた。シュタムラーは力づけるように肩を叩いたが、終わりが見えてきた今、教授との時間がさらにかけがえのないものになっているときに思いがけないことになってしまった。

この九月一日、東京をはじめ関東一帯が大地震に襲われていた。山という山は崩れ、橋は落ち、高層の建物は残らず根元から折れて倒壊したという。ちょうど食事どきで火を使っていたところが多く、首都は一瞬で火の海になった。世界に知られた横浜でさえ救援部隊が近づくことができず、十日近く経った今も被害がどの程度のものか正確なことは分かっていない。

大学の事務員が知らせてくれたとき、南原の頭の中では家族や友人たちの顔がぐるぐると回った。東大や一高や、内村の集会所が浮かんでは消えた。よく百合子が子供たちともたれていた玄関の門柱は、煉瓦を積んだだけの雑な造りだった。何も知らない百合子の背に、その柱が崩れ落ちる幻が見えるような気がした。

国の運命に従うなどと、よくもいい気で考えていたと、自分がこの上もなく愚かしく思えた。これほど遠く離れていては家族を助けることも、国とともに滅びることもできない。南原が知らない間に日本の災害は終わり、その同じとき南原はビールを片手に食事をしていたのだ。

「私は繁から日本について多くを学ばせてもらったよ。私の知る限り、日本人は誰が代表しても立派に国家の代理が務まる」

教授は優しく笑いかけてくれるが、南原の心は晴れない。

「先生に教えていただいたことが日本全体の恩恵となるように、帰国したら励むつもりです」

どうにかそう答えたが、階段を上るのさえ辛かった。

「繋は、ドイツ国民は敗戦からも立ち上がると言ってくれたじゃないか」

教授は階段の踊り場で振り返り、南原が追いついて来るのを待っている。南原はまるで牢へつながれるような足取りで階段を上っていく。

「離れて祖国の災難を思うのは辛いだろうな。家族が無事だというのとはまた別の話だ」

南原はぼんやりと、まったくその通りだと思って聞いていた。故郷の人々が今も苦しい復興の戦いをしているのに、自分だけがこんなしっかりした石の手すりにつかまっているのも申し訳なかった。新渡戸には最も身近な義務を果たせと教えられ、それが今の自分には学ぶことだと分かっていても、どうしても身体に力が入らなかった。

「ともかく知り合いは無事だったんだ。今はそれを喜ぶだけでいいんじゃないかね」

「はい……。本当に有難いことだと思っています」

百合子たちを沼田に預けておいたのは不幸中の幸いだった。東京では十万人近い人が亡くなったのだ。

そのとき事務室から高い靴音を響かせてスカートの女性が飛び出して来た。踊り場にシュタムラーを見つけると、女性は駆け上って来た。

「教授に日本から電報です」

シュタムラーはきょとんとして紙切れを受け取った。そしてすぐに満面の笑みを浮かべた。

「これは君あてだよ、繁。私に君の任務を手伝ってほしいと、小野塚教授がわざわざ頼んでこられたようだ」

「小野塚先生が？」

シュタムラーは大きくうなずいて、力強く南原の腕を引っ張り上げた。

「地震で東大は蔵書が焼けたんだろう？　大急ぎで本を集めろとおっしゃっているよ」

南原はその電報を見た。

関東大震災で東大は図書館が全壊し、大半の蔵書を焼失していた。それで海外にいる研究者たちに本を集めさせることになったという。

小野塚の電報には東大にふさわしい良書を大至急買い付けるようにと記されていた。

「まったく、日本の学者というのは大したものじゃないか、繁。大学の図書館が潰れるほどの地震だ、街のありさまは想像がつく。まだ住む場所もままならんだろうに、さっそく本を買えとはね」

明治の近代化のすさまじさを思い出したとシュタムラーは微笑んだ。

「明治維新の奇跡の殖産興業は聞いていたがねえ。言ったろう？　日本人は誰一人を取っても国を代表できるとね」

「………」

「今もヨーロッパの至るところに大学図書館の収蔵書を選べる、繁のような日本人がいるんだよ」

南原はただ階段の手すりにつかまって肩を震（ふる）わせていた。日本ほどすばらしい文化を持つ国はないと、災害で傷ついた故郷が誇らしくてならなかった。

それから間もなくベルリンにはみぞれ混じりの雨が降るようになった。南原は十二月までドイツに留まることに決め、それまでは研究を進めながら本を探すことにした。

大震災の後、東京が一面の焼け野原になり、戒厳令まで出されたことはドイツの新聞でも大きく報じられていた。建物は東大も含めて軒並み倒壊し、皇太子の結婚も延期されたとのことだった。

だが一月も経たないうちにヨーロッパ中で日本人が本を買い付けていると評判になり、日本は思いがけず諸外国の尊敬を集めることになった。

「日本というのはどこを切り取ってみても不思議な国だ。万世一系という皇帝がいてもファッショにならんのだから」

教授との雑談にも楽しさが戻り、南原は笑ってうなずいた。

「政治形態は幾度も変わったのに、今の皇帝一家は千年以上も日本を支配し続けているんだろう？」

支配というのとは少し違うなと思った。日本は皇室中心の家族国家だから、ヨーロッパのように民族闘争に陥ることはかつてなかった。ファシズムとは絶対権力をもつ独裁者に支配される体制をいうが、今も昔も日本の天皇に独裁者という色合いはない。

南原自身も幼い頃から儒教や浄土真宗に触れ、大学のときには内村と出会ってキリスト教を知った。明治以前の日本は宗教の自由を認めなかったが、南原は自分一人の人生を振り返っても、さまざまな世界の思想がこの身に層をなしているのを感じる。ヨーロッパに渡ってその根底にあるギリシャ哲学まで学ぶことができ、何か一つだけを選べとは、およそ南原は強制されたことがない。

日本は神でさえも一つではない。その一方でもとから民族闘争の必要はなかったので、個人を全体の構成物として存在意義を見出すようなファシズムとはこれからも親しまないのではないだろうか。

まだ自分にはよく分からないのだと言うと、教授はそれでいいというようにうなずいた。

「きっと日本はますます発展するぞ。日本という東洋の小さな国から、世界は変わるかもしれない」

かつて内村にも三谷にも、そう言われたことがある。

シュタムラーとはずっと話していたい。だがドイツを離れればもう会えることはない。

それでも深い学問の世界にいるかぎり、いつまでもつながっていられる。南原はそう信じてこれからも学問の坂を上ろうとしていた。

＊

大正十二年十二月、フランスに移った南原はグルノーブル大学で研究を始めた。引き続き本は探していたが、日本には諸外国からの支援が集まり、東大への寄贈図書も二十万冊を超える勢いだった。震災前、東大には八十万冊近い蔵書があったが、その大半は焼失していた。だが明治以降に国をあげて買い揃えた本だったこともあり、どの国も一様に好意的だった。

東洋の小さな国の図書館に世界中の注目が集まって、図書館の建物もアメリカのロックフェラーの寄付で再建されることが決まった。民族間に、あるいは国と国との間にどんな対立があるとしても、学問に敬意を抱くのは人類共通のことなのだ。

フランスでの半年は飛ぶように過ぎ、南原はついに三年に及ぶ留学を終えて帰ることになった。

まずはイギリスへ渡り、そこからアメリカへ行った。アメリカは東大に多大な寄付をしてくれたが、議会では折しも排日移民法が成立していた。

移民を実質ゼロにするというその法案には日本人という言葉こそなかったが、中国に対してはすでに中国人排斥法があり、フィリピンを除くアジア人には大正六年に移民法が成立していた。だから明治時代の紳士協約で入国を許されていた日本だけが今回、槍玉(やりだま)にあげられたのだ。

ずっとアメリカで働いていた新渡戸は排日法案が上院に提出されかけたとき、一度はその成立を防いでいた。だがついに正式に施行されることになり、その法律があるかぎりアメリカの土を踏まないと宣言して立ち去った。

鉄道でアメリカを横断していると、しきりに新渡戸のことが思い出された。これから先、日本とアメリカはどんな間合いを取って、カントのいう最高善を実現していくのだろう。マルクスの説いた共産主義は土台無理としても、現実社会はどこへ向かおうとしているのか、新渡戸の生の声を聞いてみたかった。

西海岸で船に乗り、アメリカの大地が遠ざかるのを見たとき、南原はついに自分の留学時代も終わったと思った。ロンドンからベルリン、パリと研究を続け、やはり人として生まれたからには永遠の平和を実現するために働きたいと強く願うようになっていた。

ベルリンでよくシュタムラーと話していたイタリアの現実政治は、四月の総選挙でファシスト党が七割に迫る議席を得ていた。光に輝く太平洋を見るにつけ、なぜイタリアのように太陽に恵まれた国で大地を黒一色で塗るような思想が芽吹くのか、南原は不可解でならなかった。

ファシズムとは個を認めない独裁体制だ。雪と氷に閉ざされることもない地中海で、なぜ国家権力が個人の私生活まで統制する思想が支持されるのか。地中海という穏やかな海が多くの移民を呼び、それを逆に排斥しなければもはやイタリアという国家が成り立たないというのだろうか。

だが同じイタリア人のダンテは、人類の共同体は光輝ある国家になることもできると言った。だから魚が海を求めるごとく、人は世界国家を求めると南原は信じている。そしてすべての人が心の奥底で求めているのは普遍的な文化国家であるはずだ。

もしかするとこれからは、平和の実現には大きな努力が必要になるのかもしれない。新渡戸はアメリカに立ち寄らないために、不便なインド航路を使っているという。新渡戸にしてそれほどの努力をしていることを思えば、南原はどんな苦労をしてもまだまだ実際の役には立ちそうもない。

船は太平洋をゆっくりと西へ進み、七月にようやく日本の島影が見えてきた。

横浜が近づいたとき、南原は船縁をつかんだきり、しばらくは下船の用意もできずに甲板に立ち尽くしていた。

出るときは立派に護岸されていた港が、瓦礫の山に変わっていた。波止場はずいぶんと幅が狭まり、大きな船は石のあいだを縫ってどうにかすり抜けて行く。桟橋にはいくつも窪みが残り、まだ板がかぶせてあるところも目についた。

海沿いにずらりと並んでいた建物は見るからに柱の傾いているものもあり、建て直しができている店も、いまだに潰れたままのところもある。

だが南原はこれからはこの国で働くことができるのだ。祖国の復興に尽くすとは、なにも建物を元に戻すことだけではない。

両手にトランクを持って桟橋に降りた。懐かしい纏わりつくような濃い湿気が、ほんの一歩踏み出しただけで全身を包み込んだ。

トランクを両脇に置き、目を閉じて大きく息を吸った。まだ海の上を漂っているように頭は揺れていた。

「ちゃんと時刻を聞いていたのに、また負けてしまったのね」

南原はぼんやりとその声を聞いていた。日本の女性は皆、似たような言葉遣いをすると思った。東大の助教授になったばかりの頃、朝は南原のほうが早く起きることが多く、百合子はよくそんなふうに言って恥ずかしそうに笑ったものだ。

日本の女性とはいいものだと、胸が温かくなった。南原は本当に、ついに日本へ帰って来たのだ。

「お帰りなさい、繁さん」

はっとして目を開いた。

あわてて振り向くと、蠟色（ろういろ）の着物に身を包んだ妻が立っていた。

「百合子じゃないか！」

南原は思わず両手で妻を抱き寄せた。

百合子のほうが驚いて南原を押し返した。それで我に返ったが、ここはもう日本だった。

「繁さんたら。たった三年で人柄までヨーロッパにかぶれたの」

「たったの、だって？　どれほど帰りたかったと思うんだ」

百合子は少し痩せたが、ほかは何も変わらない。長いあいだ日本を離れていたことなど、いっきに吹き飛んだ。

「良かった、元気そうじゃないか。俺はてっきり……」

「てっきり、何？」

百合子はおどけて南原の顔を覗き込んだ。

前と同じどころか、三年ぶりの今日のほうがよほど具合が良さそうだ。

「ああ、そうか。やっぱり外国なんかには大げさに伝わるんだな。ひょっとして震災もそれほどじゃなかったのか」

とたんに百合子は悲しそうな顔をした。

「帰りに通れば分かるわ。もう一年なのに、まだ元に戻っていないところばかりよ」

百合子は南原の帰国にあわせて群馬から戻って来たが、先日初めて震災後の東京を見て立ちくらみがしたという。

南原は百合子と並んで列車に乗った。

列車が東京へ近づくにつれ、百合子の言葉が大げさでないことはよく分かった。鉄道は地震のあと真っ先に復旧されたので支障はなかったが、勢いよく流れていく窓の景色を見ると、これがあの近代的だった街かと愕然（がくぜん）とした。

「私は東京へ戻ったとき、涙が出たわ」

南原は窓枠につかまって食い入るように外を眺めた。

「この鉄道だって、トンネルはどこも土砂に埋もれて、丸い穴から瓦礫を吐き出していたのよ。線路も延々、引きちぎられたように散らばって」

だが鉄道が直らなければ修理物資の一つも運べない。だから政府はまずは全力で鉄道網を立て直し、そこから徐々に復旧先を広げていった。

人々の住まいは後回しにされたが、文句を言ったところで、どこにも何もなかった。

皆が黙々と働いて、一年でようやくここまでにしたのだ。

「きっとすぐ、元に戻る……」

なんの確証もなく同じように言ったことが前にもあった。

それでも日本政府が発行した国債は諸外国も引き受け、多くの義援金も集まっている。シュタムラーが励ましてくれたように、日本はいつか必ず奇跡の復興を遂げる。

「向こうではどれほど心配したか知れない。百合子のことだってそうだったんだ」

南原は百合子の手を握りしめた。妻の手はここまで薄かったろうかと、ふといやなことを思いかけて、南原はすぐまた窓の外に目を凝らした。

「きっと日本は、これからだ」

曇ったガラスに百合子の寂しそうな横顔が映っていた。


病室のドアを開けると百合子がぱっと振り向いて微笑んだ。南原はこのところ、一日のうちでこの瞬間が最も好きだ。

「お帰りなさい、繁さん。いつもありがとう」

ベッドを起こしてもたれている百合子は、手を伸ばして南原の鞄を取ろうとする。そのとき南原は自然に笑みが湧いて、百合子の額に手を当てる。眠らずに待ってくれているこの時間はたいてい熱もないから、南原はほっとして腰を下ろした。

「毎日、帰りに寄ってもらうのは申し訳ないわ。そうでなくても家では子供たちが騒いで本も読めないでしょう。少しでも長く大学にいてくだされればいいのに」

「そんなことはないさ。二人とも良い子にしている」

こんな他愛のない会話はふだんと何も変わらない。上の待子は七歳に、下の愛子は五歳になって、元気いっぱい家の中を駆け回っている。正直、かたときも目が離せないほど手がかかるが、母親の病を治すことが先決だ。

百合子は結核を患い、春先から入院していた。幼いときに母親を亡くし、人一倍、元気な母親でいようとしていた百合子は、子供も家もさぞ気掛かりのはずだった。

それでも百合子は朗らかで、南原はここへ来るだけで一日の疲れが吹き飛んだ。百合子と話すと少しずつ頭が整理できるのもいつものことだった。

「今日は授業の日だったでしょう。どうでした？」

「うん。もう通年の講義も終盤だからな。予定通り終わると思ったせいか、最近はどうも話がそれていかん」

南原は椅子にもたれて苦笑した。

昨年秋から南原は東大で政治学を担当し、国際政治学序論を開講していた。できれば序論とは付けたくなかったが、国際政治はまだ諸外国でも独立の学問になっていないため、小野塚と相談して決めたのだった。

南原は大学でも政治学史の研究が必要ではないかと考え、講義では政治的なイデオロギーは説かず、正義を問うことを核心としていた。つまり新理想主義の立場からの政治哲学である。

ところが今年の四月、治安維持法が制定された。これは国体の変革や私有財産制を覆そうとする結社を禁じるもので、要は天皇制の否定や共産主義を志向することを厳に戒めた法律だった。

そのどちらも南原は心情としては分かるし、政府の恐れも十分察することができた。だが思想を取り締まる法律は反共も反体制も一括り（ひとくくり）に摘発して、いずれ拡大解釈を始めて宗教や文化を禁じる因になっていく。こうなると全体主義への第一歩だから、つい講義ではその危うさを話すことが多くなっていた。

「やっぱり治安維持法には黙っておられんよ。そもそも憲法で言論集会の自由が保障されているのに、まるでち、ぐ、は、ぐじゃないか」

南原が頰をふくらませて腕組みしているのを百合子は楽しそうに眺めている。

「皆さん、さぞかし喧々囂々（けんけんごうごう）でしょうね。繁さんは大学に戻ることができて本当に良かったわね」

「ああ、それはなあ」

南原がいた内務省の警保局は警察事務も担当する部局だったから、特高（特別高等警察）などに関わらされて言論を取り締まる側にいたらと思うとぞっとする。

その点、大学では小野塚たちの生きた考えも聞くことができるし、学生たちが新聞を手に「痛快、痛快」と叫ぶのを見るだけでも小気味が良かった。

「東大には繁さんと気が合う先生も多いでしょう。あなたに相談相手がいて安心だわ」

「そっけないことを言うなよ。俺の一番の話し相手は君じゃないか」

「でも私は一般人だもの」

どこか弱々しい笑い声だった。ちょうど窓から差し込む光が逆光になって、妻は輪郭だけののっぺらぼうに見えた。

南原は窓のカーテンを引いた。部屋の明かりをつけると、いつも通りの百合子になった。

「六高へ行かれた三谷さん、どうしていらっしゃるかしら」

「ドイツ語と法制を教えているよ。忙しくしているんだろうな。三谷はもともと横浜だから、そのうち一高へ戻って来るんじゃないか」

百合子はほっと嬉しそうなため息をついた。

「高木先生も良さそうな方で、三谷さんに似ている気がするわ。あなたはお親しいんでしょう？」

一高と東大で一年下だった高木八尺だ。彼はアメリカに留学し、東大へは南原より一年早く戻って歴史や憲法、外交を教えていた。

「そういえば雰囲気が似ているか。どっちにしても俺は一生かかっても、ああはなれんだろうな」

高木は持って生まれた穏やかさとでもいうのか、人は残らず真と善からなると信じているようなところがあった。ギリシャの哲人たちのように、国家を道徳的秩序にまで高めようと奮闘している学者の一人だ。

「高木君は本当にいいよ。彼だけでも日本の見識を代表できる」

「繁さんにはこれからますます対話をする相手が必要だわ。研究も大変だけど、東大なら充実しているでしょうし」

「そうだな。百合子にもたくさん手伝ってもらうことがあるぞ」

そっと手を伸ばして布団を整えると、百合子は暗い電灯の下で微笑んだ。妻はこの半年でずいぶん痩せていた。

「まだ分からんがな、百合子には話してしまおうか」

そう口に出すと南原は少年のような気分になってきた。年甲斐もなく、無邪気に褒められたいと思った。

「何かしら」

百合子は目を大きく見開いた。こうして百合子がずっと南原の仕事に興味と尊敬を持ち続けてくれたから南原は内務省でも働けたし、東大にも来られたのだ。

「多分、来月の教授会で正式に教授になれる」

「まあ、本当？」

百合子がベッドから身を起こしたので、南原はあわてて元に寝かせた。

確証もない上に、研究面で成果が出せたわけでもない。いつも昇進など大したことではないと考えているのに、やはり百合子だけは喜ばせたかった。

「お義父さんたちも喜んでくださるだろうな」

「もちろんよ、三十五で教授だなんて」

東大で教授になるということは、その分野で日本の最高権威としての地位を認められるということだ。むろんそれは研究と教育に責任を持つことも意味するが、学問を続けていくのにこれほど恵まれた環境もない。

南原は気恥ずかしくなって百合子の父にもらった鞄を撫でた。三十一歳で大学へ戻り、三年近くヨーロッパで過ごし、講座を持ってまだ一年も経っていない。

「あなたは大学を辞めないでね」

「え？」

そろそろ病院を出ようと思ったときだった。夕食までは近所の手伝いさんを頼んでいるが、その後は南原が二人の子供の面倒を見なければならない。

「吉野先生、お辞めになったんでしょう？」

百合子が不安そうに南原を見ていた。

吉野作造は昨年、東大を辞して朝日新聞に入社したが、その論評が当局から睨まれて一年も経たずに退社した。民意による支配を説いた民本主義をかかげ、最近はとくに平和主義と国際主義を力説して、東大の学生たちはもちろん大衆からも熱烈な支持を受けていた。

だというのに政府などから圧力をかけられて言論の道が閉ざされるのは一種異様な事態だった。もともと吉野が民本主義と言ったのも、民主主義という言葉がタブーのように考えられていたからだ。

治安維持法といい吉野のことといい、南原が学生だった頃にはなかった空気が世の中に漂い始めていた。

「俺は大学が性に合ってる。きっと辞めないだろうな」

大学の門をくぐった途端に感じる本の匂いや、夏でも冷気に包まれるほどの静けさが南原は好きだ。なかでも過去から未来へ連綿と続く壮大な知の蓄積は、大学でなければ触れることができないと思う。

「それなら繁さんは、辞めさせられるようなことにもならないでね」

百合子はそっと南原に手を伸ばしてきた。百合子の手は透き通るように白く、指先は雪のように冷たかった。

「私はこの頃、先の世の中が見えるような気がするの。あなたは頭が良くて、人柄も申し分がなくて、傍からは順風満帆に見えるでしょう。でもそんな人は一人もいないのよ」

きっとそのぶん困難なことがあるとつぶやいて、百合子は手に力をこめた。

「学者か教育者かといえば、私はあなたには、教育者の道を行ってもらいたいの」

たとえば森戸のように、自分の研究に真剣にのめり込めば大学を追われることもある。だがそうなれば肝心の学生たちが講義を聴く場を失ってしまう。

だからどちらか一つを選ばなければならないときには、教育者であることを選んでほしい。

「あなたはきっと、真理を説く先生になれるから」

「俺が、真理を……？」

もしそれが現実になれば、そんなすばらしいことはない。だが南原はまだ真理など分からない。それを人に説けるほど、いつか自分の血肉にできる日が来るのだろうか。

「あなたは必ず、人というものは真理を求めて生きると教えることができるわ」

なぜか南原はとつぜん身体が火照ってきて、椅子から立ち上がった。

「昔から言われてきたのは、真善美が人間の目指すべき理想だということだ」

百合子は一瞬ぽかんとして南原を見返した。

だが慣れたもので、百合子は力強くうなずいた。

真偽の真、善悪の善、美醜の美。真に対しては学問が、善に対しては道徳が、美に対しては芸術がある。だがその三つだけで足りるのだろうか。

「百合子。俺たちは仙人じゃない。共同体で生きているだろう？　共同体の政治には正義と不正義があるじゃないか。だったら真善美に、政治的価値の正義を加えるべきじゃないか？」

現代を生きる人間には絶対に切り捨てることができないものだ。そして宗教はそれらを後ろから支え、そこに力を与えている。

百合子は微笑んで南原を手招きした。

「繁さん、ほら私だって」

南原は目を丸くした。さっきはあれほど冷たかった百合子の手が、湯に浸したように温もっていた。

南原の頭は靄が晴れたように冴え渡ってきた。

「ああ、今日も百合子と話せて良かった。急に研究が進んだ気がするぞ」

「私も繁さんに会えて良かったわ。子供たちを宜しくお願いしますね」

南原はまだ有頂天で大きくうなずいた。

＊

南原が最後に横浜港を訪れたのは留学から帰ったときだった。

あれは夏の七月だったから、それからまだ一年半も経っていない。だというのにその間の南原には、後から振り返っても人生の大きな節目だったと思わざるをえない出来事が矢継ぎ早に起こった。

ほんの三カ月前、南原は東大の教授に就任した。百合子はベッドで跳ねるようにして喜んでくれたが、その同じ月の終わりに亡くなった。教授になった喜びも束の間、南原の手には七歳と五歳の娘だけが残された。

南原はぼんやりと、みぞれ混じりの雨が海に落ちていくのを眺めていた。

大正十四年もじきに終わる、十一月の寒い夕暮れどきだった。港には今も一昨年の大震災の爪痕が残り、ここで南原を出迎えてくれた百合子は東京のあまりの惨状に涙が出たと話していた。

南原が軽々しく復興するなどと口にして、あのとき百合子はどれほど頼りない夫だと思ったことか。自分だけ気儘（きまま）に何年も留学し、手がかかる幼い子らを百合子一人に押しつけた。百合子が旅立ち、自分がその面倒を見るようになって、子供を守り育てるのがどれほど大変なことかが南原にもようやく分かってきた。自分はただ猫可愛がりに抱き上げて笑っていただけだったのだ。

——あなたには、教育者の道を行ってもらいたいの。

寒い港に立っていると百合子の言葉がよみがえる。

南原はまだ教育者でも学者でもなく、ただ父であり、百合子の夫だった。それなのに自分は生涯をともに歩くと決めた伴侶を永久に失ってしまったのだ。

南原は大学が終わると定時で家へ帰り、子供たちを引き取りに行く。作ってもらった夕飯を冷める前に三人で大急ぎで口に入れ、風呂を使う。明日の支度をして布団を敷けば、子供たちはそのうち静かになる。

南原には本を開く時間も書き物をする時間も短いながらあるが、研究など一行も進まない。百合子がいれば子供たちの寝顔を見ながらカントだフィヒテだ、古代ギリシャだと好きに話して、明日は大学でそれを文字に起こしてやろうと夜通しでも高揚していた。

だが今の南原は、もう自分が老境に入り、余生を過ごしているような気がする。あの波に消える氷雨(ひさめ)のように、南原の命は音もなく形もとどめず、大海に呑まれるのを待っているだけなのではないか。

「お兄さん！」

とつぜん桟橋から大声で呼ばれて我に返った。元気よく手を振る若い娘と、その脇で頭を下げている女性の姿があった。

南原は思わず駆け出した。故郷の母きくと、七つ違いの妹、カヲルだった。

「お母さん、それにカヲルも。よく来てくれました」

母の下げた荷物を取ると、思いのほか軽かった。

「お母さん、何とお礼を言ったらいいか。ですが本当に構わないのですか」

きくはふわりと微笑んだ。

「あなたは入試で香川を出るときもそう言いましたね」

清々（すがすが）しくて迷いのない、母はこんなふうに笑う人だったと目頭が熱くなった。

「私はあのとき、何と言いました？　懸命に勉強するのに、誰に遠慮がいるものですか。まして私たちは家族ですよ」

きくはカヲルとうなずき合った。

母たちは香川の家と土地を処分して、墳墓（ふんぼ）の土を携えて東京へやって来た。幼い子を抱えて仕事のままならない南原を手伝うために、六十を過ぎて住み慣れた土地を離れる決心をしてくれたのだ。

「私はねえ。若いときに離れた息子と、もう一度いっしょに暮らす機会を与えてもらったと喜んでいるんですよ」

母の言葉が優しく身体に沁みた。海に落ちる氷雨の粒が、まったく違う輝きを放って見えた。

「繁さん、挫けてはいけませんよ。百合子さんのためにも励まなければね」

妻を失い、こわばったままだった肩から力が抜けていくようだ。

三人で鉄道に乗り、席についたときには暗い空に月がかかっていた。

母は何も言わずに窓の外を眺めていた。

「お兄さん、横浜は大きな町ですねえ」

カヲルは両手を窓に張りつけて食い入るように外を見ている。

「カヲルはさっきからずっと感心してばかりだな。だが横浜はとうに過ぎたよ」

「だったら、ここはもう東京ですか。東京は横浜の隣？」

「おいおい、品川まではまだしばらくかかるよ」

カヲルはきょとんと南原を見返して、あわててまた窓の外に目をやった。

「だって、ずっと家が途切れませんよ。横浜でも東京でもないのに、どうしてこんなに家があるんですか」

思わず南原は噴き出した。

だが南原も初めて東京へ来たときは、やはりカヲルのように町に切れ目がないことに驚いたものだった。故郷の香川では家々のあいだには山があり、入江があった。

南原は何かほのぼのと温かい心持ちがして、空に動かない月を見つめた。百合子がいなくなってから初めて笑ったような気がした。

あの月だけはこれまでも、これからもずっと変わらずに南原を見守ってくれる。

——お母さん、あのね。お月様がついて来るよ。さっきからずっとお母さんを照らしている。

母の背でそんなことを言ったのはいつだろう。その母は今、カヲルと並んで南原のそばにいる。

——お月様はいつもごらんになっていますよ。だから繁さんも立派な大人にならなければね。

南原をおぶって夜道を歩いてくれた母は、少し背が丸くなっていた。

母は年をとって、知り合いの一人もない東京へ来てくれた。それがどれほど心細く、勇気のいることだったか、南原はきっと半分も分かっていないのだろう。

「お母さん」

きくは黙って振り向いた。

「中落合に家を建て直そうかと思っています。坂の上で、木々に囲まれているんです。潮騒とはいかないが、鳥の声ならよく聞こえますよ」

「まあ、そうですか」

きくは目を細めた。

「繁さんが良いと思われるなら、そうしてください。私はどこでもいいんですよ」

「繁さんが勉強できるところなら、私はどこでもいいんですよ」

母の変わらない信頼を感じて、南原はようやく一歩踏み出せそうな力が湧いてきた。

大正十五年四月、南原は品川駅まで三谷を迎えにやって来た。三谷はこの春、岡山の六高を辞して東京へ戻ることになった。いよいよ一高の教授に就任するのである。すぐに列車から降りて来た三谷を見つけたが、南原はしばらく呆然とその場に立ち尽くしていた。以前から線の細かった身体が、この数年で一回り小さくなったようだった。

三谷は三年前、岡山で結婚した。翌年には長女を授かったが生後まもなくその子は死に、続けて妻も亡くなった。三谷自身も重い結核を患い、ほぼ一年をかけてようやく東京へ戻れるところまで回復したのだ。

それでも近づいて行くと三谷もこちらに気がついた。

「やっぱり来てくれたのか」

以前と同じ、いい笑顔だった。

互いにかけがえのないものを失い、その表情を見れば、三谷もまたどう乗り越えていいか途方に暮れているのが伝わってきた。どちらもかける言葉が見つからないが、それでも人生は続いていく。

「郷里からお母さんが来てくださったそうだね。よく決心してくださったことだ。これは南原も頑張らないとな」

「ああ。三谷も、東京へ戻ったからには」

南原は三谷の肩を叩いた。辛い思い出のある岡山にいるよりは東京のほうが元気になれるはずだ。

「天皇もお悪いらしいね。新聞では、ここまで書いていいのかというほど報道されているが」

「明治のときといい、不思議と天皇が代わると時代は大きく変わるからな。大正デモクラシーもきっとこのままでは行かんぞ」

三谷もうなずいた。昔から三谷とは多くを語らなくてもよかった。

南原は三谷のトランクを取って歩き始めた。三谷は自分で持とうとしたが、大きな荷物を下げるのは南原のほうが慣れている。

「結局どんな時代が来ようと、若者をしっかり教えていくしかないだろうね。遠回りに見えてそれが一番、確かな道じゃないかな」

南原と三谷は今、時代の節目に立っている。三谷のその言葉は南原に教育者であってほしいと言った百合子の思いにも通じる。

「南原、僕は幸福とは何かを、深く考えるようになったよ」

分かると思った。そろって妻を亡くし、三谷は子供まで失った。なぜ何のために、どこへ向かって歩くのかと自問しても答えは出ない。

「幸福を捉えるには、まず人生の目的や意義を明らかにしなければならない」

「ああ、同感だ。真理にかなう生活とは何かを知らないことにはな」

「新渡戸先生は、人の一生を決めるのは人格だと何度もおっしゃっただろう？　人生の目的は知識を入れることでも業績を積むことでもないよ。人格的に生きることだ」

三谷は言い切った。いのちの目的はまた、いのちでなければならない――

「幸福とは自己を超越した生命の主体を見つけて、徹頭徹尾、それに自分を捧げ尽くすことじゃないかな」

その主体は、国家や民族では役不足だ。たとえ国家の否定につながるとしても、時代の節目に立つ南原たちはそれを念頭に置いて歩いて行かねばならない。

「いのちの目的は、それ自体、溌剌（はつらつ）として生命が溢（あふ）れているものだよ」

いのちの主体になる究極の拠り所は、やはり絶対的に超越した神なのだ。

――もしも侍子や愛子に食べさせる物がなければ、精神の高揚も何も、知ったことじゃないわ。
明るく笑って話していた百合子の姿が浮かんだ。

その百合子に、もう南原は生涯どれほど励んでも会うことができない。それでも南原も三谷も生きていかなければならない。

「人生の目的は、生きることそれ自体だ。これからどんな世の中になっても、僕は生徒たちには真理を求めて生きることを教えるよ」

三谷の言葉は天からの声のようだった。妻を失い、それでも得るものがあるとしたら、三谷はそれを見つけかけているのかもしれない。

「一高ではしばらく嘱託（しょくたく）だが、教授になれば南原のところへ優秀な学生を送り込むよ。だから宜しく頼む」

「ああ、引き受けた」

三谷の歩く道の先にほのかな光があるように思えた。

三谷が東京へ戻った八カ月後、大正天皇が崩御した。

元号が昭和へ改められた年の暮れ、誰もが世の中は変わると感じていた。南原はただ漠然と、どんな時代が来ても自分は教育者であらねばならないと思い始めていた。

第3章　洞窟の哲人

南原は高木と二人で、小野塚が大学へ戻って来るのを待っていた。

小野塚は先月から東京帝国大学の総長代理になっていたが、就任してすぐに共産党員が検挙される事件があった。二月の選挙で共産党のかかげたスローガンが治安維持法に真っ向から反していたからだが、〝天皇と結びついた資本家たちの議会を破壊せよ〟というのはあまりに過激だった。

東大でも多数の学生が検挙され、小野塚は関わったとされる教授たちの処分を求められていた。教授人事には口を挟めない当局が、なんとか落とし所を探ろうとしてのことだった。

文部大臣との話し合いを終え、記者会見を済ませて戻った小野塚はさすがに疲れた顔をしていた。

だが大きな目をくりくりさせて、ドアを開けると仁王立ちになった。

「だいたい左傾とは何ぞやと問いたいね。大学の使命は学究だぞ。マルクス主義の論文を書けばすべてアカか」

やはり小野塚の頼もしさは健在で、南原は高木と顔を見合わせて微笑んだ。

小野塚は処分を阻止しようと自宅に押しかけた学生たちにプライバシーの自由を説いて帰らせたこともある。なにごとにも偏らない、良識ある論客なのだ。

「しかしまあ、我々も大学の自治を主張するなら、学内の秩序は自主的に守るべきだろう。学生はあらゆる分野を勉強しに来とるんだ。特定の主義者がビラを配って暴れるとなれば、あるていどは制限せんとな」

小野塚のしかめ面(つら)を見ると、これからは大学も厄介な時代を迎えるのだと南原たちも痛感した。

小野塚と会談した文相は、社会主義も含めて、教授がどんな研究をするかは自由だと認めたという。国体を破壊する行為は許されないが、教授の進退などはあらためて大学に一任されることになったと聞いて、高木は心底ほっとしたようにため息をついた。

「マルクス主義の功罪も、研究して初めて明らかになりますからね」

「ああ、その通り。思想には思想をもって、だな」

小野塚は顎(あご)を撫でながらうなずいて、こちらを向いた。

「それで君は、何を考えるね」

南原はそれまでぼんやりと二人を眺めているだけだった。

「私は……。民衆は国家と運命を等しくせざるを得ないと、実感はしましたが」

南原は正直なところ、まだ大学関係者としての責任よりも自分の研究のほうが気になっていた。

「治安維持法や今回の検挙を見ていると、我々が共同体から離れて思考を巡らすのはどうにも不可能だと思います。ですが私は今ひとつ……」

「分かりますよ。実際、僕らには明日も明後日も読みたい本がある」

高木はしみじみとうなずいた。

それでも高木はすでに小野塚のように闘う覚悟を決めているようだった。

「いや私ももちろん、学問の自由は決して脅(おびや)かされてはならんと思っています」

小野塚は南原の肩に手を置いた。

「その自覚があるなら、今日明日はかまわんさ。こっちは精一杯、君らが矢面(やおもて)に立つときまで時間稼ぎをするとも。私も君らの歳のときは、自分の研究のことだけを考えとったからな」

小野塚は南原たちより二十ほど年長で、これまで日本の立憲政治の発達を第一線で推し進めてきた。

「しかし、君もだな。いつまでも洞窟の中で哲学だけしてもらっていては困るんだぜ」

「なるほど、洞窟の哲人か。南原先生にはぴったりですね」

高木が愉快そうに手を打った。プラトンの『国家』に登場する洞窟の哲人は、やがて洞窟を出て世の中を導くようになる。

だがそれからも共産党撲滅の声は高くなる一方で、六月になると治安維持法には目的遂行罪が加えられ、最高刑は死刑になった。七月には特別高等警察が全府県に置かれ、思想取り締まりはさらに強化された。

その一方、貴族院や枢密院では大学教育そのものが攻撃されていた。

帝国大学令にある通り、帝大は天皇の勅令によって国家の繁栄をはかるために建てられた教育機関だ。大学は国家のために存在し、国家に必須の研究をし、人材を育てることを目的としている。にもかかわらず学問研究の自由という美名を盾に、左傾教授が国体を揺るがしかねない思想をばらまくことは許されるのか。

東大には思想問題を担当する学生主事が置かれることになり、左傾教授の処分や学内の思想研究団体の解散が迫られた。

もちろん小野塚は突っぱねたが、文部省に名指しされた経済学部の助教授は自らひっそりと東大を去っていった。

研究の領域やその主張によっては自らの学究の道を閉ざすばかりでなく、大学まるごとに累が及ぶ。それはそのまま他の教授たちの研究まで危険にさらすことだった。

もはやいやな気配が漂うどころではなくなったその年の暮れ、小野塚は正式に東大の総長に選出された。


内村の集会所を出ると、冷たい早春の風が吹き抜けて行った。三谷たちと並んでいるのに、南原はたった一人で暗がりの中を歩いているように心細かった。

今日は内村の古稀を祝う会だった。だが内村は昨年から体調が悪く、先月から南原たちは祈禱会を始めていた。今日も内村の頬はこけ、気力だけがその薄い身体を支えているかのようだった。

祝賀会が終わるとき、内村は床から身体を起こして正座になった。

「宇宙万物、ことごとく可なり」

南原たちは息を呑まれ、内村を寝かせることも忘れていた。

「人類の幸福と日本の隆盛と、宇宙の完成を祈る」

端然とそう言い切ると、内村は静かに床に就いた。

内村はもう旅立つのだと、そのとき南原はどうしようもなく確信した。だがその最後のときに内村が世界の繁栄を祝福したことは、きっと無限の意味がある。

二年前、内村は軽やかに南原の肩を叩いてきた。

——南原君、チェンバレンの『プラトーとカントの比較論』を読みましたか。僕は近頃、あそこまで高揚させてくれる本には出合わなかったなあ。

内村は少年のように目を輝かせていた。

——教会も無教会も、あったものじゃない。柄にもなく哲学者になりたくなってねえ。南原君は若き哲学者だ、羨ましいなあ。

今にもあの内村の弾んだ声が聞こえてくるようだった。

内村ほど、神の前に真の日本人であることの大切さを教えてくれた人はない。内村が説いた無教会主義こそ、日本にふさわしいキリスト教だ。内村の信仰は深い祖国愛に裏打ちされ、日本の生んだ善きものに根ざしている。

その日本はこれから間違いなく困難な時代を迎える。だというのに内村を失って、南原たちはこのまま真理を求めて行けるのか。たしかに日本には独自の道徳がある。だがいかなる神を信じるかが、この先は国の運命を左右する。

集会所に集まった友人たちは一人ずつ無言で帰っていった。同じ東大の高木とは毎日のように顔を合わせているが、彼もいつの間にかいなかった。植民政策の講座を担当している矢内原も、一高教授の三谷も、やはり何も言わずに去っていた。

南原は妻の博子と二人になった。

「皆、高校の頃からの仲間だった。内村先生に教わったことは数知れない」

「そうですか。そこに私までご一緒させていただいたんですね」

博子はいつものように控えめに口にした。

南原は三年前に博子と再婚したが、南原に博子を紹介してくれたのも内村の聖書研究会の友人の一人だった。

博子は妹のカヲルと同年の七つ年下で、石川県で生まれ、ずっと女学校の教師をしていた。東京の女子高等師範学校を首席で卒業したほどの、主婦だけをさせておくには惜しい知性だが、すっぱりと仕事を辞めて、子供も姑もいる南原のもとへ来てくれた。

英語やピアノのような音楽もできる、まったく稀有な才能の持ち主だが、南原はその謙虚で思慮深い性質が何よりの美徳だと思っていた。

「きっと内村先生ほどの方は、もう出て来られませんでしょうね」

「そうだな。先生こそ真の哲学者だ。三谷は、新生日本の最大の神学者だと言っていたな」

人生の目的は人格的に生きることだと言い切った三谷が、内村には全幅の信頼を置いていた。

このさき南原は、きっと三谷を通して内村の姿を見るようになるのだろう。三谷ほど内村の人格を理解していた者はいない。

「三谷さんはあなたの論文を褒めてくださっていましたね」

「うん、有難いことだよ。三谷は日本随一のカント研究者だから」

博子は「カントにおける国際政治の理念」という南原の論文のことを言っていた。発表したのは少し前になるが、三谷も以前、内村の雑誌でカントの有神論を論じていたので、集会所へ向かうときにその話をしていた。

「宗教というのは本来的に非合理な世界だよ。人間の知恵には限界がある。なぜ、どうしてと考えても分からない。決意をもって信じるほかはないんだ」

信仰ということを考えるとき、南原はいつも母のきくを思い浮かべる。

きくは昔から信心深い人で、朝は井戸で身を浄めると西の金毘羅大権現を拝み、東の氏神に拍手礼拝し、家では神棚の天照大神、仏壇の先祖の位牌と、祈りを欠かさなかった。その母が、南原の信じる神ならばと言ってキリスト教信者になってくれたのだ。

結局人は、人を見て信じることしかできない。カントもはっきりと知の限界を指摘して、神の前には〝知〟はただ黙して謙虚でなければならないと書いている。それを明確に説明した三谷のカント論は、論文を出す南原を大いに勇気づけた。

カントは百年以上も前に『永遠平和のために』を著し、人類の最高善こそ永遠平和の実現だと高らかに宣言した。そしてそれが空論で終わらないように、諸国家の民主化や国際連合の創設といった具体的な案も列挙した。

そのためには一人ひとりが平和への努力を厳粛に続けなければならないと説いたのもカントだ。

「俺はフィヒテのことも、もう少し考えたいんだよ。フィヒテにはカントを超えるものもあると思う」

真善美の真には学問から、善には道徳から、美に対しては芸術から迫ることができるだろう。そして正義には政治事象があるが、カントは政治価値を徹底しえなかった。南原はそれを、フィヒテが克服させてくれるような気がしている。

「百合子様はあなたに教育者であってほしいと願っておられたのでしょう？　でも教育者になるには、まずはご自身の研究を進められなければなりませんね」

博子の知性と南原の研究への理解は、すでに南原にとってなくてはならないものだった。これから先、どんな世の中になっても乗り越えていけるとすれば、それは傍に博子がいてくれるからだ。

「矢内原先生も、経済学部は踏ん張りどころだとおっしゃっていましたし」

「ああ。あそこは大森助教授の辞職があったからな」

一昨年の共産党員の大検挙のときだ。矢内原は経済学部の教授の一人として、大森義太郎を辞職に追い込んだことを自分の過ちのように考えていた。

三・一五事件といわれるあのときは、京大の経済学部ではマルクス主義者だった河上肇教授が辞職している。京大は大正二年の沢柳事件で法学部が中心となって大学の教授人事権を守ったが、今回の東大では法学部が立ち上がったのに経済学部はあっさり辞職勧告を決議した。法学部としては肩透かしを食らった形で、大森も愛想を尽かしたように辞めてしまった。

「これから本当にどんな世の中になっていくんでしょう」

南原の少し後ろを歩きながら博子がつぶやいた。

中国では満州の独立を画策する関東軍が張作霖を爆殺し、戦争放棄をうたったパリ不戦条約では、日本は〝人民の名において〟宣言するのは天皇の外交大権に抵触するとして留保をつけた。

そしてついに昨年の秋は世界恐慌と呼ばれる事態になった。食えなくなれば、人は何でもする。ロンドンでは軍縮会議が開催されたが、それがどう収まるかはまだ見当もつかない。

「博子、なにか歌を聞かせてくれないか」

中落合の近くまで戻って来たとき、南原はたまらなく博子の歌声が聞きたくなった。

博子は幼いとき、七つもの坂を越え、往復二里の山道を歩いて小学校へ通ったという。近所には子供がおらず、いつも一人だったが、歌を口ずさめば道は明るくなった。

博子の歌に励まされて坂道を上ると家が見えてきた。向かい風が吹いて来たが、南原は歯を食いしばって顔を上げていた。

内村が亡くなって二月が過ぎ、じめじめとした長雨が続くようになった。世間はロンドン海軍軍縮会議に端を発した統帥権干犯問題に揺れていたが、東大ではまた厄介な思想問題が持ち上がっていた。法学部の助教授、平野義太郎らが治安維持法の目的遂行罪に問われて検挙されたのである。

共産党が三・一五事件とその翌年の一斉検挙でほとんど壊滅しており、その再建資金のカンパに平野たちが応じたというのが罪状だった。平野は家宅捜索を受け、そのとき書斎から非合法文書が出てきた。

これには経済学部の大内兵衛教授もさすがに絶句した。大内は森戸のクロポトキン論文事件のとき連座に近い形で失官させられたが、当時とは治安維持法じたいが変わっている上、非合法文書となると学問の自由の問題とも切り離される。ただそれが外部からの辞職勧告ということになれば大学の自治に関わってしまう。

南原や高木たちが総長の小野塚の立場も難しいと案じ始めた矢先、当の平野があっさり辞表を出し、教授会でその辞職が報告された。誰もが無力感にさいなまれ、今何をすべきか分からなくなっていた。

それでも小野塚は打ちのめされてばかりはいなかった。学内の秩序を乱す学生には毅然として退学のような厳罰も科したが、外部からの圧力に対しては、自分が総長であるかぎり学内は左傾させないと言って干渉させなかった。

しかも学生たちの学外での行動はほとんど問題にせず、改悛すれば復学もさせた。どんな処分も教育的かどうかが第一で、学生たちが思想運動に関わるのは、若者が伸びる過程だと大らかに見守っていた。

小野塚の強靱な精神には揺るぎない信念が宿っていた。どんな困難もしなやかに受け止め、跳ね返すだけの知恵と胆力があった。

だが世の中は少しずつ不穏なほうへ進んでいった。学生たちは一部にせよ外で何とつながっているか分からなくなり、処分を下すにも相当な勇気がいるようになっていた。

昭和五年七月、南原は小野塚の政治学研究会で「フィヒテ政治理論の哲学的基礎」と題した論文を発表した。これまで本源的な価値として認識されてきた真善美に、社会共同体から導き出される価値として〝正義〟を加えるべきだと主張したものだった。

これは善悪から派生したようであって、まったく別の価値なのだ。従来の真善美に正義を並べ置くことによって、人は目指すべき世界を捕捉することができる。

南原が二時間近く論述を続け、終わって席へ戻ったとき、小野塚が頰を紅潮させて駆け寄って来た。

「真善美に並ぶ新たな価値とはえらい新説をぶち上げたな。君はこれを、何と名づけるつもりだね」

小野塚には南原自身の高揚が十分すぎるほど伝わっていた。

南原がおずおずとそれを口にしたとき、小野塚は力強く手を握ってくれた。

「そうか、価値並行論か。君はまだ四十を過ぎたばかりだろう？　それで早くもカントやフィヒテに並ぶか。いや、脱帽だ」

論述は四回に分けて『国家学会雑誌』に発表することになった。

夏と秋はその推敲（すいこう）にかかりきりになったが、論文の発表と同時に南原は長男も授かった。

一昨年の三女に続き、南原は四人の子の父親になり、坂の上の家は賑やかな大所帯に変わっていた。

南原は大学が終わると、高木と揃って帰ることが多くなった。どちらももう、いやな時代になったとは口にしなかった。これから世の中がどう変わっていくか、かすんで見えている気がした。遠からず二人とも大学や学問のために闘うことになるが、下手をすれば、それが日本の存立そのものに関わることになるかもしれなかった。

自分にはあとどれくらい時間が残されているのだろうと、南原は考えざるを得なかった。小野塚という屈強な親鳥の翼の下で、好きに学問にのめりこんでいられるのはいつまでか。

「五年後の世界はどうなっているんでしょうね。ワシントン体制から抜けてしまうんじゃありませんか」

高木は穏やかな顔で、葉がおおかた落ちた銀杏並木を見上げていた。

海軍軍縮会議に象徴されるワシントンでできた国際体制は、十年ほど前に打ち立てられたときは日米英に画期的な緊張緩和をもたらした。戦争の気配が濃かった太平洋が日米協調路線に変わるという大きな成果もあったが、今では海軍がかかげてきた対米不戦方針も風前の灯火だった。

「いったい日本という国はどこへ行こうとしているんでしょう」

南原でなくても、思索に携わる学者たちが洞窟に籠っている自由はもはや奪われようとしていた。若い学生たちをどこへ導いていくかは、今大人である南原たちが等しく負っている責任なのだ。

それから間もなく、東京駅で浜口雄幸首相が狙撃されて重傷を負った。襲ったのは統帥権干犯問題に不平のあった右翼で、大学では美濃部教授たちが口々に、統帥権の独立はもとから危ないのだと言い合っていた。

帝国憲法の第十一条では天皇が陸海軍を統帥すると定められており、一般の行政や国務に属さないことから統帥大権の独立と称されていた。この統帥大権と憲法制定前からの慣行が相まって、陸海軍大臣たちには平時でも内閣を飛び越えて天皇に拝謁し、同意を得ることができる帷幄上奏権というものがあった。

帷幄とは戦場での本陣のことをいう。統帥とは作戦用兵という意味で、高度な専門性をもち、なにより迅速な判断が必要とされる。そのため統帥の事務は、本陣すなわち帷幄の司るところとされ、いっきに天皇の裁可を仰ぐことができたのだ。

年初にロンドンで海軍軍縮会議があったとき、協調外交につとめる浜口内閣はその条約に調印しようとした。だが大正十一年のワシントン海軍軍縮会議で日本の主力艦対米比率が六割に抑えられていたところへ、それとほぼ同じ内容の条約案が浮上してきたから、軍部は統帥権の干犯だと言い出した。

世間も口を揃えて統帥権干犯を叫んでいたが、内閣と宮中が連携して軍部の帷幄上奏を阻んだ。そしてそのあいだに対米比率を七割近くに上げた妥協案を成立させて、浜口首相が受諾に踏み切ったのだ。

軍部は政党や右翼に働きかけて倒閣と条約阻止を煽ったが、浜口内閣は議会を堪え、憲法論争に発展することを避けてきた。十月になると枢密院本会議でも統帥権干犯は否定され、条約は正式に批准された。

だがその翌日、海軍大臣は辞表を出し、ひと月後に浜口首相が襲撃された。

もう時代は音をたてて動き始めていた。軍部の協力なしには組閣も難しくなり、言論を封殺するような暴力行為が起こった。ワシントンに始まった海軍軍縮会議はロンドンを経て、次は五年後の昭和十年に開かれることになっていたが、海軍はすでに条約脱退を方針にかかげていた。

有史以来、君主と臣民として、あるいは父と子として信頼しあってきた立憲君主国日本は、本来的には封建道徳を超えた道徳を持っている。だが日本は今の道を辿ったままで、いつか永遠平和に貢献する国になれるのだろうか。

「思えば私たちは、内村先生や新渡戸先生から存分に教えてもらいましたね。それをこれからは私たちがやっていかなければならない」

「ああ。だが我々はもうすでに、昔は良かったと言い始めている」

南原はつい自嘲したが、いつまでも逃げていることはできない。ともかく今しなければならないのは小野塚の闘いぶりを学んでおくことだ。

どんな時代に生き、どんな仕事に携わっても、闘いのない人生はない。南原は学問での闘いだけを考えてきたが、どうやらそれでは済みそうにない。

「高木先生はもう闘う覚悟があるんだね」

「そうですねえ。どこまでいっても学者は、学者の闘い方をするしかありませんが」

プラトンもアリストテレスも、カントもフィヒテも闘った。実際に敵を殺せと命じられることに比べれば、南原の戦場はずっと幸福なものだ。

「一つひとつ緻密に、悪の芽を摘んでいくしかないな」

「ええ、南原先生。私もそう思います。それがこの時代に生まれあわせた者の責務でしょうね」

高木は明るい顔で振り向いてうなずいた。今の南原にはそれが唯一の光明かもしれなかった。

南原はずっと政者正也と考えてきた。だがいつまでそう思い続けていられるだろう。人はその国家と運命共同体だ。祖国が背負うものを民衆は否応なく背負わされるのに、真と善と美、そして正義をどうすれば追求していられるだろうか。

年が明けて昭和六年の四月、浜口首相は病のため国会閉会後に辞職した。統帥権干犯問題を乗り越え、ワシントン体制を守った政治家がまた一人、現実の場からいなくなった。

目の前の世界が真善美も正義も見誤り始めたとき、自分は何をするべきか。南原はその頃、うつむいて歩いてばかりいた。

＊

「南原先生、新聞を見ましたか」

朝、教授室で鞄を置いていると高木が息を切らして入って来た。

南原はうなずいて、すぐに二人で隅のソファに座り直した。朝刊に出ていた横田喜三郎教授の柳条湖事件に関する論説のことだった。

昨年の九月、中国奉天郊外の柳条湖で南満州鉄道が爆破され、現地に展開していた関東軍が奉天を占拠した。政府が不拡大方針を声明したにもかかわらず関東軍は満州各地を占領し、あわせて満州国を建てて満蒙問題を解決すると発表した。

いわゆる満州事変だが、事態の進行を受けて、先ごろ日本からの増派が決定された。協調外交路線をとる若槻内閣は閣内不一致で退陣となり、かわって犬養毅が組閣していた。

「横田先生はまたこんなことを書いて、大丈夫でしょうか」

高木は青い顔でテーブルに新聞を広げた。

横田は国際公法を担当する三十五歳の若手教授で、柳条湖事件の直後から満州事変は日本の自衛権を逸脱していると東大で講義してきた。

それがついに新聞でも同じことを公表するようになったので、南原も高木も気が気ではなかった。このところ右翼が横田を狙っているという噂があったのだ。

「世論も関東軍支持ですからね。横田先生は最初から旗色が悪いですよ」

「高木先生は政府に伝手があるでしょう」

「ええ。外務省になら」

午後から会いに行って来ると聞いて南原も少しほっとした。外務省は宮中と連携して協調外交を続けており、流血沙汰にならないように各方面に釘を刺してもらうことができそうだった。高木は学習院で学んだ関係で、近衛文麿のような華族のホープとも気心が知れているのである。

満州の問題はすでに中国が国際連盟に提訴し、今年に入ってアメリカも日本を非難するようになっていた。

「これはしかし、もう中国では戦争が始まったということでしょう」

「ああ。関東軍が勝手にやったんだな」

南原はこのところ報道を聞くのさえ億劫で、高木の持ってきた新聞も早々とたたんで返した。満州国建国などと言って、中国人が納得するはずがない。

「確かに勝手に始めた戦争ですね。東京の参謀本部は、関東軍の暴発をまるで抑えられないんですから」

南原に勝るとも劣らず、高木も腹を立てていた。だいたい軍部は何かと言えば統帥権を持ち出すが、部隊の統率も取れておらずに何が統帥権だろう。

政府筋の話では柳条湖事件のあと、関東軍の参謀たちは現地の総領事館で抜刀して軍隊の増派を迫ったともいう。もとから柳条湖での爆破は関東軍の謀略だと囁(ささや)かれていて、外務省は事件翌日にはすでに関東軍の独断による犯行だとつかんでいたらしい。満州国が成立すれば日本は総力戦に備えて資源を集めやすくなり、対ソ戦では戦略基地にすることもできる。

だから国内では関東軍が熱狂的に支持されているが、柳条湖の一件はそれを見越した関東軍が、政府の事後承認を目論(もくろ)んで起こしたとしか思えない。そもそも爆破されたと言いながら満鉄自体には被害もなく、すぐそばでは関東軍がおあつらえむきに演習を行っていた。あざやかな手際で軍事行動に移ったのは、準備万端整えていた証拠のようなものだった。

「日本がこれ以上、国際社会で孤立したら大変なことになるのが分からんのでしょうか」

高木は紙面を乱暴に指で弾いた。

「昔もいくさとなると、戦国武将はこんな姑息な手で他国を蹂躙(じゅうりん)したんでしょうかね」

高木の家は由緒があり、幕末からずっと国際通で世界情勢にも詳しかった。

「領土が隣り合って、食わねば食われる戦国時代なら、卑怯でも先手必勝だったかもしれんがね」

「ええ。横田先生じゃないが、あれはとても日本の自衛権の範囲ではありませんよ。満州は海の向こうの、他国の土地なんですから」

犬養首相は満州国を承認しない構えだが、若槻内閣のときのように陸軍大臣たちが反対して閣内不一致になれば、政権はいつ揺れ出すかもしれない。大正時代に築かれたワシントン体制も、こんなことをすれば崩壊するのは目に見えている。

だが政府がどう舵を切っていこうと、南原や高木はただの傍観者にすぎない。

「横田先生の話は、純粋に法学的な意見だ。辞職を迫られるのでもなければ、大学の問題にはならんと思うが」

「それはそうかもしれませんが」

南原たちが第一に考えなければならないのは学問の自由を守ることだが、この先はそれが問われるだけで収まりそうにない。二人とも、事態はそれを飛び越えていくという悪い勘が働いていた。

政治にくちばしを挟んだ格好の横田の発言は年長の教授たちからもあまり快く思われていなかったが、新聞に書いたことで横田が進退を問われることはなかった。だがそれは横田の言葉に誰も耳を貸さなかったということでもあった。

それからひと月も経たない昭和七年二月、前蔵相の井上準之助が暗殺されるという事件が起こった。実行したのは血盟団を名乗る右翼の男で、彼らは下層階級がかかえる貧困といった問題を、官僚や財閥を抹殺することで打破しようとした団体だった。血盟団は続けて三井合名会社の理事長も暗殺し、盟主が自首すると、そのメンバーとして東大からも四人の逮捕者が出た。

同じ月の下旬には上海に派遣されていた陸軍が総攻撃を始め、一方的に満州国建国を宣言して戦闘は終わった。犬養内閣は満州国を承認せず、なんとか国際的な孤立を避けようとしていたが、国際連盟からは満州事変を検証するためにリットン調査団がやって来た。

そうして五月、上海で停戦協定が結ばれた矢先に犬養首相が殺された。

五月十五日午後五時三十分、海軍の青年将校たちが首相官邸を襲い、犬養首相は射殺された。この事件は血盟団事件に呼応した海軍側の決起といわれ、内大臣官邸や警視庁、日銀、政友会本部なども襲撃された。

「今にして思えば、山本権兵衛内閣はよくやっておきましたね」

誰に聞かれるわけでもないのに高木は声をひそめていた。長雨が続くようになり、ただでも気が滅入る暗い廊下を南原たちは重い足取りで歩いていた。

山本権兵衛は大正二年、軍部大臣らの任用資格から現役という制限を除き、適格者に幅をもたせた。陸相の後任が決まらず、内閣が総辞職に追い込まれた先例があったからだ。

「しかしそれもいつまで保つかだな。今回でさえ危ないものだった」

南原はまるで自分が悲観論者になったような気がしたが、この陰鬱さはどうしようもなかった。

犬養首相の暗殺で内閣が総辞職したとき、陸軍は政党内閣が続くことに強く反対した。そのため海軍大将の斎藤実が挙国一致をかかげて組閣し、荒木貞夫陸相もようやく留任を決めたのだ。

「今に現役武官制は復活するだろうな」

「そうなれば何もかも軍部の言いなりですよ。もう政党内閣の時代は終わるのかもしれませんね」

「ああ。私らは大正デモクラシーのときに学生で、思えば自由に過ごせたものだ。今の学生は気の毒だよ」

南原たちが学生らしく学問や思想に打ち込むことができたのは、小野塚たちが築いてくれた時代のおかげだったのだ。

「私のやっている政治哲学なぞ、現実の前に木っ端微塵だ」

「いや、南原先生。そんなことをおっしゃるのはまだ早いですよ」

それが、もう時代も良くなるという意味ならどれだけ楽だろう。

六月に入ると衆議院は満場一致で満州国を承認した。世界からひどい非難を浴び、国内では思想弾圧が確実に厳しくなっている。だというのにこの国の人々は、誰も軍部の異様な台頭に気づいていないようだった。

ロンドン軍縮会議で世界とともに歩み始めた永久平和への道を、日本はただの二年で諦めてしまうのかもしれない。欺瞞(ぎまん)に満ちた事変を起こして大陸の扉をこじ開け、他人から奪ってまで新しい領土が欲しいのだろうか。

「満州はそこに住む人々のものだ。日本が同じ目に遭(あ)えば、私らは死ぬまで戦うじゃないか」

「ええ。僕もアメリカ研究者の端くれですからね。日本のほうが好きだが、アメリカの言っていることのほうが正しいですよ」

それがはっきりと分かるから、南原も高木も苦悩が増す一方なのだ。

「ですが南原先生、私たちは生きているかぎり決して諦めてはいけないんです」

雲間からとつぜん光が差したかのようだった。薄暗い校舎を出ると、ちょうど雨が止んでいた。

高木はさっぱりとした顔で帽子を持ち上げた。

「では今日は、これで失礼します」
軽く頭を下げて大学の門を出て行くのを、南原は取り残されるような思いで見送った。

「南原先生」

ふいに呼ばれて振り返ると、袴（はかま）をはいた青年が大きな風呂敷包みを下げて立っていた。門柱の影に入って顔がよく見えず、南原は一瞬、高校のときの自分が立っているのかと思った。

「よかった、やっぱり南原先生ですね」

青年の学帽にはどうやら一高の校章がついている。

「君は？」

「一高の堀田浩平（ほったこうへい）といいます。理乙（りおつ）の二年です」

青年は学帽を取って折り目正しく頭を下げた。一高の理科乙類からは毎年優秀な学生たちが東大の医学部に進学してくる。

「そうか、君は三谷の教え子かね」

「はい。三谷先生にはいつも目を開かれるような講義をしていただいています」

青年はぱっと笑顔を弾けさせた。だがすぐに不安げに下を向いた。

「あの……。南原先生の価値並行論は、政治が宗教を支配することも、逆に宗教が政治を支配することも、どちらも拒否する思想……、でよろしいのでしょうか」

ためらいがちに尋ねてきたが、その眼差しの真剣さに南原は胸を打たれた。

「君は受験も近いのに、私の論文をそこまで読み込んでくれたのかね」

まるで高校時代の自分と話しているようだった。堀田は南原とは別の分野へ進んで行くが、この世の真理について考えているのは同じだ。

青年とはすべからく、こういうものだと思った。南原もかつてこの青年と同じように、何が知りたいかも分からないままに何もかもが知りたかった。

「先生、僕は」

青年は思い切ったように顔を上げた。

「僕はこのまま勉強を続けていて、いいのでしょうか」

南原はとつぜん頬を叩かれたような気がした。

堀田は両手で学帽を握りしめている。

「こんな世の中に……、いえ、これからの時代に、勉強なんかしていて構わないのでしょうか」

「何を言ってる」

南原は夢中で堀田の二の腕をつかんだ。

「君のような青年が勉強をしなくてどうするね。君が勉強するのは、この世界のためなんだぞ」

堀田の不安が痛いほど伝わってきた。前へ進むことだけを考えていればいい青年に、一瞬でもこんな迷いを抱かせるのは大人たちの罪だ。

「私らは、君たちが安心して勉強できる世の中にする。きっとする。そんな大学にして君たちを待っている」

この門はそのために開いていると言おうとしたとき、銀杏(いちょう)並木から強い風が吹いて来た。南原の耳は無数の葉が必死で枝にしがみついている声をたしかに聞いた。

「先生、ありがとうございます。三谷先生からは、早く南原先生の教え子になれと言われています」

青年は恥ずかしそうに笑って、学帽を頭に載せると背を向けた。

「おい、堀田君」

青年は目を輝かせて振り返った。

「君はどこの出身だね」

「広島です。僕が生まれたのは海軍の町です」

「そうか、森戸と同郷だな」

堀田はもう一度帽子を取って、きりりと敬礼をしてみせた。

それから間もなく秋になり、リットン調査団の報告書が提出された。大陸での一連の事件は日本の自衛措置と認められず、満州を列強の共同管理にすべきだとされたことに日本中が反発した。十二月には全国の百を超える新聞社と通信社がいっせいに共同宣言を出し、満州国の独立を認めない国際連盟の解決案を断固拒否すると書いた。

年が明けて昭和八年三月、日本はついに国際連盟からの脱退を通告した。ドイツではナチスが第一党になり、ヒトラーが首相に就いていた。

南原は博子の前で新聞を叩きつけた。

「書物は人間そのものだぞ。いくら人間の知恵が神に及ばんと言っても、本は連綿たる人間の叡智の結晶じゃないか」

南原が投げ捨てた新聞には、ナチスがベルリン大学の蔵書を焼いたことが報じられていた。

「ドイツでは、本は跨いでもいかんと子供に教えんのか！」

かつて南原も学んだベルリン大学で、あのフンボルトの石像が見下ろす広場で本が火にくべられたとは、とても信じられなかった。関東大震災で東大の図書館が崩壊したとき、ヨーロッパの国々は日本が本を集めるのに力を貸してくれた。そのヨーロッパで今何が起きているのか、真実を知るのは恐ろしいほどだった。

あの広場での所業は神にそのまま見られている。世界は歪み、本たちの呻きだけがまっすぐに天に届いている。

「ナチはギリシャの真理至上主義もキリスト教の普遍主義も否定する気なんだ。それはあらゆるヨーロッパ精神の伝統を否定するということだぞ」

　博子は唇を引き結び、悲愴な顔をして南原から目をそらせずにいる。

「議会のもとで、合法的手段で独裁する。そんなやり方で全体主義へ移行させようとしているのがなぜ分からん！」

　議会主義は本を焼くような政権も誕生させるから、いつ自由民主主義への脅威に変わるか分からない。成熟していない単純な議会制はつねに危険を孕んでいる。

「一体、世界をどうするつもりだ！」

　ついに博子は涙をこぼした。だが南原の怒りは収まらなかった。留学中に世話になった教授や友人たちの顔が次から次へと浮かんでは消えた。

　たとえ少数派であろうと多様な人々の生命を守るために、どうやって直接民主政治を取り入れていくか。それがこれからの政治課題だと考えることで、南原はどうにか頭を冷やそうとした。

　だが事は対岸の火事ばかりではない。日本が国際連盟脱退を通告した明くる月、今度は京大で大きな問題が持ち上がった。不穏当な発言を繰り返し、マルクス主義にたつ危険な学説だと当局に名指しされた刑法学の滝川幸辰教授に、鳩山一郎文相が罷免を要求したのだ。

もちろん沢柳事件以来の慣行がある京都帝大では総長が要求を拒んだが、文相は強権を発動して滝川を休職処分にした。法学部の教授会は揃って抗議の辞表を出し、総長も辞職した。東大では横田をはじめ、まだ若手の高木や南原たちが大学をあげて支援しようとしたが、美濃部たち長老教授が自重論を唱え、何もできなかった。

「意外に美濃部先生が冷淡でしたね。僕は美濃部先生こそ真っ先に、闘いの狼煙を上げてくれると思ったんですが」

高木は苦笑まじりに髪を掻き上げていた。

学問の世界に持ち込むことではないが、美濃部については誰もが鳩山文相との個人的な関わりを思った。鳩山は美濃部の愛弟子で、小野塚とも交流がある。そのうえ美濃部と鳩山の弟は妻同士が姉妹で、一族としても密なつきあいをしていた。

ただ一方で南原は、たんに滝川の学説は美濃部の趣味に合わないのだとも思っていた。南原にもわずかだが、滝川の著書は純粋に学問的なものではないという意識があった。

「京大にしても、法学部以外の連中は、またぞろ厄介な問題を起こされたというのが正直なところじゃないか」

「美濃部先生は、これは力と力の争いだとおっしゃっていましたね」

高木も疲れたようにため息をついた。

文相のしたことは権力の濫用には違いないが、その力に辞表取りまとめという団結の力で立ち向かえば、負けるのは大学側なのだ。

——我々のように政治を考える者が、政治と折り合いをつけられないでどうするね。折り合いのつかん学問をやっている者を守る役目も、我々には課されておるんじゃないのかね。

小野塚は東大が動いたときの結果を考えれば、よほど慎重にやらなければならないと言った。目と鼻の先に政府がある東大と、中央から離れた京大とではできることも違う。もしも東大が当局に屈したら、全国の大学がこのさき何もできなくなるというのだ。

こうして南原たちが無言でいるあいだに、東大の学生たちが滝川の復職と文相の辞職を求めて集まった。美濃部が講義を終えた直後に教室を封鎖し、教授団の奮起を促すと言って演説を繰り広げたのである。

正門前の銀杏並木には幟やプラカードが林立して学内は騒然となった。

だが東大には共産党員の大検挙に際して小野塚が政府に掛け合った一件もある。東大から検挙者を出したあのとき、小野塚は大学の自治を主張するかわりに学内の秩序は守ると約束している。

そのため大学は警官の出動を要請し、正門前にいた学生たちは片端からトラックに詰め込まれていった。

その様子を見て南原はさすがに胸が悪くなった。いくら暴動に近かったとはいえ、相手は学問の自由を叫んでいる学生たちだった。それが殴る蹴るの暴行を受け、ある者は口から泡をふき、血まみれになってトラックの荷台へ放り投げられた。たとえ家畜でもここまではされるまいと南原は思った。

トラックが行ってしまうと教授たちは三々五々、山上御殿（さんじょうごてん）に集まった。ほんの今しがた同じ敷地内であんな騒ぎがあったとは思えない、いつも通りの静かな昼下がりだった。

当の美濃部はソファに深く身を沈めて新聞を読んでいた。講義の後にはそうするのが毎週のことで、ゆったりと足を組み、ランチが運ばれて来るのを待っていた。

ただその日はさすがに近寄りがたい厳粛な雰囲気がただよって、同じテーブルにつく教授はいなかった。

やがて山上御殿のドアが勢いよく開いて小野塚が入って来た。

小野塚は不器用そうに肩を左右に揺すりながら美濃部の前まで来ると、腰に手をあてて仁王立ちになった。

美濃部があわてて新聞をたたみ、足組みをやめてソファに座り直した。

「美濃部先生、困るじゃないか」

小野塚はぷうっと頬をふくらませた。

「あなたが監禁されて吊し上げにあっとると、学生主事は真っ青になっとったんですぞ。警察に電話するときは、ありゃあ切腹覚悟という顔つきでした。おかげで私は、人が切腹となるとどんな顔をするのか、初めて知りましたな」

小野塚は眉をしかめて怒っているが、どこか可笑しみがあった。美濃部もわざとらしく耳の後ろに手を当て、よく聞いているふりをしていた。

「どこの誰かは知らんが、学生たちの演説に大いにうなずいて、最後は拍手までしておったそうですな」

なんたる教授かと言って、小野塚は胸を反り返らせた。美濃部は恥ずかしそうに新聞で顔を隠し、辺りにいた教授たちは笑いをかみ殺した。

美濃部は新聞からそっと顔を覗かせるとつぶやいた。

「総長もあの場におられたら、きっと同じように拍手なさったと思いますよ」

周囲の幾人かが顔をそらして噴き出した。

「まったく、ふてぶてしさ、ここに極まれりですな」

小野塚は大きな鼻息をつくと、美濃部の前にどっかりと腰を下ろした。

その年の夏、南原家には五人目の子供が誕生した。四十三で二男三女の父親になった南原は、母きくが若白髪だったせいか、髪はもうほとんど白くなっていた。秋、ナチスが政権を握るドイツが国際連盟から脱退したとき、新渡戸が逝去したという知らせが飛び込んできた。

新渡戸は国際連盟の事務次長を長く務め、帰国して貴族院議員になっていた。満州事変のときアメリカに渡って日本の立場を擁護した大活躍から、まだ一年も経っていなかった。

新渡戸が倒れたのはカナダでの太平洋問題調査会の会議を終え、帰国する途中のことだった。新渡戸はずっとその理事長もしていたから、七十を過ぎた身には働きすぎだったのかもしれない。

訃報（ふほう）を聞いたとき、南原の頭には内村のことが浮かんだ。南原は今年、次男の晃（あきら）を授かり、内村が亡くなった年には長男の実（みのる）が生まれている。それはまるで新渡戸たちの世代が去り、日本が次へ引き渡されたことを象徴しているようだった。

南原はかつて内村や新渡戸がそうしてくれたように、実や晃を導いていけるのだろうか。新渡戸たちが苦心して育ててきた国を、無事に次へ譲ることができるのか。

内村も新渡戸もそれぞれに時代と闘った。新渡戸が教壇の上からは決して宗教を説かなかったように、南原も自己を抑制できる教育者でありたい。真、善、美と、正義という並立する価値の背後には宗教がある。宗教が沈黙のうちに新渡戸を支えたように、並立する四つの価値を支えているものもまた宗教なのだ。

気がつけば昭和八年も暮れようとしていた。いよいよ小野塚が定年退官を迎える年がやって来る。

南原は雪にくぐもる除夜の鐘を聞きながら、自分が正面に立つときが近づいているのを感じていた。

＊

東大で小野塚の演述を聞いた帰り、南原は久しぶりに三谷と一高の中庭を通った。

「やっぱり小野塚先生は演説の名手だね。〝大学が使命を全うするには、権力に媚びず、暴力に屈せず〟」

「〝宣伝に迷わず、世の風潮に迎合せず〟」

南原も小野塚の口真似で続けた。高校の頃はよくそうして新渡戸たちの言葉を伝え合ったものだ。

一高へ来ると高校時代に戻ったようだった。冬も終わり、庭にはやわらかい日が差していた。桜はまだ少し先のようで、つぼみは数えるほどしか付いていない。

「小野塚先生は、なすべきことは十分しているとおっしゃっていたね」

「滝川事件のことだろうな。東大ではそんな事件を起こさんかわり、自由にさせてもらうと首相に直談判されたというからな」

「滝川事件のときは学生も派手に暴れたからね」

三谷はシャツの襟を広げて軽く風を入れると、頭の後ろで手を組んだ。

「しかしもうじき小野塚総長も退官だな」

南原は小野塚にはまだまだ総長でいてほしかった。だが東大では美濃部も今年、定年を迎えることになっている。

それでも昔から愚痴めいたことは一切口にしないのが三谷だった。

「『フィヒテにおける国民主義の理論』、読ませてもらったよ」

三谷は明るく笑って振り向いた。

南原は先日、来月発表するつもりの論文を三谷に渡しておいた。ドイツ留学で思索を深めたフィヒテの読解を試みたもので、文部省が『ドイツ国民に告ぐ』を教育界に配ったことに対する南原なりの警鐘のつもりだった。

『ドイツ国民に告ぐ』はドイツがナポレオンに蹂躙されているとき、フィヒテが民衆を鼓舞するために演述したものだ。文部省はそれを偏った国粋主義に矮小化し、日本の教育の現場で愛国心を高める道具として活用できるようにした。

だがそれは南原に言わせれば、フィヒテをよく読みもせず、文部省自らが爆弾を配って歩いたようなものだった。

「よく書いてくれたよ」

はっとして顔を上げると、三谷は清々しい笑みを浮かべていた。一瞬、二人のあいだを心地よい風が吹き抜けていった。

「全国の高校に思想善導の教授が派遣されているのは知っているだろう？　一高は左派が強いから文部省も諦めたとみえて、右の教授は送ってこないけどね」

それでも高校への締めつけは厳しく、当局は事あるごとに国家絶対主義や国粋主義を浸透させようとしているという。

「しかし文部省も、フィヒテとは考えたね。いや、考えていないと言うべきか」

「フィヒテのナショナリズムは世界民主義とでも呼ぶべきものだ。血縁で篩にかけるような民族主義と一緒にされては困る」

「〝民族とは、歴史的に形成される文化に属するもの。それによって固有の精神的価値を帯びるもの〟だからね」

三谷は論文の一節を諳んじて力強くうなずいた。

「南原の哲学の源流はカントと、ある一面ではカントを超えるフィヒテだ。南原が一生を費やしているフィヒテが、『ドイツ国民に告ぐ』の字面を追ったぐらいで語り尽くせるはずがないのになあ」

国家は主導的に正義を実現してこそ存在価値がある。国家が権力を持ち、権威があるとされるのは正義を実現しようとするからだ。

そして国家は正義であればこそ、国民に政治的な義務を課すことができる。正義を追求しない国家に権威を振りかざす資格はない。

「自国の悪に目をつぶるのは、フィヒテのいう愛国心とはまったく違う」

三谷は南原がその論文を日本のために書いたことをよく分かってくれていた。

「そうだね。柳条湖事件なんかを起こして、居直っているんだから」

満州事変のあと、大陸では次から次へと日本の権益が認められ、恐ろしいほどの活況を呈していた。ただでも人がいったん得た物を手離すのは難しいが、こと満州権益に関しては、南原はもう絶望的に無理ではないかと思う。

だが不正義の上に建った国がいつまでも続くはずがない。そもそも満州は日本が戦争をするための兵站(へいたん)だというのでは、国家として正義を実現する役割を持たず、その時点ですでに価値を失っている。

「三谷、俺はナチスについても書くつもりなんだ」

南原にとって、正義を実現しないといえばナチスがまさしくそうだった。近代精神は個人を中心に発展してきたが、ナチスは民族という全体を中心に据えている。それはヨーロッパの精神を否定し、人間の個性をないがしろにすることだ。

「ナチスは社会主義の看板をかかげているが、社会主義の理念も裏切っているんだ」

もともと社会主義は資本主義の矛盾を解決しようとして誕生したものだ。だがナチスはそこまでは辿り着かず、しょせんは資本主義から派生した一形態で終わる。

「南原がそう言うならその通りだろうな。君が学者になったのは、一つにはマルクス主義と対決するためだったからなあ」

三谷はいつどんなときも南原の最大の理解者だ。

「ナチスは宗教の超越性も普遍性も認めないからね。ヨーロッパの伝統は、キリスト教やギリシャ精神を抜きにしては語れないよ」

ナチスはいずれ、自分で自分の首を締めるだろう。だが南原は漫然とそのときを待っているのは真っ平だ。

「排外的なアーリア人至上主義のナチスが、その根拠をフィヒテに求めるなんぞ、俺には我慢がならん」

そのとき三谷がくすりと笑った。

「全体主義も民族主義も憎み抜いている南原が、とことん入れあげたフィヒテを右翼に奪われかけているんだからな。これは、南原が闘うのも運命だよ。どうやら君の人生には大変な敵が待ちかまえているらしい」

思わず南原は眉をしかめた。だが三谷の笑顔を見ていると腕が鳴るような気もするから不思議だった。

「俺もやっぱり闘うんだろうな」

「そうだよ。ここまで強大な潮流が相手とは、神様も君を見込んでくださったものじゃないか」

ついに南原は声を上げて笑った。いくつになっても三谷には敵(かな)わないと思った。

「〝たたかひは創造の父、文化の母である〟か。これを頭に持ってくるとは、実に上手いものだと思いましたよ」

高木は図書館の前のベンチに座って、小さな冊子をめくっていた。陸軍が出した『国防の本義と其(その)強化の提唱』だった。

この冊子は十月に配られたもので、なんと十六万部も刷られたという。高木が読んだ一文から始まって、来たるべき戦争に備えて国防中心の国作りをせよと情熱的な文調で長々と綴られている。

ところが先ごろ退官した美濃部が痛烈にこの冊子を批判した。創造の父で文化の母であるのは〝個人的な自由〟だと明くる月の『中央公論』にはやばやと寄稿して、驚くべき放言だとこき下ろしたのである。

「美濃部先生が問題にされたのは、ここから先ですね」

南原と高木は、学生のように頭を寄せて冊子を覗き込んだ。

戦争には思想戦という側面があるから日本も精神を統一しよう、そのためには国際主義や個人主義、自由主義は排撃し、挙国一致、尽忠報国で立ち向かわなければならない、とある。

「僕は実に、美濃部先生を見直しました。滝川事件では自重一辺倒でしたが、いざとなるとこれですからね」

美濃部の主張は明快で、国際主義を投げ出すのは世界を敵に回すことに他ならず、結局それは日本を自滅させると書いている。

「〝国際主義を否定する極端な国家主義は、かえって国家自滅主義、敗北主義に陥るの外(ほか)はない〟」

自身も国際派の高木は、その一文が載る『中央公論』のページに冊子を挟んでいた。

「美濃部先生のおっしゃる通り、創造も文化も、平和の産物ですよ。〝戦争はかえってむしろ之を破壊する〟、文部省なんかはこっちを冊子にして配るべきなんですがねえ」

高木は満足げに美濃部の論説を目で追っている。

――個人主義および自由主義に至っては、明治維新以来の我が帝国の大国是である。

憲法上の基礎原則の一として、宣言している。

南原もすでに幾度も読んだが、あらためて感銘を受けた。かつて小野塚が言ったように、学者はやはり学問で闘うものだ。

「退官されたから、もう東大に迷惑はかからんと思われたのかもしれんね」

「しかしこれは、えらいことになりますよ。きっと滝川事件どころじゃありません」

高木は眉をしかめて前髪を掻き上げた。

もともと美濃部はロンドン海軍軍縮会議で統帥権干犯問題が起こったとき、政府が協調外交をとるのを法律論から支えていた。そのとき軍部にずいぶん恨みを買ったので、今回のように陸軍を正面から批判するのは生命さえ危険にさらされかねなかった。

だがそのときはまだ南原も高木も、事態がこれほど大きく動き出すとは想像もしていなかった。恐れなければならないのは軍部が美濃部を直接に襲撃することだと思っていたから、批判が意外なところから始まったことに目をむいた。

昭和十年二月、貴族院で美濃部の天皇機関説が突如、槍玉に挙げられた。元陸軍中将の男爵が登壇して、美濃部を学匪（がくひ）と呼び、その著書を叛逆（はんぎゃく）的思想だとののしったのである。

腹を立てた美濃部は貴族院本会議で二時間にもわたって反論を述べた。

――私は日本の国体を誇りとし、国体を明らかにしてこれを擁護するのが国民最大の義務だと考えている。国が隆昌するのも国家が人体のような活動体であればこそで、天皇はその中枢機関という意味だ。

議場は傍聴席まで満員で、最後には拍手まで起こった。貴族院は壇上の演説には拍手をしないのが規則だったが、議員の小野塚や物理学者の田中舘愛橘たちが大いに手を叩いたのだ。

美濃部は初めは弁明をすること自体、ずいぶん鬱陶しがっていた。天皇機関説は東大の上杉教授が存命中にさんざん論争をいどみ、もうとうの昔に結論が出ていたことだ。

「まあ、くだんの男爵も美濃部先生の講義を受けて、これなら問題ないと言ったそうですから」

「しかし、このまま収まるだろうかな」

肝心の著書を読みもせず、いや読んだとしても理解せず、曲解の果ての陥穽だと美濃部は怒り心頭だった。南原もフィヒテのときは同じように思ったから、その気持ちがよく分かった。

だがそれから三日後、美濃部の著書は不敬罪で告発された。国会では機関説の論議が続き、答弁に立った軍部大臣が機関説に承服できないと言うたびに拍手は大きくなった。

三月には今度は機関説反対の冊子が全国で配布された。在郷軍人会が作ったもので、これでいっきに機関説排撃は勢いづき、翌月、美濃部の著書は発禁にされた。

それと歩調を合わせるように、天皇絶対の国体を明らかにするという国体明徴（こくたいめいちょう）運動もさかんになった。

はじめは首相も、学説といったものは学者間の論議にゆだねるべきだと答弁していたが、やがて機関説反対を表明するようになった。政友会などの政党も機関説排撃をうったえ、ついに政府は国体明徴声明を出した。それが曖昧だと指摘されると、機関説を国体にもとると修正した二回目の声明を出した。

滝川事件からほんの二年で、世の中は学界の通説でさえ吊し上げにする狂信的で閉塞（へいそく）的なものに変わっていた。

美濃部は不敬罪では起訴猶予処分になったが、貴族院議員を辞した。

南原は上野の料理店を出て、美濃部の後継教授の宮沢俊義（みやざわとしよし）と並んで駅まで歩いていた。今日は美濃部を慰労するとでもいうのか、機関説問題で何もできなかった東大の教員たちが互いを労（いたわ）るために開いた食事会だった。

機関説が国会で標的にされ始めたとき美濃部はもう東大を退官していたが、大学が滝川事件のとき以上に沈黙したことに誰もが忸怩（じくじ）たる思いを持っていた。せめて食事でもということになったものの、南原は美濃部とろくに目も合わせられなかった。

宮沢もずっと黙っていたが、教授に就いて憲法講座を担当した途端に機関説が覆(くつがえ)されるとは過酷すぎる滑り出しだった。宮沢はまだ三十六歳だが、自分の研究どころではなくなっていた。

紅葉にはまだ早かったが、宮沢は道に張り出した枝を見上げて足を止めた。

「楓(かえで)は羨ましいですね、南原先生。秋には赤くなっても、春になればまた緑に戻れるんですから」

「そうですな。幹さえしっかりしていれば、もとは同じ木ですから」

「……さすがに南原先生の言葉は暗示的です」

食事会では美濃部は淡々と事の経緯のみを話し、擁護しなかった大学にも恨み言はなかった。それよりもむしろ東大が無傷だったことに美濃部は満足しているようだった。

「美濃部先生のために、何かできることはなかったのでしょうか」

「滝川事件のときには、力と力になれば大学は負けると美濃部先生もおっしゃっていたからね」

機関説問題は学術論争としてなら美濃部が圧倒していたが、軍部の主導する政争に趣(おもむ)きが変わり、軍配は軍部のほうに上がった。

「世論ニ惑ハズ、政治ニ拘ラズ……」

宮沢は軍人勅諭の一節を口にした。これほど虚しい言葉もなく、今では真っ先に政治に関わるといえば軍人だった。

「この先も宮沢先生が大学に残って、機関説の炎を絶やさんことが日本のためでしょうな」

「そうかもしれません。これからの学生は機関説を知ることすら難しくなりますから」

細い月が儚げに池に映り、宮沢は諦めたように歩き始めた。

もしも機関説問題が美濃部の在職中に起こっていたら、東大は学部ごと巻き込まれていただろう。一つの学説から大学の自治、学問の自由の問題にまで発展し、最終的に教授たちが辞表取りまとめで対抗しても屈するほかはなかった。滝川事件のときと違って、今回は世間も当局の味方だったのだ。

そうなれば実害を被るのは学べなくなる学生と、そんな若者たちに牽引されていく次代の日本だ。

「宮沢先生。やはり私は、美濃部先生は退官されていたからこそ、あれほど思い切ったことをなさったのだと思いますよ」

無性に、そうだという確信が湧いてきた。宮沢が自らの無力を嘆くのは気の毒でならなかった。

「宮沢先生もご自分を責めるようなことはなさらんでください。美濃部先生ほど、悔いのない学者人生を全うされた方もおられんのだから」

自らの立てた学説が学界の通説にまでなり、最後まで大学にも学究の同僚にも迷惑をかけなかった。美濃部のために大学の自治や学問の自由が脅（おびや）かされることはなかったのだ。

今はこんな時代でも、きっと美濃部には自分の学説が残るという確信があるはずだ。それなら暗黒の時代が始まろうが、それがいつまで続こうが、学者としても教育者としても、美濃部の人生は完璧だ。

「いつかまた機関説は日の目を見るでしょうか」

「何年かかろうと、正しいものは正しい位置に座るのではありませんか」

人は真理を求め、国家とは正義を目指して進歩するものだ。そんな世界に向かって多くの人が働いているのに、過ちのはびこる世界がいつまでも主流であるはずがない。

南原と宮沢は互いに言葉もなく、ただ肩を叩き合って別れた。

家に着くと、博子が玄関でほっと安堵の息をついた。

「お帰りが遅くなるときは、どうしても心配になりますね」

博子はそう言って三和土（たたき）まで降りて南原の鞄を持ってくれた。

「博子、永久平和を求めない今の時代は、そう続くものじゃない」

南原は半ばは自分に言い聞かせていた。博子は身重で、南原はもうすぐ六人目の子を授かる予定だった。無垢な赤ん坊が生まれてくる世界が、このまま平和を目指さずに進むはずがない。

「でも男の子のお母さんは皆、心配しておられますよ。どなたも何もおっしゃいませんけれど」

博子は眉を曇らせた。

機関説問題が騒がれるようになってから、国会では大臣たちの勇ましい発言が繰り返されていた。

――〝大君の辺にこそ死なめ〟の大精神こそ、我ら軍人の信念であります。ゆえにこの信念に反する言論には承服できないのであります。

機関説を貶める言質を取ろうと、議場での質問は回を追うごとに挑発的になっていった。議会で激しい答弁がなされるたび、議員たちは万雷の拍手で応えた。

「あの大伴家持の歌は、なんというのだったかな」

南原は上がり框に座り込んで額を押さえた。

「海行かば水づく屍、山行かば草むす屍……、大君の辺にこそ死なめ、かへりみはせじ」

博子が澄んだ声で詠じ、南原は目を閉じた。どんな屍になろうと天皇のそばで死ぬことこそ本望、かまうものかという和歌だ。

だが家持は酷い亡骸を見て、彼らを悼んだのだ。こんな死を迎えたが、せめて帝のおそばで死ねたのだ、もう当人たちの心は安らかだろう――

「清らかな歌だな。凄惨ないくさ場の光景も、和歌にすれば人は美しいとさえ思うことができる」

これこそ歴史が形作ってきた日本の文化だ。文化は間違いなく、固有の精神的価値を帯びた象徴の一つだ。

ふと南原は、自分も歌を詠んでみようかと思った。記憶にとどめるには日記では冗長になり、生々しいことも多すぎる。

「博子……。宮沢君は、自分一人が黙っていれば、大学の平和は保たれると考えているのかもしれないな」

宮沢は今や東大でただ一人、機関説をかかげる教授で、辞めるときは自分だけにしてくれと法学部長からも諭されたという。くれぐれも京大の滝川事件のような、教授全員が東大を去るといった騒ぎにはするなということだ。

むろん宮沢は学部に迷惑はかけないと答えたが、南原自身、それを聞いてほっとしたことは否めない。本心ではやはり自分の研究を続けたいし、講義を通して学生たちも育てていきたい。できれば反旗をひるがえさざるを得ない大学自治の問題にはしてほしくなかった。

これはきっと大学に籍を置く誰もが多かれ少なかれ抱いている思いだろう。満足のいく環境で研究を続け、次代の若者たちと関わるのに、大学ほど恵まれた場所はない。

「美濃部先生も、次の世代が育ってくるのに賭けておられるのだろうな」

「ええ、そう思います」

博子は即座にうなずいた。そんなことは珍しかったので少し驚いて見返すと、博子は横に膝をついて微笑んだ。

「女学校の教師をしていたとき、私はずっと、教え子たちの子供が成長した姿を見たいと思っていたんです。教え子たちの子供がどんな大人に育っているか、教師としての真価が現れるのはそのときだと思っていましたから」

南原はふいに背筋が伸びるような気がした。

「つくづく、博子に教師を辞めさせたのは、もったいなかった」

「まあ、とんでもありません。本当に私は、あなたのお役に立てることが少なくて」

博子がこうも控えめなので、南原はいつも姑との仲を傍で見るたびに胸が温かくなった。母のきくは庭に畠を作ったり孫たちの面倒を見たり、忙しく健康に暮らしてくれているから、南原は坂の下まで来て家を見上げたときだけは体が軽くなるのだ。

そしてその年の師走、南原家には四女の悦子が元気に誕生した。

昭和十一年二月二十一日、美濃部は自宅で狙撃されて重傷を負った。機関説問題が起きてからは日に何十通も脅迫状が来ていたというが、それがついに現実のものになってしまった。

南原はあらためて美濃部の国会での答弁や新聞記事を読み返した。

――十数年前から出ている本が、どうして今になって発禁にされるのか。機関説が悪いというなら、伊藤博文の『憲法義解』もそうではないか。

発禁になった美濃部の著書は、どれも法学部の学生には必読の書ばかりだった。

美濃部は日本精神の美点の一つは他者の意見も聞く寛容の心だと繰り返したが、耳を貸す者はいなかった。

――国体の尊厳を説くのは良い。日本精神を鼓吹することも、もとより大歓迎だ。だが自分と意見の異なる者は乱臣賊子とみなし、その言論を圧迫しようとするのは国家を毒することである。

美濃部ほどの学者がここまで言ったのに、誰も聞こうとしなかった。

それからわずか五日後の二月二十六日、早朝に陸軍が反乱を起こした。永田町から三宅坂の一帯が千五百人近い軍隊に占拠され、首相以下、政府要人が次々に襲撃された。

雪がしんしんと降り積もるなか、緊迫したラジオの声が政府の機能停止を報じていた。

「ともかく大学へ行ってくる」

博子も覚悟したようにうなずいた。いずれこんな事態になることは大方が予測していて、そのときは東大の法学部も標的になると言われていた。

東大で狙われるとしたらやはり宮沢や横田だろうかと考えているうちに正門に着いた。

ちょうど向こうから歩いて来る影があり、それが高木だと分かって互いにほっとした。

「先生」

少年のよく通る声に、二人同時に振り返った。

厚い雪雲がたれこめ、少年たちの背負ったランドセルだけが光を集めて輝いていた。

「みんな、やられちゃったんだって。総理大臣も、ほかの大臣も」

あどけない、天使のような声だった。

南原と高木はただ茫然（ぼうぜん）としてその場から動くことができなかった。

＊

山上御殿へ行くと、小野塚は奥のテーブルですでにグラスを手にしていた。

「お待たせしてすみません」

「いやいや、長与君と話しておったんだ。君は遅れとらんよ」

小野塚が腕時計を確認しながら微笑んだ。

「ここはいつ来ても落ち着くな。それに皆が今でも先生と声をかけてくれる」

「先生は貴族院でもそう呼ばれていらっしゃるでしょう」

「いいや。議員同士で先生先生というあれは、どうも安っぽくて好かんよ」

小野塚は少し酔った顔だった。南原も前のソファに腰を下ろし、同じものを頼んだ。

小野塚が会っていたのは新しく総長に選ばれた長与又郎だった。長与は政治には門外漢の医学部出身ということもあり、よく小野塚の助言を受けていた。

「経済学部は大変らしいな。矢内原君を辞めさせようとしているそうじゃないか」

小野塚は真っ先に尋ねた。

今、経済学部は学部長の土方成美が率いる国家主義派と大内兵衛の左派、さらに河合栄治郎の自由主義派と、大きく三派に分かれて論争が続いていた。矢内原はそのどれに与するというのでもないが、日本の政策を批判していたので土方とは対立があった。

「矢内原先生は人格的にも教授として申し分ありません。国家の理想は正義と平和だと明言されていますから、まさに私は同感です」

「分かっとるさ。だがあれはキリスト教のせいだろう、言葉が過激にすぎんかね。弱者を虐げる政策は滅びに至る道だとか」

「もっともだと思いますが、それが何か」

南原が小首をかしげると、小野塚は眉をしかめた。

「日本は今、戦争をしてるんだぜ。滅びるなんぞと、まずいに決まっとるだろう」

小野塚はボーイに手を挙げて、もう一杯ビールを頼んだ。

日本はこの夏、盧溝橋事件を起こして中国と全面戦争に突入していた。昨年の二・二六事件のあと軍部大臣現役武官制が復活し、年末にはワシントン海軍軍縮条約とロンドン海軍軍縮条約が失効して日本は無条約国になっていた。

一部の政党は軍部の政治介入を批判し続けていたが、現役武官制のせいで閣僚をなかなか送り込むことができなかった。内閣は何度も総辞職の手前まで追いやられ、なかには組閣大命を果たせずに不成立で終わったものもある。

「経済学部は伝統的に言葉には用心してきただろう？　つけ入る隙を与えるとは、矢内原君も脇が甘いのではないかね」

「それは信仰自体が抱える課題です。学問的な論争とは質が違います」

小野塚が知らないだけで、聖書にはもっと激しい言葉が並んでいる。

ビールが来ると小野塚はすぐ口をつけた。

「彼の名が挙がること自体、すでにイデオロギー問題になっとらんかね。今のままでは経済学部は取り返しのつかんことになるぞ」

学部長の土方が唱えているのは自由主義経済の欠陥を政府が補うべきとする統制経済だが、大内は共産主義寄りの左派だ。そこへもってきて河合は反マルクス、反ファシズムの筋金入りの自由主義者である。

「政治にせよ学問にせよ、主義主張の異なる相手を尊重するのは生易(なまやさ)しいことじゃない。だが学問の世界がそれを諦めてしまえば、最終的に潰(つぶ)されるのは学問の自由だぞ」

「経済学部はそれほど危ないでしょうか」

「あそこは新しくできたばかりで規模も小さいからな。いざというとき、丸ごと飲み込んで消化する力がまだ学部として備わっとらん」

大所帯で歴史も長い法学部ですら、時局に左右されずに立っているので精一杯なのだ。それが昭和以降の大学の実情だが、法学部は法律という規範を扱うだけに、まだ常識的な秩序意識があるともいえる。それに経済学部のように、教授たちが真っ向から対立する学説をかかげているわけでもない。

「まあ、長与君は時局を知っとるから、彼が総長のあいだは大丈夫だろうが」

小野塚はため息をついて、熱でも冷ますようにグラスを額に当てた。

「ところで君が学問とどれほど凄絶に向き合っとるか、よく分かったよ」

グラスを置くと、小野塚は鞄から南原の「基督教の『神の国』とプラトンの国家理念」を取り出した。

南原は先月発表したその論文に〝神政政治思想の批判の為に〟という副題をつけていた。神政政治とは、統治者が神に与えられた神聖な権力で政治を行っていると考える形態で、古くはヨーロッパの専制君主たちが自らを正当化するために用いてきたものだ。

それをナチスが今、かつての国王どころではない苛烈さで振り回している。南原はそのことを危ぶんで書いたが、それはまた明日の日本の姿だとも思っていた。文部省が春に配布した『国体の本義』には、祭政一致どころではない祭政教一致が明言されていたのである。

小野塚は南原の論文をめくりながら、これは心配ないとつぶやいた。

「君が天皇制ファシズムに危機感を募らせとるのは前から知っていたがね。君の批判はつねに哲学的で、世界を大所から捉えとるのがいいな。直截に時節がどうとは言わず、プラトンを引き合いに出して現実に迫るなぞ、余人には真似ができん。軍部は手も足も出んさ」

南原は感激で身体が熱くなった。南原の世界観を支えているのは、常にプラトンでありキリスト教だ。

「そろそろ洞窟の哲人も外へ出るときが来たか。まあこの哲人は急に明るいところへ出ても、しっかり見えるだろうから安心だ」

小野塚は南原のグラスに自分のグラスを当てた。

「プラトンと南原繁に乾杯だ」

南原の研究室へ入って来た矢内原は少し青ざめた顔をしていた。

一週間前の経済学部の教授会で、矢内原は教授の適格性を問われていた。『中央公論』に書いた論文が現下の戦争に反対し、時局柄、教授の言葉として不穏当だと指摘されたのだ。

矢内原はその論文で戦争が正義ではないと断言していた。さらに日本のことを隠喩的に、虚偽が喧伝され、言論が抑圧される国家と書いてもいた。

だがそのときは大内が皆をなだめ、論文については内容を検討してからということになった。

「教授会は無事に乗り切ったと聞いていたんだが、今度はまた大層なことになったね」

「ええ。総長も、愛国一辺倒、軍閥一色の教授ばかりではよくないと言ってくださったのですが」

さきの教授会では矢内原が長与総長に陳謝文を出すことで決着がついたが、別の一文がその日のうちに当局から問題にされた。

――今日は理想を失った日本の葬り（ほうむ）の日です。どうぞ日本の理想を生かすために、ひとまずこの国を葬ってください。

これには長与も泡を食ったが、さらに天皇の神性と創造主であるキリスト教の神性は別だとした古い論文まで引っぱり出されてきた。

「学問以外のことでご迷惑をかけることになって申し訳ありません」

矢内原は力なく頭を下げた。

たしかに矢内原は信仰の立場を言い表しただけで、日本の国体を否定したわけではなかった。矢内原が愛国者であることは南原もよく知っている。

「まさにファッショの世の中だな。教育勅語もいつのまにか国家神道の経典にされてしまったからな」

文部省の発行した『国体の本義』では教育勅語が一文ずつ解釈され、天皇機関説は激しく排撃されていた。個人主義に対しても、それが自由主義や社会主義を生んだと批判が並んでいた。

「矢内原先生がいなくなって迷惑を被るのは学生たちだ」

南原がため息をつくと、矢内原は悲しげに額に手を当てた。

「私自身は、禁教時代に比べればどうということもないのですが」

矢内原は自分の進退をあくまで宗教の問題と捉えていた。宗教上の信念は当局の指示で訂正することはできないから、それで教授不適格だと言われるなら甘んじて受け入れざるを得ない。

でなければ今は信仰上の文言をたてに、学問の自由まで脅かされる時代だ。

「南原先生。僕は満州事変以後の日本の政策は根本的に間違っていると思うのです」

あれから六年だと、矢内原は遠い目になった。

「僕もはじめは何も言えませんでしたが、内村先生の三回忌のときに決めました。それ以降はもう、いつどんなことになるか分からない。だからこの数年で一生分の仕事をしたつもりです」

「そんなことはない。君の一生分のはずがあるかね」

南原は強く首を振ったが、矢内原は笑って握手の手を差し出した。

——私は誰をも恐れもしなければ、憎みも恨みもしない。身体を滅ぼしても魂を滅ぼすことのできない者を恐れるな。

最終講義で矢内原が力強く言い切ったとき、教室のあちこちで洟をすすり上げる音が聞こえた。

矢内原はそのまま一言の弁明もせずに大学を去った。

矢内原が退官してまだ二月も経たないうちに、今度は大内兵衛たちの教授グループが検挙されて休職になった。大内はかねがね矢内原の次は自分だと予想し、逮捕される前の日に南原のもとを訪ねていた。

きっと明日は警察が来ると言って、大内は寂しそうにソファで足を組んでいた。

「後は宜しく、ですなあ」

大内は南原と一つ違いだが、森戸のクロポトキン論文のときにも失職しているから今回で二度目だ。

ソファで向き合って河合だけでも無事ですめばいいと話したが、二人とも正直どうしていいか分からなかった。今や一つひとつの事象について原因を突きつめても全くの無駄だった。

大内が検挙されて間もなく国家総動員法が可決され、七月になると荒木貞夫文相が大学の自治に大きな横やりを入れてきた。

荒木はかつて陸軍大臣を務めた陸軍大将だが、総長や教授の任免方法を改革すると言い出した。もともと教授は天皇が任命する勅任官なので、教授会が決めるのは天皇大権を干犯するというのである。

南原が研究室でぼんやりそのことを考えていると、ドアがノックされて法学部長の田中耕太郎（たなかこうたろう）が入って来た。

田中は裁判官の息子で、いかにも良い家で大切に育てられたという穏やかな雰囲気がある。だが内村の聖書研究会を経てカトリック信者になったことは有名で、その細い身体にたくさんの熱量を詰めているのだと南原はずっと思ってきた。

年は南原の一つ下で、法学部を首席で出てしばらく内務省にいた。助教授として東大に戻ったのは二十七のときだ。

「すみませんが、ここで談合させてもらうことになりました」

「談合とはなんです」

南原が怪訝（けげん）に思って尋ねると、田中は不敵な笑みを浮かべて天井を指さした。

やがて上で足を踏む音が聞こえて、パラパラと砂埃（すなぼこり）が落ちてきた。南原が目をしばたたいていると、くり抜きの扉が開いて折りたたみ式の梯子（はしご）が現れた。

「この隣は経済学部ですからね。不偏不党の南原先生の部屋が下にあるとは、まさに好都合でした。難しい時代ですよ、大学もどこに当局の息のかかった連中がいるか分からない」

きょろきょろと顔を覗かせて梯子から降りて来たのは経済学部長と理学部長だった。二人は屋根裏を通り抜けて来たらしい。

「さては荒木文相の件ですか」

「ええ。これまでのやり方では文相が天皇を輔弼(ほひつ)できんとは、恐るべき強弁ですよ」

学部長たちは南原ににこりとすると、さっそくソファに陣取って頭を寄せた。

南原は机に座って本を広げたが、田中たちの話はよく聞こえた。

「ここを突破口に学問の自由も憲法の精神も崩されかねんという認識が、長与総長には足りんのですよ。骨の髄まで医学者だから、なんとか病のほうに関心がある」

黙っているつもりだったが、南原は本を閉じた。

「ツツガムシ病ですよ。長与先生はその病原体を発見されたんです。富山にいたとき、隣の新潟ではしょっちゅう流行すると聞いて、ずいぶん心配したものです」

南原が立ち上がると、さっそく田中がソファを詰めてくれた。

「これは強力な助っ人だな。南原先生もぜひ雑誌に一筆書いてください」

「いや、滅相(めっそう)もない」

南原はあっさり首を振った。こちらはずっとジャーナリズムとは関わらずに、大学行政からも一線を画してきたのだ。

「お願いしますよ。新聞や雑誌にふだん書いていない人のほうが訴える力が強い」

田中に続いて経済学部長も身を乗り出してきた。

「うちはこのところ集中砲火を浴びとるからね。このまま時勢に押し流されたのでは、去った先生方にも申し訳が立たんのですよ」

何のために矢内原たちが身を引いたかといえば、自分を足がかりに大学の自治へ踏み込まれては困るからだ。それを思えば南原が自分だけ研究に浸っているのは怠慢で横着なことかもしれない。

教授を選挙で推薦するのは文教における立憲主義でもある。文相のかかげる大学の自治改革はナチスの大学政策よりも常軌を逸したもので、日本に適合するはずがないのだ。

ついに南原は帝国大学新聞にそう書いて、明くる日から右翼に名指しで叩かれるようになった。


正門前の銀杏並木は残らず葉を落とし、寒々とした枝が空へ伸びていた。南原は高木と並んで研究室から外を眺めていたが、辺りはどこも味気ないほど静かだった。

南原が帝国大学新聞に「大学の自治」と題した一文を寄せた翌月、経済学部では河合の著書が発禁にされた。すぐに文部省からは河合を処分するように申し入れがあり、心労の続いた長与総長は辞表を出した。

次は誰が総長になるか、なり手はいるのか、東大はまた大きな煩悶(はんもん)を抱えることになった。新しい総長は就任早々、河合の進退に関する学外からの圧力を払いのけなければならない。

まずは河合を救う手立てを考えたが、名案は思い浮かばなかった。河合は滝川事件のときも機関説問題のときも敢然と軍部を批判し、二・二六事件の直後には軍部のみならずファシズムに沈黙する知識層まで、ことごとくを攻撃した。

相手を立ち竦(すく)ませるほどの信念を持つ河合が自ら教授を辞めることはないだろうが、そうなると事は大学の自治に直結する。

「河合先生は自由主義者で、もっと言えば理想主義者ですよ。反マルクスだというのは満天下が知っているのに、どうして発禁なんかになるんでしょうね」

高木が寂しそうに窓ガラスをこつこつと叩いた。

河合は思想善導教授として全国の高校を回っていたとき、マルクス主義を研究するのは勝手だが実践活動はしてはならないと力説していた。あれほど理にかなったことを主張している教授も少ないのだ。

「現役武官制の復活と同じ構図だな」

南原がつぶやくと、高木も黙ってうなずいた。

軍部は気に入らない内閣には大臣を推薦せず、これまで何度も組閣を阻んできた。それと同じように気に入らない教授には大学の自治をちらつかせて揺さぶりをかけ、自主的に教授の側から大学を去らせようとする。そのうちに大学は少しずつ変質し、気がつけば大学の存立自体が危うくなっている。

内閣は軍部に逆らえずに現役武官制を復活し、自由に内閣を作ることができなくなった。今に大学も法改正によって自治権を奪われ、軍部に言いなりの学者ばかりになるかもしれない。そしてそんな学者は、偏った学問しか知らない学生を濫造(らんぞう)する。

文相が大学の自治改革を言ってきたとき、田中は学部長として必死で抵抗した。東大の出した折衷(せっちゅう)案を文部省が突き返そうとしたのを最後まで受け取らなかったのは、田中だからできたことだ。

だが田中が次の総長として推薦した工学部の平賀譲(ひらがゆずる)名誉教授に、南原たちは納得がいかなかった。

平賀は東大の造船工学科を出た海軍の技術中将で、海軍と東大を兼任し、工学部長を経て定年を迎えていた。ワシントン海軍軍縮会議のときには、排水量の規制されていた日本の巡洋艦に、独自の設計で米英の水準をはるかにしのぐ高出力武装を可能にさせた。

いわば海軍を象徴する人物であるうえに、工学部は法学部や経済学部にくらべて、大学が干渉されて自治が奪われることへの危機感が薄い。だが今は総長ともなれば率先して大学を守るために気を吐くべきで、それが海軍で軍艦を造ってきた人物というのでは、やはり大学の旗手としては物足りなく思えた。

それでも平賀を担ぎ出した田中はこれまで右翼の攻撃にも堂々と反論し、やり込めてしまった強さがある。右翼がさかんに国体明徴を叫び、田中の学説が天皇機関説以上の反国体思想だと難癖をつけられたとき、そもそも国体不明徴の事実がどこにどのようにあるのかと反論して黙らせたほどの論客なのだ。

その田中が平賀を擁して前面に立って大学を守るなら、東大も当局と新しい闘い方ができるかもしれない。ともかく大学の自治だけは守り通さなければならないと考えているのは、南原も高木も、田中も同じだ。

「平賀先生は国宝のようなものですからね。大学問題に巻き込んで傷をつけては大変だと反対する人もあるらしいですよ」

「案外、平賀先生は適任かもしれんね」

「……そうですね」

高木と南原はいつもたいてい似た考えだった。

「しかし学部長は河合先生を庇(かば)うでしょうか」

「これまで河合先生の本が発禁にならなかったのが奇跡だったのかもしれん。それにしてもあそこは、まさに満身創痍だな」

南原は隣の窓のほうへ目をやった。

経済学部は外に向かって団結すべき教授たちが主義に分かれて争っている。本来的に学問の性質からして、切磋琢磨し合って共に発展するという道は辿りようがないのかもしれない。工学部などのように、より優れた軍艦を造る、長距離飛行記録を伸ばすというわけにはいかないところだ。

「平賀先生の引かれる設計図はさぞ美しいだろうにな」

平賀の軍艦は南原も写真で見たことがある。少年たちは新聞を切り抜いて持ち歩いているし、大人は皆、誇らしそうに話している。それを見るたび南原は、人間とは美を目指すものだと実感する。

きっと一人ひとりの人間は、真も善も美も追求している。だが政治が正義を目指さず、永久平和の達成などほど遠い。

十二月に入って平賀は東大の総長に選出された。政界では近衛文麿内閣が中国政府に和平交渉打ち切りを通告し、折しも東亜新秩序建設を声明していた。日中戦争はすでに一年半も続き、さらに混迷を深めていた。

「いくらなんでも乱暴すぎる。河合先生の発禁は学問上の問題だろう。だが土方先生のほうは学内に派閥を作ったという、いわば大学行政の話じゃないか」

南原は田中の研究室を訪ねて、めずらしく声を荒げた。

「立っている土俵が違うのに、喧嘩両成敗なんてことがあるかね」

昭和十四年の一月、平賀は田中と組んでついに河合の発禁問題に手をつけた。平賀は教授会より先に河合と土方の処分を文相に申し出て、二人は揃って休職になった。

それらをすべて差配して大鉈を振るったのは田中だった。

「少し落ち着いたらどうです、南原先生。土方先生は国家主義なんぞと、もっともらしいことを言っているが、しょせんは国粋主義者と同じ穴のムジナだ。この御時勢に両極端は、なにより大学が困るんですよ」

「ばかなことを言うもんじゃない。こういうことは一歩ずつのプロセスが肝心だろう。すっ飛ばさずに経済学部の決定を待つべきだ」

河合と土方はたしかに対立していたが、それは学問の上でのことだ。思想が異なる両者を同時に追い出すだけでも問題なのに、河合は自由主義者だから切られ、土方は派閥を作った廉で休職というのでは議論にもなっていない。

「だから待っていられないんですよ。河合先生だけ辞めさせますか、それも文部省の圧力で？　今の経済学部に自浄作用は期待できませんよ。河合先生をきっかけに、東大に国家主義者だけが残ることになったらどうするんです」

「それで大学が、当局の顔色を窺うというのかね。それこそ大学の自治は死滅するぞ」

南原が拳を握りこんで言い募ると、田中はソファに身体を投げ出して動かなくなった。

「田中先生、聞いているのかね」

「聞いてませんよ」

田中はぷいと横を向いたまま口をとがらせた。

「南原先生は忘れたんですか。もともと河合君は学部長だったときに派閥人事をやっているんですよ。今回はまあ、そのことだと思ってください」

「それなら正々堂々、そっちを俎上に載せるべきだ。これでは筋が通らんじゃないか」

「ああ、だったらもう教授会で好きに打ちのめしてください。ただし結論はすでに出たんだ」

田中は勢いよく立ち上がると、くるりと踵を返した。

「待ちたまえ。君は自分の我執を通しただけだろう。それは信念とは言わんよ」

田中は一瞬足を止めた。だが何も言わずにドアを蹴飛ばして出て行った。

大学からの処分が公表されると、河合派の教授たちはいっせいに辞表を出した。土方派も処分に抗議して辞めたから、経済学部は残っているほうが少なくなった。

その明くる日、南原は田中と廊下ですれ違った。

「いや、全力で立て直しますよ。見ていてください」

田中は懸命に肩で風を切って歩いて行った。

＊

「お待たせしてすみません」

書棚を眺めさせてもらっていると六十過ぎの津田左右吉が着流し姿で現れた。早稲田大学文学部で日本思想史を教えている頬のふくよかな、温和な顔をした学界の重鎮である。

その年、東大で新しく東洋政治思想史の講座が設けられることになり、南原は津田に特別講義を依頼していた。東大はこれまで西洋志向で来たので、日本の伝統的な思想を考察しようと考えてのことだった。

津田の住まいは麹町にある落ち着いた屋敷で、本に埋もれた書斎に、ただひたすら研究に打ち込んできた篤実な人柄が表れていた。

津田は隣の六畳間に南原を通し、茶をすすめた。

「せっかくですが、やはり決心がつきません。東大には『古寺巡礼』の和辻先生もおられるし、私はよそに出講したことがないのですよ」

津田が言った和辻哲郎は、津田の歴史観を鋭く批判している文学部の教授である。

「しかし和辻先生の批判は純学問的な観点に立ってのことです。講義では先生の本を教科書に使っておられます」

「ええ、それは私も光栄に思っているのですが」

津田は誠実そのものという外見そのまま、南原の一言ひとことに迷っている顔をした。

「ご存じでしょうが、私の学説は学界でも傍流です。それでも六国史をひもとけば、崇神天皇より前の天皇家の系譜は不確かだと言わざるを得ません。ですから今のような時代に私が出張講義などをしたら、どこから何を言われるか」

「それこそ、これまでわが国が東洋政治思想史をきちんと研究してこなかった弊害ですよ。根本から学べば、津田先生ほど国を思い、皇室を敬っておられる方も少ないと分かります」

南原は会うたびに津田こそ本物の学者だと感銘を受けていた。津田は『古事記』などの古典に合理的解釈を与えるリベラルな立場をとっており、教材になる著書も大正十三年に出されたものだから、当局が今さら目くじらをたてるはずはない。

　和辻が倫理として人と人の間柄を考え、日本に固有の尊皇を絶対的価値とするのに対し、津田は史料を通して古代人の考えを知ることに主眼を置いている。だから『古事記』などは曖昧で神話的だと論じているが、皇室を冒瀆(ぼうとく)するような要素はない。

　今のような時だからこそ、東大の新講座を方向づける一人目の講師はぜひとも津田に頼みたかった。大学は時流に乗った学問だけをする場所ではなく、一見古いと思われるものの中からも新しいものを見出さなければならない。それには日本の古典を科学的に分析している津田ほどふさわしい学者もいないのだ。

「津田先生、どうかお願いします。これからは日本の思想を政治史的に学ばねばならんのです」

　南原は立ち上がって頭を下げた。最近は日本精神だの皇統だのと声高に叫ばれているが、歪曲(わいきょく)されて偏ったものが多い。それはまさに、この分野が科学的に研究されてこなかったせいだ。

「私もいつかは哲学的にやりたいと考えていますが、それにはまず先生に教えていただかねば、どこから手をつけていいかも分からんのです」

「いやいや、どうぞ頭を上げてください」

　津田のほうがあわてて腰を浮かした。

「私は南原先生の『人間と政治』にいたく感銘を受けたばかりです。あれは偏狭(へんきょう)な国家主義に真正面から抗議の矢を放たれた、すばらしい論文でした」

南原は驚いて顔を上げた。ナチスドイツの御用学者が東大で特別講義をしたとき、その欺瞞を突くために書いた論文のことだった。

津田は心に沁みたというように胸に手をあてていた。

「その国民を見れば伝わってくる、永続的で普遍的なもの。それへの憧れこそが祖国愛だと南原先生は書いておられた。先生は我々の精神を高みに引き上げ、理解させてくださる言葉の魔術師です」

南原は感動のあまり、ここへ何をしに来たのかさえ忘れそうになった。

ガラス窓から外に目をやると桜の枝がつぼみをふくらませている。あれを美しいと思う、開花を待ちわびる心こそ祖国愛だ。

「津田先生、私はヨーロッパの普遍的なものをつかむつもりで政治思想史をやっています。ですからナチスがいかに従来のヨーロッパの普遍性から外れているかは批判ができる。しかしそれが日本となるとどうにも手が届かず、歯がゆいばかりです」

南原はナチスの特異性は言葉にして表せるが、今の日本がこれまでの東洋の歴史の中でどれほど異質なものかを科学的に説明することは難しかった。

人間は生まれた国の運命に左右されるのに、ヨーロッパについてのほうがその歪み(ひず)が分かるというのでは不甲斐ない。祖国を愛する者の一人として、日本が間違った道を進んで行くのをどうにかして食い止めたい。

その点、和辻は日本の思想史といっても倫理思想史で、南原が津田に望んでいるのは政治思想史なのだ。

「どうやら南原先生には、またとない機会を与えていただいたと感謝するほうが正しいようですね」

最後には津田も観念したように苦笑を浮かべた。

「教育に携わる者として、一人でも多くの学生に講義ができることを素直に喜びとすべきかもしれません」

津田はふっくらとした頰を赤らめて微笑んだ。その年の秋から、東大で津田の東洋政治思想史が開講されることが決まった。


昭和十四年九月、ドイツがポーランドに侵攻して英仏から宣戦布告を受けた。前のヨーロッパでの大戦から二十年、ついに第二次世界大戦が始まったのである。

世界が激動していたその日、南原は一人で遅くまで大学に残っていた。外からは学生たちの声がおぼろげに聞こえていたが、研究室はひっそりとして、今この世界で戦争が起こっているとはとても信じられなかった。

それでも南原の周囲ではたしかに現実が動き出していた。

平賀学長の処断で大学を休職させられた河合は、その直後、安寧秩序を妨害する本を出したとして起訴された。

南原は高木たちと協力してさまざまな方面に弁護を依頼したが、あまり大きな支援は得られなかった。五・一五や二・二六を体験してきた人々は、家を軍隊に囲まれ、妻子ともども銃を向けられた犠牲者たちのことを痛烈に記憶していた。軍隊と直結した右翼に正面切って異を唱えるのは、学者としての矜持や勇気だけでできることではなくなっていた。

研究室の鍵をかけて校舎の外に出ると、天の川が銀杏並木の上に広がっていた。無数の星が声もなくまたたき、あの輝きだけはポーランドの民衆も仰ぎ見ているだろうと思った。

「天の川堰切り放ち雨ふらしてポーランドの国防がせたまへ」

南原は夜空を見上げてつぶやいた。

二・二六事件のあった四十六歳のとき、南原は和歌を詠むようになった。あれから軍部大臣現役武官制が復活し、日本は無条約時代に突入した。矢内原が大学を追われ、大学の自治が侵食され始めたのが、時代の大きな分水嶺だったような気がする。

相欺き憎み戦ふ世にありて愛を説き平和を説くは非現実か——

南原はしばらく足を止めて天の川に耳を澄ませていた。数多の命を巻き込んで混迷を深めていく世界の中で日本がどんな道を辿るのか、なぜ星は囁いて教えてくれないのだろう。

十月になると津田の特別講義が始まり、南原は助手の丸山眞男(まるやままさお)に講義のレポート作りを任せた。丸山は大勢の優秀な学生たちの中でも稀有な知性の持ち主で、このさき南原が西洋に軸足を置き続けるとすれば、東洋を補ってくれるのはこの青年だという期待があった。

「僕はさすがに、南原先生の守備範囲が広いのに驚きました」

津田の出講が決まったとき、丸山は整った顔をほころばせて喜んだ。

丸山はもとは南原の影響で自らも西洋政治思想史をやろうとしていたが、東洋のほうを勧めたのは南原だった。時代が右傾化する中で、どうしても南原だけでは行き届かない部分を手伝ってほしかったのだ。

だからそのぶんの勉強を積ませるつもりもあって津田に講義を依頼した。丸山なら、津田の東大での世話役に適任だということも考えてあった。

丸山の講義レポートは毎回、読むこちらまで背筋が伸びるようなものだったが、十二月の最終講義を終えてやって来たときは、怒髪(どはつ)天を衝(つ)くという顔をしていた。講義を受けてもいなかった右翼の連中が押しかけ、質問と称して津田に何時間も難癖を付けたのだという。

津田は講義で、民衆の道徳生活と儒教はほとんど関わりがなく、武士道も儒教の倫理から生まれたわけではないと述べていた。それを質問者は道徳思想の否定だと決めつけて、東亜新秩序をないがしろにするものだと糾弾した。あげくの果てには津田をマルクス主義者呼ばわりしたという。

　南原はあっけにとられて、口をぽかんと開いてしまった。

「それで津田先生は何とおっしゃったね」

「自分は唯物史観は学問とも思っていないが、講義をした以上、質問には応える責任があるとおっしゃって丁寧に説明しておられましたよ」

　南原は力が抜けて椅子の上に伸びた。もちろん津田は教養人だからマルクス主義についても語ることができるが、日本の上代史の研究をどうこじつけたら共産主義と結びつくのか。

「僕だって黙って聞いていたわけじゃありません。学問から外れた質問で講義内容には関係ないと言ってやりましたが、相手は狂っていますからね」

　丸山は、そんな手合いと話しても時間の無駄だと割って入ったが、津田は最後まで諦めずに説いていたという。教える側には未来ある若者たちを正しく導きたいという願いや使命があるものだ。

「あんな愚かしい吊し上げに遭うのは金輪際、真っ平です。ようやく終わって外に出たらもう真っ暗で、雨まで降っていたんですよ」

丸山は津田を抱きかかえるようにして、一本の傘で濡れながら麹町の屋敷まで帰った。さすがに津田もぐったりした様子で、ああいう連中が日本の皇室を滅ぼすと、ぽつりと言ったという。

それを聞いたとき南原は、もう日本は方向転換できないところまで来たという暗澹たる思いにとらわれた。

最終講義が終わった翌日、右翼系の機関紙にその様子が掲載され、どうしようもなくいやな予感がした。それからいっきに右翼の攻勢が始まり、津田は不敬罪で告発された。

母校の早稲田大学は即刻、津田を休職にし、年が明けた昭和十五年一月、津田は教授を辞任した。二月になると『古事記及日本書紀の研究』などの津田の著書が四冊揃って発禁になった。

「まったく、何が問題なのかさっぱり分かりませんよ。当局はつまらん機関紙なんぞを読むひまがあれば、なぜ津田先生の本を開かないんでしょう。右翼の檄文なんて、日本語の綴方としてもまともじゃありませんよ」

丸山は憤懣やるかたないという様子で研究室のソファにどっかりと腰を下ろした。

「南原先生、この国は一体どうしてしまったんですかね」

片言隻句を捉えて曲解するのは、日本の文化を滅ぼすことにつながる。そうなれば日本民族も日本も一蓮托生だというのに、日本と滅ぶを並べて用いるだけで闇雲に刃を向けられる。かつてそれをして世間を戒めた矢内原は大学を去り、今度は日本への熱情から上代の研究に携わってきた津田が抹殺されようとしている。

「とにかく早稲田の冷淡さといったらないですよ。大学の宝にも等しい津田先生を自ら追い出すなんて。大隈重信はきっとあの世で地団駄を踏んでいますよ」

南原も丸山ほど若ければ同じように言ったかもしれない。だが世の中はそこまで、大隈が早稲田を創設した頃とは大きく変わってしまったのだ。

南原は大学のときに高木と高校時代を懐かしんで、大正デモクラシーのあの頃は良かったとしみじみ話したことがあった。人は昔を引き合いに出して嘆きたがるのかもしれないが、今はもうそれどころではなく、どれ一つを取っても異常としか言いようがなかった。

著書が発禁にされた翌三月、津田は出版者の岩波茂雄ともども出版法違反で起訴された。同法二十六条の、皇室の尊厳を冒瀆する書にあたるとされたのだ。

だがもちろん津田の研究分野はそもそも出版法に触れる筋合いにはない。経済学とも違って、共産主義やアナーキズムなどには一切関わらないのである。

「津田先生を東大へ招かなければ、こんなことにはならなかったのかもしれないな」

「何を弱気なことをおっしゃっているんです。そのかわりに僕らは何物にも代え難い講義を受けられましたよ」

丸山はすぐに熱っぽく身を乗り出してきた。津田の人柄にすっかり心服しているようだった。

津田は学問に対する姿勢がそうであるように、他人に対しても徹頭徹尾、誠実だった。だから自らに向けられた悪意も、過大にも過小にも評価しなかった。相手が偏った思想の持ち主だという先入観を持たないから、どれほど的はずれな非難を受けても、相手を丸ごと嫌うことも拒むこともなかった。

津田の身体は憎しみや負の感情が育たないようにできていた。相手がそんな種をどこへ蒔(ま)いても、まるで芽が出ないのだ。

――ただそれでも、あれは気の毒な人だなと思うことはあるんです。

津田が一度だけ、ひどく困惑して言ったことを南原は覚えている。津田は聞いたこともない言語で道を尋ねられて当惑したような、こちらが理解してやれないことを詫びるような顔をしていた。

あれほどつましく研究に生涯を捧げてきた津田を、中世の魔女狩りさながらの渦に巻き込むわけにはいかない。名利(みょうり)を求めもせず、学問に没頭して清貧を貫いてきた学者が、研究の実りを迎える時期に皇室の尊厳を冒瀆したと攻撃されるのは、どう考えても世の中のほうがおかしい。こんな誤った批判で津田の研究が滞ることになれば、なにより損失を被るのは日本そのものだ。

「もしも予審で免訴にならなければ上申書を書こう。同じ志の人たちに署名してもらうのはどうだろう」

「ああ、それはいいですね。高木先生たちと手分けして署名を集めましょう。早稲田には貰いに行きませんがね」

丸山は即座にうなずいた。津田は日本の歴史を学術的な批判に堪えられる土台に立て直そうとしただけだから、学説としては賛同しなくても、そのことを疑う学者はいないはずだ。

もちろん法学部としては今また学問の自由が脅かされているという重大な側面もある。本来、学者が研究の成果を大学で講義することに行政が干渉してくるのは間違っている。純学問的なものであれば、アナーキズムを論じることでさえ自由に許されるべきなのだ。

しかも文学部は学問の領域からして、宿命的にその問題を追究しなければならない法学部などとも違う。自らの古代史の研究があらゆる学者の学問の自由を閉ざしかねないと聞いたら、津田は卒倒するかもしれない。

「とにかく打つ手はまだ他にもあるはずですよ」

丸山が力強く言ったとき、南原は和辻の意志の強そうな顔が浮かんでどうしようもなかった。

中落合の家が坂の上に見えてくると、南原は一つ大きく息を吸った。

東大教授になって十五年の歳月が流れていた。学問だけに携わるつもりだった南原の生活も、時代に呑まれるようにしてずいぶん変わってきた。つくづく現実政治に関わらないのは難しいと実感する日々だった。

南原も東大へ戻った当初は、ジャーナリズムにも学内行政にもそっぽを向いていた。だが法学部は他のどんな学部にも先んじて、ときの政治とは闘わなければならない。津田の著書発禁、起訴という成り行きを通して身につまされたのはそのことだった。

津田の一件で予審尋問が始まると、南原は思い切って和辻のところへ行った。津田の特別弁護人を頼んで二つ返事で引き受けてもらったが、同時に大きな責任も感じた。

和辻が法廷に立てば、そのぶん貴重な研究の時間が奪われてしまう。和辻は南原と同年だから、どれほど自らの研究を優先したいか、その焦燥（しょうそう）が身に沁みて分かった。

――あなたがそんな申し訳なさそうな顔をなさることはありません。私はたしかに津田先生の学説を批判してきたが、それは学問をする者どうし、当たり前のことでしょう。

研究室へ頼みに行ったとき、和辻はずっと窓の外を眺めていた。まるで南原と目を合わせたくないかのようだった。

——私たちの学問は……。あえて私たちと言わせてもらうが、私も津田先生も、一生を懸けて六国史を読んできたのですよ。あのような書物は皇室がなければ成立しなかったし、残らなかった。それだけでも皇室を有難いと思うのは物事の前提だというのに、そんなことまで改めて言わされるとは。

和辻が呆れているのは、ほかならぬ南原たちに対してではないかと思った。

一体どこの誰が出版法などを作り、運用しているのだね。国を引っ張るなどと大上段から権力を振りかざす、東大の法科で学んだ連中ではないのかね——

南原は唇をかみしめた。どうにもこれは法学部が解決しなければならない問題だという気がした。右翼や軍部に好き勝手に悪用される疎漏（そろう）だらけの法、システム的な欠陥、我を通すことに専（もっぱ）らの政争と、どれ一つ取っても法学部で学んだ者が関わらなかったものはない。

このまま時代が転落していくとすれば、最も罪深いのは法学部かもしれない。津田や和辻に本来の研究もさせることができずに、なにが大学の自治か。

南原は重苦しい気持ちで家の門を開けた。

妻の博子が顔つきから察して、お疲れになりましたでしょうと言いながら鞄を取った。南原はただうなずいて玄関を上がった。

母のきくが居間で孫たちを集めて聖書を開いていた。

「ああ繁(しげる)さん、お帰りなさい。ご苦労さまでしたね」

きくは優しく笑ってこちらを向いた。もう傘寿(さんじゅ)を過ぎていたが、変わらず元気で近所を歩いてくれていることが南原の救いだった。

南原は無教会主義なので教会には行かず、祈禱を重んじている。制度が整うと原始の教理から遠ざかると考えていたからだが、そのぶん家で子供たちに聖書を読み聞かせ、母も週に一度のその時間を楽しみにしてくれていた。

「お母さん、やはり和辻先生は引き受けてくださいましたよ」

南原がそう言うと、きくは聖書を閉じて、良かったですねと目尻を下げた。

南原はきくのそばに腰掛けた。

「津田先生には本当にお詫びのしようもなくて、正直、どうしたらいいのか分かりません。時代のせいにするのは簡単だが、それでは無責任だ」

いくつになっても母親には愚痴が出るのかと、南原は少し情けなくなった。男の子の実と晃は、何か心配事かと父親の姿を遠巻きに眺めている。実は十歳に、晃は七歳になっていた。

「繁さんはこのところ、木当に大変ですね」

「いいえ。私はぬくぬくとしていますよ」

逆にそれが悩みでもあった。津田をあんな目に遭わせておきながら、南原はこれまでと変わらずに東大で教鞭をとっている。

きくは五歳になる末の悦子を目で追っていた。

「私には理解できるはずもありませんが、津田先生のご講義は聴いてみたかったですねえ」

きくが手招きをすると、悦子は走って来て祖母の膝に飛び乗った。

「津田先生は東大で講義できたことを喜んでくださっているのじゃありませんか。先生になるような偉い人は、一人でも多くの子供たちに正しい道を教えられたら、それで満足のはずですよ」

「でも津田先生はよりにもよって、皇室を冒瀆したという濡れ衣を着せられました」

「きっと、そんなことにはならないと思いますけれどねえ」

きくは心底分からないという顔で首をかしげた。今がそんな時代だということが、明治に育った母には想像もつかないのだろう。

「繁さん。私は、日本はそんな国ではないと思うのですよ」

南原はだるい首をもたげて母を見た。

「人がときに過ちを犯すように、国にもそんなときがあるのかもしれませんけれど。

ねえ」

　母の笑みが、ふいに内村と重なった。

「私や博子さんのような母親は、子供がどんな過ちを犯しても、それで捨てたりはしないでしょう。その子が本当はどんな子か、一番よく分かっていますからね」

　きくは優しく悦子の頭を撫でていた。

「国も同じことじゃありませんか。今はひどい国でも、もとはそんな国じゃない。この国に生まれた私たちは、それぐらい、信じられますよ」

　南原は目頭が熱くなった。永遠平和を説いたカント、師を乗り越え神政政治の思想に至ったフィヒテ、そんな思想家たちの声が母を通して伝わってくるようだった。

　国家はときに過ちを犯す。だがそこに生まれた人間は、それで国家を見捨ててはならない。南原はこれからも、政治とは理想に現実を近づける努力であると信じたい。

「お母さん、悪いが散歩に行って来ます」

「え？　外はもう暗いですよ」

「お父さん、僕も行く」

　実が跳ねるように立ち上がった。

「僕も」

　寝そべっていた晃まで、兄の隣に並んだ。博子はきくと顔を見合わせて、驚いて目をしばたたいている。

「夕食までに帰るよ、半時間ほどで戻る」

「分かりました、行ってらっしゃい」

博子が明るく微笑んだ。

南原は久しぶりに力が湧いて、下駄の音を響かせて坂を下りて行った。

＊

昭和十五年六月、大都市でマッチや砂糖などの配給制が始まった。おととし成立した国家総動員法にもとづくもので、日中戦争では発動しないという条件で可決された法律がついに動き始めたのだった。

国家総動員法は戦争にあたって人や物資を動員できるよう、勅令に経済統制の実施をゆだねていた。政府に白紙委任したも同然だから、はじめこそ議会の立法権に抵触しないか議論されたが、いつの間にかそれも止んだ。

「なにしろ三国同盟が締結されてしまいましたからね」

朝から南原の研究室に来ていた高木は、暗い顔でテーブルに新聞を広げた。

日本はこの九月、イギリスと交戦中のドイツ、イタリアと同盟を結んだ。かたやナチズム、かたやファシズム発祥の国で、南原は耳を疑いたくなった。

そのうえこのところはナチスドイツに刺激されて、日本でも一国一党にしようとする動きが加速していた。東亜新秩序を打ち立てるために自由主義経済や政党は廃して、一元的な支配体制にすべきだと考えられているのだ。

近衛文麿が枢密院議長を辞すと政友会などが相次いで解散し、日本からは政党が姿を消した。十月にはそれらの受け皿として大政翼賛会が発足し、近衛が総裁に就いた。翼賛会は軍部の独走を抑えるために創設されたというが、三権分立も死んだようなものだった。近衛は翼賛会を使って軍部を抑えるつもりだろうが、これまで何人もが束になってできなかったことが近衛にかぎってできるはずがない。

国家総動員法で立法権が縮小され、そのうえ大政翼賛会ひとつという議会では軍部の独壇場になるのも時間の問題だ。そしてそれは独裁のシステムすら生じさせる法を作った法学者たちの責任ともいえる。

「翼賛会はファシズム組織だろう。きっとすぐ国家総動員法も改正されて、政府の権限はさらに強まるぞ」

南原は高木にほとんど八つ当たりをしていた。高木は近衛ばかりでなく、内大臣として翼賛会に参画する木戸幸一とも学習院で交流があった。

木戸は維新の元勲、木戸孝允を大叔父にもつ侯爵で、高木と同級の親友だった。京都帝大を出た優秀な男で、天皇の側近として首相候補選任に多大な力を持っている。一年下にいた近衛も東京帝大からわざわざ京都帝大に移った五摂家筆頭、華族の大ホープである。

近衛は若くして貴族院議長になり、満州事変も国際連盟脱退も積極的に支持してきた。日中戦争のときは「国民政府を対手とせず」の声明を発して東亜新秩序を打ち上げ、内閣を総辞職させて枢密院議長に座った。かと思えば今は、大政翼賛会をバックに二度目の首相に就いている。

「しかし彼らは彼らなりに戦争回避に尽力しています。ここは近衛さんたちに踏ん張ってもらうしかありませんよ」

高木は弱りきった顔で新聞の上に肘をついた。

木戸らが英仏と協調路線を保とうとしているのは確かだが、日本が独伊と結んだ防共協定は、ソ連だけでなく英仏も対象にしていた。しかも日本が加盟に踏み切ったのは、フランスがドイツに敗れたのを見て、東南アジアでフランスに取ってかわるためなのだ。

「だいたいが枢軸国のやっていることはヨーロッパ文化の破壊じゃないか。イタリアも、パリが陥落した途端に参戦したというんだろう。そんな浅ましいことがあるか。そこへ次は日本が加わるとは、呆れて物も言えん」

「南原先生、戦争なんですよ。浅ましいに決まっていますよ」

高木も腹に据えかねている。もともとナチスが台頭したのも第一次世界大戦で列強があまりに報復的な賠償金を課したからで、戦争に至るのに要因が一つだけということはない。

「始まってしまったものは仕方がありません。あとはなんとか、その波を日本がかぶらずにすむ方策を考えなければ」

高木の言うことはもっともで、南原も深呼吸してソファに座り直した。

近衛たちも軍部も、日本が赤化して天皇制が覆されることを恐れている。それはドイツが隣国フランスの大革命に震え上がって肥大し始めたのと似ているかもしれない。

「とにかく私は、日米開戦だけは絶対に避けるよう各方面を説得しますよ。あのアメリカに勝てるわけがありませんよ」

たしかに高木の言葉なら、頑(かたく)なな政府も聞くかもしれなかった。アメリカへの留学経験も長く、ワシントン軍縮会議にも携わった高木ほど、日米に広い人脈を持つ学者もいない。

それにひきかえ南原は自分に何ができるのか、いくら考えても良い知恵が浮かばなかった。南原はもはや政治というものが信じられず、自分が情けなくなるばかりだった。

「お母さん、今日はお具合はどうでした」

大学から帰ると、南原は和服に着替えて母の部屋を覗いた。東大では卒業式が終わり、新入生がようやく落ち着いて勉強を始めたところだった。

「ああ、繁さん。博子さんのおかげで今日ものんびりさせてもらっていますよ」

きくは最近、熱を出して寝込むことが増え、昨日も夜からまた臥せっていた。

「このごろ繁さんは大学から戻られるのが早いですねえ。もしも私のことを気にかけておいでなら無用にしてください。そんなことで大切な学問の道を……」

「違いますよ。高木先生が忙しいので、研究室で待つ人がおらんのです」

「まあ、そうでしたか」

察しのよい母はそれ以上聞こうとしなかった。

南原はきくの額の手ぬぐいを取り換えた。

「お母さん。私はナチスのことを書いてやろうと思っています。それで、もしかするとお母さんたちにも迷惑をかけることになるかもしれんのですが」

「何をお書きになろうと、迷惑なんて思うものですか。博子さんも喜びますよ」

母は明るく笑ってこちらに目を上げた。

「それよりも、どんなことをお書きになるんですか。私などには話しても詮がないでしょうが」

　南原は微笑んだ。やはり母には聞いてほしかった。

「ナチズムはヨーロッパの伝統であるキリスト教とギリシャ精神を拒否しています。だから今という時代の危機を、近代精神の結果だと言って否定することしかできんのです」

危機はどんな時代にもある。だがナチスの世界観は、それを個人主義や合理主義のせいにしている。

「ナチはゲルマン人種にしか価値がないと言っているのでしたね」

「ええ。だからゲルマンの血の崇高さを神話にでもして、世界観を立ち上げるほかありません」

　それはヨーロッパ文化という理性的なものから、ナチズムという非理性的なものへ、言い換えれば精神的なものから野獣的なものへ、すべてを強引に帰結させようとする。

「そんなまがい物では、時代の危機に立ち向かうことはできません。むしろかえって新たな危機を作るだけなんだ」

　きくは枕の上で耳をそばだてるようにしている。

「時代の危機とは、要はヨーロッパ文化が死に瀕(ひん)しているということです。だけど時代というのは、いつだってそんなものですよ。それをゲルマンの純血神話で乗り越えられるはずがありますか」

だからナチスは自らの理念を放棄しないかぎり、いずれは没落する。

そしてそれと同じことが日本でも行われている。日本が直面する時代の危機を、日本精神の偏った固有性で克服しようとするのが天皇制ファシズムだ。

南原は次の論文ではそのことを書こうと思う。

きくは大きくうなずいた。

「国家と宗教は、直にくっつけ合わせてはいけないんですねえ」

「国家と宗教……？」

「勝手な国生み神話を作って、この国は尊いとか、あの国は劣るとか」

きくの言葉は、なにか特別な熱を帯びて聞こえた。かつて小野塚の声が碁石を置くように響いたことを思い出した。

「私は繁さんの独り言を聞いたことがありますよ。真善美と正義を実現しようとする〝文化の国〟は〝神の国〟へ近づいていくんでしょう？　だからそこに辿り着くまでは、今ある国をそのまま信仰するのは間違っているのですね」

南原は驚いた。たしかにそう考えていたが、口に出した覚えはなかった。

「ナチはキリスト教を否定して、ナチスドイツという自分たちの作った国家を神聖化していますものねえ」

きくには意外なほど南原の思いが伝わっていた。ナチスが図書館の蔵書を焼いたと聞いたとき、涙を流して長いあいだ洟をすすり上げていた母なのだ。

「いいお話を聞かせていただきました。繁さんのおかげで、私は東大の学生さんのように勉強をさせてもらって」

きくは澄んだ目を嬉しそうにまたたかせた。

「ずっと昔はね、繁さんに小学校の先生になってほしかったのですよ。そうすれば繁さんが立派な人をたくさん育てるのをこの目で見ることができるでしょう？　でもあなたは、そうやって学んだ人たちをさらに導いていく大先生だったんですねえ」

本当に有難いと言って、母は布団の上で拝むように手のひらを合わせた。

「私はもう繁さんに教えなければならないことは何もありません」

南原はふいに涙がこぼれそうになった。

きくは昔から全く弱音を吐かず、不平不満のない人だった。病を得てからも人柄は変わらず、今も一切、恨みごとがない。

それにひきかえ南原はこのところ苛立ってばかりで、明日こそは世界に良いことが起こるように念じて早々と床にもぐり込んでしまう。いつまでたっても南原は母のような人にはなれそうもない。

南原はそっと母の額に手を載せた。

「さあ、お母さん。夕食までもう一眠りなさってください」

「お言葉に甘えて、そうさせてもらいましょうかねえ」

きくは目を閉じると、すぐに寝息をたて始めた。

いのちは通へ吾が母の上に――

第4章　運命共同体

昭和十六年の夏、日本は南部仏印進駐を開始した。仏印とはフランス領インドシナのことで、フランスという宗主国を欠いたベトナム、カンボジア方面へ日本は派兵したのである。

アメリカは報復として在米の日本資産を凍結し、石油の輸出を止めた。日本政府は相手の出方次第では戦争も辞さないと秘めて、国務長官ハルと困難な交渉を続けていた。

今年に入って国家総動員法はやはり改正され、政府の権限は大幅に拡張されていた。続けて治安維持法も改正強化され、文部省は全国に報国隊の編成を命じた。

一方で陸軍大臣の東条英機は戦場での心得を説いた戦陣訓を出した。これまで軍人には明治十五年に下された軍人勅諭があったが、それは教育勅語とともに着実に神聖化が進んでいた。戦陣訓には〝生きて虜囚の辱を受けず〟の一文があり、それはまたたく間に子供の中にまで浸透していった。

南原(なんばら)はときおり歌を詠(よ)みながら、研究室の中を捕らわれた獣のように歩き狂っていた。日本という国はもはや若者に正しい教育もできなくなった。子供に嘘を教える国は滅びるのだ。

軍部はアメリカとの交渉打ち切りを強硬に唱え、中国からの撤兵にも応じなかった。第三次近衛(このえ)内閣は最終決断が下せずに総辞職し、その後を東条が引き継いだ。首相のほかに陸相と内相も兼務したのは、ヒトラーが総統になり、大統領と首相と軍司令官を兼ねているのと同じ構図だった。

ある時代、国民がいかなる神を神とするかがその時代の運命を決める。民族が運命共同体である以上、もしも国が戦争に踏み出すならば、国民は国と運命をともにせざるを得ない。そしてその過ちは、国民が自らの罪として引き受けなければならない。

南原は気がつけばよくペンも止まり、唇をかんでいた。自らを重ねるのは、ナチスを否定しながら母国に留まり、その運命に甘んじようとしているドイツの学者たちだ。ドイツはいずれ滅ぶ。だが民族というものは人と同じで過ちを犯す。そしてその過ちが大きな犠牲と償(つぐな)いを課すものであったとしても、国が真に生まれ変わるためには、それらを避けて通ることはできない。

国家が存亡の岐路(きろ)に立っているとき、人は自らの意思がどうであろうと国民全体の意思によって行動するしかない。いや、行動すべきなのだ。哲学者は政治について多くを知らず、なまじそれに関わろうとすれば、ハイデガーのようにナチス支持にまわることにもなる。

「なあ、博子。実たちにも累が及ぶかもしれない」

いつものように定刻に大学から帰り、散歩を終えて戻ったとき、博子には初めてそう言った。南原はその日、来月から連載が始まる「ナチス世界観と宗教の問題」の第一回原稿を渡してきた。

もちろん細心の注意を払い、直截な言葉は使わなかった。だが言いたいことは言うと決め、天皇制ファシズムへの批判をゆるめてもいない。

人が真善美を志向するように、国家は正義として永久平和を目指さねばならない。それを分かっていないナチズムと天皇制ファシズムは、アカデミズムの精神からは拒絶せざるを得ないのだ。

「黙っていればいいのかもしれない。だが、それはできない」

「あなたはいつも家族のことを気にかけてくださいますが、真理の坂を上って行かれるのはご本人が一番大変でしょう。私たちはあなたの掻き分けてくださる葦原の後ろをついて行くだけですから」

「葦原の国か……」

それは日本のことでもあった。

「検閲になぞ、引っかかるものかと思っている」

南原は知らずしらず膝に置いた手に力をこめていた。

「日本はきっと戦争になる。それならたとえ私のような者でも、教育の場から欠けてはならないだろう？」

誰もがもう米英との戦争を覚悟している。だが戦争になるということは大勢の若者が死に、日本が敗戦国になるということだ。

負けると決まった戦争を、日本はファシズムの側に立って戦わなければならない。それならせめて若者たちには、真理を求めて坂を上った先には永久平和の神の国があると教え続けたい。

「おっしゃる通りだと思います。あなたは百合子(ゆりこ)様のためにも教育者でいてくださらなければ」

「百合子？」

ふいに懐かしい笑顔が浮かんだ。亡き妻の百合子は、南原には学者であるよりも教育者であってほしいと願っていた。

「そうだった。百合子は研究よりも教育だと言っていたなあ」

そして博子も女学校の教師だった。だからこれは博子の願いでもある。

「ええ。ですからどうぞ、検閲のせいで大学を追われたりなさいませんように」

博子は南原の隣に並んで座ると、きくの写真に手を合わせた。母のきくはこの初夏、旅立っていた。

「お義母様、きっともうすぐですよ」

博子は遺影に念じるように頭を垂れた。

「もうすぐ繁さんの御本が出ます」

南原は瞑目した。論文は何本か世に出したが、南原にはまだ単著がなかった。これだけ好き放題に学問をさせてもらいながら、ついにきくには息子の著書を手に取らせることができなかったのだ。

「題は決めたんですよ、お母さん」

南原が写真にうなずいてみせたとき、博子がそっとこちらを向いた。

「『国家と宗教』。お母さんがおっしゃった言葉です」

国家と言い切るとき、そこに過去から理想の未来までの地上の国家、そして神の国を含めて考えることができているか。宗教と言い切るとき、南原の信じるキリスト教と真理をたとえわずかでも表すことができているか。未完の連載を前に、今の南原にはそこまでの自信はない。

だがあのときの母の言葉以上に、南原の初めての著書にふさわしい題はない。その言葉を選ぶ以上、南原は一言一句を人間の歴史に刻むつもりで書いていく。

「見ていてください、お母さん」

博子は目を閉じて一心にきくの写真を拝んでいた。


十二月八日は冬晴れの空が美しく、朝は前日の予報よりも暖かかった。

町ではそこかしこで人々が肩を寄せ合い、声をひそめて話していた。そこへ木枯らしが枯れ葉を集め、吹き抜けていくように見えたのはただの幻だったのかもしれない。だが昂ぶって凱歌をあげている人々の姿など、南原の目には映らなかった。

研究室へ行くと丸山が待ち構えていた。

「ついに始まりましたね」

南原は黙ってコートを脱いだ。日本が真珠湾を攻撃し、米英に宣戦布告したとは今でもまだ信じられなかった。

窓は閉めきったままで、南原がカーテンを引くとようやく部屋に日が差し込んだ。

「こんなときは淡々と昨日の続きをすることが、生涯を学問に捧げると決めた者の道だよ、君」

えらそうなことを言うだけで、誰よりそれができていないのは南原だ。

かつて南原が政者正也と言ったとき、丸山は何と愚かなことをとつぶやいた。今、南原の耳にはあのときの丸山の言葉が激しい波となって打ち寄せている。

南原は民族が運命共同体だという学説を今日ほど身につまされたことはない。戦争になったのは軍部や政府だけの責任ではない。いつからか諦め、戦争を止めようとしなかった、究極のところ止める力を持たなかったすべての大人たちの責任なのだ。

今ここに至るまでのすべての人々の生きた結果が戦争を引き寄せた。だからこそ民族は運命共同体で、民族の犯した過ちはその民族が皆で償わなければならない。

「このまま枢軸側が勝てば、世界の文化は終いだろうな」

南原はカーテンを握ったまま立ち尽くしていた。

かつて小野塚は今なら勝機があると言って日露開戦を支持し、戦争に勝った後も悔いていた。あの頃の小野塚はまだ三十代半ばだった。それと比べるなら、もう五十を過ぎた南原の直面する戦争は勝ち目などない、文化を滅ぼす戦争だ。

どれほどの時間そうしていたのか、南原が振り返ると丸山はおらず、かわりに高木がソファに座っていた。

「近衛内閣が唯一の、戦争を阻止できる水際でした」

「君がそう言うなら、そうだったんだろう」

高木は四年も留学し、アメリカの政治外交史の分野を確立した第一人者だ。その高木が必死で開戦を阻止しようとしてできなかったからには誰がやっても不可能だった。高木の絶望感を思えば、この戦争は初めから決まっていたという気さえする。

だがきっと、絶望ではなく失望だ。高木はあらゆる伝手を探って、戦争がもたらす壊滅的な打撃を説いた。その説得はハルやルーズベルト大統領にまで達し、いったんは日米諒解案にまでこぎ着けた。近衛とルーズベルトの直接会談も実現寸前だったが、アメリカは対日強硬策を譲らず、日本は南部仏印進駐を開始した。

そして近衛はものの三カ月で政権を投げ出した。内大臣の木戸が後任の首相に東条を奏請したあとは、いっきに戦争への坂を転がり落ちていった。

「新聞社が著名人に国威発揚の和歌を詠めと言っているそうですね」

高木がそんな投げやりな、ぞんざいな物の言い方をするのを南原は初めて聞いた。

「南原先生は歌人としても名が通っておられますからね。立場的にも詠まざるを得ないでしょう」

「私は帝国大学新聞に載せてもらうつもりだよ」

高木は黙って眉根を押さえた。その顔には帰還兵のような濃い隈が落ちていた。

南原は二人分の茶を淹れて高木の向かいに腰を下ろした。

「人というのはどうも片方が消沈していれば、もう片方は宥める側に回るようだ」

高木が胡乱な目でこちらを睨んだので、南原はなんとかため息をつきながら笑みを浮かべた。

「始まったものは仕方がないと言ったのは高木先生じゃないか。こうなれば次は終戦工作に取り掛かるしかないだろう。たとえ何年かかろうと、その闘いだけは絶望するわけにはいかんよ」

もちろん今の南原に何か目算があるわけではない。どんな坂を上ることになるのか、それが果たして頂上に向かっているのか、行く手に目を凝らせば足も動かなくなる。だが周囲が闇で何も見えなくても、心だけは真理を目指すことができる。

南原は国威発揚の歌を詠むくらい易いと思っていた。もちろん短歌は一分の甘さもごまかしもきかず、南原も全力で向き合わなければならない。だが絶対的なものに触れるのが和歌だというなら、逆にどうとでも取れる歌ぐらい詠むことができる。家持の〝海ゆかば〟を軍歌にする、フィヒテの『ドイツ国民に告ぐ』を国威発揚に利用する、そんな当局の思惑を逆手に取るのは大したことではない。

南原は短歌を書きつけたノートを高木の前に置いた。

高木はそれを開き、最後の一首まで読んで静かにうなずいた。

「私ももう一度やり始めなければいけませんね。今日ただ今、ここからだ」

自らの頬を叩いて高木は立ち上がった。

「学生たちの命がかかっているんですね、南原先生」

「ああ。誰が戦場になど行かせるものか」

高木は寂しそうに微笑むと研究室を出て行った。

南原はテーブルに残されたノートを開き、目頭を押さえてソファにもたれこんだ。

学生にてありたる君等たたかひにいのち献げて悔なしといふか――

＊

小野塚の研究室の前で南原はいつになく緊張していた。七十を過ぎた小野塚は総長を辞めてからも大学へ来て研究を続けており、今日はちょうど在室のはずだった。扉をノックして中へ入ると、小野塚はすぐ南原の持つ封筒に目を止めた。無言で愛嬌のある笑みを浮かべ、ソファを指さした。

南原がソファに座ると、小野塚はひったくるようにして封筒を開いた。刷り上がったばかりの『国家と宗教』が入れてあった。

「本当によく書けている。ナチは真正ドイツ精神とは異質なものを含む。ドイツはそれを清算し、カントの精神に立ち返ることで復活する、か」

小野塚は大切そうに表紙を撫でた。

この本は南原が一年がかりで連載してきた「ナチス世界観と宗教の問題」に、小野塚の助言で他の論文を併録したものだった。

政治理論史には批判の任務が課されているとはいえ、ナチスのことを書くのは決心がいった。それでもナチスがギリシャ哲学の精神を否定していることは信仰の根本に触れる問題なので、南原は書かざるを得なかった。

「君がジャーナリズムと関わらずに来たことが功を奏したな。この本はずいぶん難解だから、検閲官なぞには太刀打ちできんさ。発禁にはならん」

小野塚はそう言い切って、落丁でも確かめるように丁寧にページを繰った。

「矢内原君にも送ったんだろう？　何と言ってきたね」

「今のような時代に十分の覚悟の上で出版したことは、なおいっそう尊いと言ってくれました」

小野塚は顔を歪めてうなずいた。矢内原を大学へ戻したいと願い続けてきた小野塚だが、時代は逆へ逆へと流れていった。

「やはり君は思っていた通りだよ。で、君はこの戦争はどうなると思うね」

もちろん小野塚が尋ねたのは勝ち負けのことではない。もうすぐ開戦から一年だ。

「学問の自由も大学の自治も懸案ですが、それどころではなくなってきましたね。学生たちは早晩、兵隊に取られるのではないでしょうか」

憲法で兵役が定められているので、男子は二十歳になると徴兵される。学生であれば猶予されるが、それもいつまで許されるか、このところの雲行きはずいぶん怪しいものだ。

日本はいずれ大きな犠牲を払うことになると南原は思う。それが民族と国家の真の覚醒（かくせい）になるとしても、とても等分ではすまない代償を突きつけられるのではないか。

「ミッドウェーは負けたんだってな。海軍は必死で隠しとるが」

半年ほど前の六月のことだ。軍部がいくら報道規制を敷いてもすでに東京では空襲があり、冷静に観察すれば戦局が大きく傾いていることは誰にでも分かる。

「今に大学から学生の姿が消えるかもしれません」

「それでも空っぽということにはならんさ。戦時下にはかえって研究費が潤（うるお）う学部もある」

小野塚は窓の外へ顎（あご）をしゃくった。

東京帝国大学では新たに第二工学部が置かれ、巨額の軍事研究費が与えられていた。国家総動員法では人的、物的資源の動員が許されているが、そこには当然、大学での研究や教育も含まれる。

「真っ先にあおりを食らうのは文科系だな」

君のところだよ、と小野塚は他人行儀な言い方をした。

「私のときも大学がこれほど困難な時期はないと思ったが、まさか本当に米英と戦争を始めるとはな」

南原は唇をかみしめた。戦争にひた走る国にいながら政者正也を信じ、価値並行論を守るのは難しい。

「とにかく一日一日と講義を続けて、論文を書くことだけは怠るな。それが真理の灯火を守ることだ」

小野塚は温和な顔で立ち上がり、南原の本を本棚の高いところへ挿してくれた。

一高の本館の前庭に入ると、校旗の金刺繍の〝國〟の字が気持ちよく風にはためいていた。

校章を包むオリーブは教育の女神ミネルヴァの文を意味し、柏の葉は軍神マルスの武を表している。南原は今さらながら、一高の建学の精神をすばらしいと思った。

階段に足をかけたとき、二階から三谷が下りて来た。今日は三谷の家へ招かれているので、合流して帰ることになっていた。

「待ち兼ねてね。表で立っているつもりだったんだよ」

三谷は軽やかに微笑んで南原の隣に並んだ。

東京に戻ってしばらくは身体も悪かった三谷だが、ようやく健康を取り戻して昨年はついに再婚していた。最近は『幸福論』の執筆に取りかかって、南原の著書にも『法律時報』に懇切な紹介文を書いてくれていた。

「家内も楽しみにしているんだよ。博子さんのほうはお変わりないかい？」

家族のことでは互いに明るい話題も多く、南原も心が弾んだ。

南原の次女、愛子は三谷の紹介で先ごろ婚約が決まっていた。会ったこともない者どうしだったが、三谷の教え子ということで南原にも不安はなかった。

――だってお姉様、とてもお幸せそうですもの。私もあんな家庭が築きたいわ。

南原と博子が口を挟むまでもなく、愛子は写真も見ずに決めてしまった。長女の待子も三谷の紹介で結婚し、誰もが感謝のほかはない幸せな暮らしを送っていたからだ。

「それはそうと、津田先生は免訴になって良かったね。南原もこれで、ともかくは一安心じゃないか」

いつも真っ先に相手を思いやってくれるのは、昔から変わらない三谷の優しさだった。

出版法違反に問われた津田左右吉は二十回余りの尋問を経て禁錮三月の有罪判決を受け、控訴していた。それが戦争で思想裁判どころではなくなり、時効で免訴になっていた。さすがにあの上申書に連なった名前を見れば、当局も矛を収める他はなかったのだろう。

だが同時期に訴えられた河合のほうは有罪になった。裁判で精根使い果たしたように体調まで崩しているが、今の日本は良くも悪くも、一冊の著書に注意を払う余裕を失っている。

「しかし軍部はいまだに本気で勝てると思っているんだろうか。もうとっくに日本の制空権も情報統制も破られているはずだけどね」

なにしろ山本元帥が待ち伏せされるくらいだから、と三谷は声をひそめた。

連合艦隊司令長官の山本五十六が前線視察に出て撃墜されたのはこの四月のことだった。ひと月ものあいだ公表されなかったが、先ごろ知らされて国葬があった。

ヨーロッパでもドイツがソ連に攻め込んで敗北を喫し、イタリアは九月に入ってついに連合国側に降伏していた。戦局は大きな転機を迎えつつあった。

だがその一方で、日本からは少しずつ目に見える形で優秀な若者が消え始めていた。元帥の視察機に同乗していて亡くなった樋端久利雄中佐は香川の生まれで、南原の大川中学の後輩だった。十五ほど年下なので会ったことはなかったが、海軍の兵学校も大学校も首席で出た将来を嘱望された青年だった。

「三谷は理乙の堀田浩平を覚えているか」

「ああ、もちろん。理系では南原の論文を一番熱心に読んでいたかなあ。あの本も手に入れられているといいが」

南原の『国家と宗教』は初版五千部がすぐに売り切れ、もうどこの本屋にも並んでいなかった。有難いことに学生たちは取り合って回し読みしてくれていると南原も聞いていた。

「彼は海軍で軍医をしているそうだな。どうしても見つからないと書いてきたから送ったよ。上手く受け取ってくれていればいいが」

「へえ、手紙が来たのか」

「ああ。私のような師でも懐かしんでくれるのは嬉しいことだ」

南原が手紙を取り出して見せると、三谷はさっそく目尻を下げて読み始めた。書いた頃にちょうど元帥が視察に出発したからか、堀田は偶然に元帥のことに触れ、南原と元帥が似ていると書いていた。

山本元帥は日独伊三国同盟には反対し、対米開戦にはずっと批判的だった。だが戦争が始まったからには勝利を目指そうと、短期決戦を期していた。

――今や死語ですが、軍人は政治に拘らずという軍人勅諭の言葉を司令長官は大切にされていました。ひるがえって南原先生は、我々が国家と運命共同体であるという学説をかかげておられます。こんな時代を迎え、それがどれほどご心痛の種となっているか、自分のような若輩者にはおぼろげに推察することしかできません。むしろ自分や司令長官のように、治療や作戦といった実際行動で日々を過ごせる者のほうが楽ではないかと考えています。

三谷は終わりまで読み、黙って南原の鞄に戻した。

今年に入って一高をはじめとする高等学校の修学年限は二年に短縮され、理系でも正規の課程を経ることは少なくなっていた。堀田の手紙にも医療の現場では研修医がすぐ実地に駆り出されているとあった。

むろん手紙は検閲を受けるので、一日でも早く役に立てるのは無上の喜びだと堀田も書いていたが、粗製濫造を憂えていることは伝わってきた。日露戦争のときは「軍国多事の際と雖も教育の事は忽にすべからず」と天皇から御沙汰書が出されたが、この戦争では何より先に、若者の未来から教育の機会が奪われようとしていた。

「南原はこれからますます生き辛くなるだろうな。世の中を良くするために命を削って研究してきたのに、肝心の国家が正反対の方向へ行こうとしているんだからね」

しかも学生たちがもうすぐ戦場へ送られることはどうやら間違いがない。

三谷とは若い頃から幾度もこうして話しながら歩いてきた。昔も森戸の論文が物議を醸すような事件はあったが、今はそれとは比較もできない世の中になってしまった。

「皆、どこで間違えたんだろうな。どこからやり直せば戦争にならなかったんだろう」

在学徴集猶予が取り止めになるのはもう時間の問題だった。そうなれば軍事研究や医療に従事しない文系の学生たちから徴兵されるが、彼らは社会科学を学んだ分、少なからずこの戦争の行き着く先が見えている。

学生たちはきっと戦場で、これまで学んだことを反芻するだろう。どんな師の言葉を杖柱にするかもしれず、その検証に耐えうる言葉を南原は探しあぐねていた。

南原は学生たちに国家の命令に背けと言えないことを心底悩んでいた。たとえばアメリカのように良心的な兵役拒否が認められている国なら違ったかもしれない。だが南原にとって民族共同体とは個人に先立って存在するものだから、人は民族と国家と、運命を共有しなければならない。

それが現時点で自らの考え抜いた結論であるかぎり、国がどれほど誤った道を進んでいても人は同じ道を行かなければならない。それが南原の今教えられる唯一のことだ。

「〝理性や学問などという人間最高の力を蔑視するにかぎる。そうすればお前は、破滅のほかはない〟」

三谷がゲーテの一節を唱えた。『ファウスト』で、おどけた悪魔が主人公に囁く言葉だ。

南原が顔を上げたとき、三谷は道の先に目をやっていた。こちらへ走って来る学生の姿が見えた。

「三谷先生、南原先生！」

青年は大声を張り上げた。この九月に一高を繰り上げ卒業になった福田歓一だと、三谷が教えてくれた。

「先生の『国家と宗教』をようやく読むことができました。僕は、現実の全重量に堪えている学問に出合いました！」

南原はとつぜん胸を突かれたような衝撃を受けた。

「南原先生！　どうか一高でご講演をお願いします」

福田はそばへ来て息を整えると、深々と頭を下げた。

「僕らはせっかく大学へ入っても、すぐに戦場へ行くことになると思います。学問を追究する道は、僕らには閉ざされているんです」

南原と三谷は眉を曇らせた。若者たちにこんな悲愴な未来しか見せてやれないのは大人の責任だ。

「いや……。困難なことは確かだが、決して閉ざされてはいないはずだ」

南原は自分でも情けないほど小さな声しか出なかった。必死で堀田のことを思い浮かべようとした。

「軍務に就いても、志を持って学問を続けている教え子はいるとも」

それがどれほど難しいことかは南原も容易に想像がつく。

だがそれが今という時代の運命だ。苦闘を貫くことで、真理に向かう勇気が持てると信じる他はない。

「悪いが、講演は引き受けられない」

今の南原は、これから進路を選ぶ高校生に語る言葉を知らない。民族が運命共同体だと考える以上、ファシズム側に立つ国であっても、それに背けと教えることはできない。そんな自分が、戦場へ行く若者に何を語れるだろう。

福田は肩を落とした。だが南原のいる法学部へ行くと力強く言い切った。

「僕はこのまま兵隊に取られても、いつか戻ることができたらまっさきに先生の講義を聴きます。だからどうぞ先生も東大にいらしてください」

福田のほうが南原を勇気づけた。

それでも戦場を見もしない南原には、待っていると気やすく口にすることは許されない。

「どんな世の中が来ようと、自分を完成させることは放棄できないぞ」

気づいたときには南原はそう口にしていた。三谷が眉根を寄せ、うなずいてくれた。

福田は少し恥ずかしそうな笑みを浮かべて走って行く。

その背にかけてやれる言葉を南原は必死で探した。

だがいくら考えても何も浮かばなかった。生涯を懸けて高校生と向き合っている三谷の尊さと責任の重さに、今更ながら胸を締めつけられた。

出陣学徒の壮行会が開催された神宮外苑には冷たい雨が降りしきっていた。七万の学生たちが競技場を埋め、スタンドでは制服姿の女学生たちが固唾を呑んで見守っていた。

学生たちは銃剣をかかげていたが、木銃でないのは数えるぐらいのもので、すでに物資が極端に不足していることは明らかだった。もとから学生までが戦場へ送られるのは兵員が足りないからなのだ。

——いまだかつて誰がこれほど光栄な壮行会で送られたか。前進前進、また前進。諸君の門出をお祝い申し上げる。

ラジオが、東条首相が、そこかしこの拡声器ががなりたてていた。

安田講堂で東大の壮行会があったときは、南原は耳をふさいで研究室に閉じこもっていた。

たとえ日本がファシズムに堕ちていても、抗いはするが、国家に背けと説くことはできない。誰より全体主義を憎んでも、それを民族全体がよしとするなら、南原はその罪を共有するしかない。動員される学生たちに、自らの良心にしたがって行動せよと言うことはできないのだ。

壮行会が終わると学生たちは隊列を組んで宮城へ行進して行った。南原は銀杏並木の陰から見送ったが、息をするのさえ苦しかった。正義の勝利を信じ、敵である連合国側に未来を託している自分は何者なのだろうと思った。

南原が校門を出るとき、構内はまるで死に絶えたかのように静かだった。

真に教養のある人間とは、自らのあらゆる行動に普遍性の烙印を押せる者のことだ。彼らは衝動や情熱につられて行動することはなく、つねに理論的である。それが数多くの本を読んできた人間のとる態度だと、必死で自らに言い聞かせていた。

南原は自分が正義を貫いているとは思いもしない。戦場へ向かう学生たちを羽交い締めにして止めない自分は、その罪を永遠に弾劾されてしかるべきだ。

人々を抑圧し、命を踏みにじり、あげくに他国を蹂躙する憐れな愛国主義に席巻されたこの国が、南原の従って歩かねばならない国だ。正義を目指しもしない政治が支配するこの国は、いっそ滅びるべきなのだ。

中落合の家が近づいたとき、南原は路傍の幹に身体をもたせかけるともう動けなくなった。

自分はこれでも教育者なのだろうか。こんな国にした大人の一人でありながら、戦場へ行く学生たちに何もできず、いったい自分は何のために生まれてきたのか。

「あなた」

ふいに肩にやわらかい手が触れた。どうにか顔を上げると、博子が不安そうに覗き込んでいた。

「壮行会はさぞお疲れになったでしょう」

南原の帰る頃合いを見て坂を下りて来てくれたのだ。

「博子、私は大学から逃げ帰って来たんだ。当たり前じゃないか、誰の顔がまっすぐに見られるんだね」

南原は今でもどうしようもなく確信を持っている。人間は真善美だけでなく、正義も目指さなければならない。だからそれと対極に向かう国家は滅びざるを得ない。

「今という時代にこの国に生まれたために、学生たちに命を差し出せと大人が言うのか。学生たちに考える時間さえ与えず、真理を追究させもせず、殺戮の場へ送るのか」

涙ぐんでいる妻の前で、いつしか南原の頬にも涙が伝って落ちていった。

「私という人間が生まれてこなければ、この国は違う道を進めたんじゃないか。私がいたせいで、日本は戦争を始めたんじゃないのかね」

南原を含むすべての日本人が一つの民族共同体を形成しているなら、南原がいなければその共同体は形を変えていたはずだ。それなら日本という共同体は戦争の道を選ばなかったかもしれないではないか。

そのとき博子がとつぜん南原の腕をつかんだ。

「それは、あなたでなければいけないのですか？　私がいないだけでも、日本という民族共同体は今と違ったのですか」

　博子の言う通りだ。誰か一人がいようがいまいが、日本が今と変わっていたはずはない。

　博子は目頭を押さえて南原の背をさすった。まるでのどに詰まった石でも吐き出させるようだった。

「あなたは教えてくださったじゃありませんか。民族は人と同じように誤りを犯し、罪を犯した民族は復讐を挑まれることもある。でもそれは全民族が、私たち全員が悩まなければならないことだと」

　フィヒテと同時代に生きたランケという歴史家の言葉だ。

「私も、実や晃のような純真な子供でも、人というのは狡猾なところを持つのでしょう？　だから私たちが撚り合わさってできた民族が狡猾だというのは分かります。でも実たちがただ狡猾ですか？　あの子たちはほんの爪の先ほどは狡猾でも、それ以外の部分は全部、善良ですよ。だから民族だって善良に決まっています！」

　博子は泣きながら南原の背を坂のほうへ押した。

「私たちがこれからどんな犠牲を払わなければならないかなんて、誰にも分からないでしょう。でもこの日本が、砂山が風に吹き飛ばされるように跡形もなく消えてしまうはずがあるものですか！」

博子は両手に渾身の力をこめた。

「私たちはたとえどんな罪を犯して、どんな滅びのときを迎えても、絶対にまた立ち上がるんですよ！　あなたがいなければ良かったなんて絶対におっしゃらないでください。戦争を、学徒出陣を、ご自分のせいにして泣いているひまはありません！」

そう言って南原の鞄を取り上げると、博子は急にすたすたと歩き始めた。

「お、おい、博子」

南原はいっきに現実に引き戻された。

博子は、ドンと鞄を押し返してきた。

「さあ歩いてください。この日本が、いつまでも戦争なんかしているはずはありません！」

それから間もなく愛子の婚約者が休暇を取ってやって来た。愛子の四つ年上で喜多川篤典といい、東大の法学部で学んだあと陸軍少尉として満州に赴任していた。

「僕にとっては南原先生を存じ上げているということもありました。だから何も迷わなかったのですが、愛子さんはただ三谷先生のお言葉だけでした。それなのに決心してくださった、そのお気持ちには絶対に報いるつもりです」

喜多川も本来なら学問の道を行きたい若者だった。だが大学を出たと同時に第二次世界大戦が始まり、軍務に就くことを選んだ。

愛子はその青年と未知の大陸へ旅立つのだ。

出発の朝、南原と博子は坂の上から二人が見えなくなるまで手を振り続けた。

「ルツ子さんの葬儀のとき、道端でタンポポを見つけたんだ」

内村(うちむら)の娘、ルツ子のことを南原は思い出していた。

「この世の悲しみも苦しみもすべて洗い流すように、清らかで美しかった。それこそ真理だと思ったよ」

この世には神の摂理が働いていると、唐突に確信が湧いた瞬間だった。

「愛子はすばらしい笑顔をしていましたからね」

博子とはいつも心が通じている。こんな時代だからこそ清らかなものの輝きは際立ち、そこにかけがえのない真理があると気づくこともできる。

長女の待子が嫁いだときは、二人の若さはどんな苦労も跳ね除けるだろうと手放しで喜ぶことができた。だが今は若い者のほうが多くの苦難を受け、南原はもう若いから乗り越えられるとは信じることはできない。

だが戦争の世の中でも、真理はどこかすぐそばにある。

「二人は幸せになりますね」

「ああ、きっとだ」

坂を下りた二人は角を曲がる手前で振り返った。南原は背伸びをして、最後にもう一度大きく手を振った。

＊

三谷とははるか三十七年前、一高に入学した日に付き合いが始まった。ともに内村の集会所へ通い、新渡戸（にとべ）や小野塚たちから学び、ありとあらゆることを話してきた。亡き百合子との仲を取り持ってくれたのも三谷で、互いに妻を亡くした後も支え合った。とくにこの不正義の戦争が始まってからは、うずくまっている南原の一番の灯火になってくれたのは三谷だった。

――カーライルがエマーソンと会った夜、二人は何を話すでもなく一晩中じっと暖炉の炎を見つめていたそうだ。別れる間際になって手を握り、実に楽しかったと言ったんだな。

三谷たちと暖炉を囲んでいたとき、小野塚は満足そうに笑ってそんな話をしてくれた。あのとき南原は二人の大思想家の喜びがつくづく身に沁みて、小野塚が思いを馳（は）せてくれた得難い時間を、自分たちはこの先いくらでも持てるのだと思ったものだ。

「それでは南原先生、お願い致します」

司式の矢内原の声に弾かれて南原は立ち上がった。一瞬めまいがしたが、どうにか遺影の前まで進んで胸ポケットから弔辞を取り出した。

「三谷君……。君に友と呼ばれる栄誉を持った我々は、君のように信仰に徹し、祖国のために真理を明かす戦いをこれからも続けることを誓う」

昭和十九年二月、三谷が旅立った。

これほどの喪失感をどう堪えればいいのか、南原は見当もつかなかった。ともに時代を憂い、南原がこの先さらに生き辛くなると言って案じた、あの寄り添ってくれるような笑顔を見なければ南原はとても再び歩き出せそうにない。エマーソンとカーライルのような至福の時を南原が過ごすことができたとすれば、それは三谷が偉大な思想家だったからだ。

だが三谷の死にも世界は沈黙を続けた。告別式の翌日には東条首相が参謀総長を兼ねると報じられ、憲法違反だという声が上がったのも束の間、すぐに世間は静かになった。戦争について〝もはや竹槍では間に合わぬ〟と書いた新聞記者は懲罰召集を受けて、壊滅寸前といわれる南方戦線へ送られて行った。

六月六日、連合国軍はノルマンディーに上陸し、七月にはサイパン島の日本軍守備隊が一万人の住民を巻き込んで全滅した。ここでようやく反東条の気運が出て、東条内閣は総辞職した。だが戦争が終わる気配はなく、八月にはグアム島の日本軍が全滅、沖縄を出た対馬丸が続けて撃沈されて、本土へ疎開中だった学童七百人を含む千五百人が死亡した。

南原のすぐそばでは丸山が教育召集を受けて大学を離れて行った。閣議で国民総武装が決まり、竹槍訓練が始まると同時に学徒勤労令が公布され、召集を免れていた学生たちも揃って勤労動員されることになった。

三谷の死から数カ月が過ぎても、南原はまだ周囲の現実を受け入れることができなかった。無二の友を失い、これからという丸山まで戦地へ送られた。戦後に備えて世の中を牽引（けんいん）する若者を育てておくつもりだった南原の布石は、人の個性など思いもしない政府によって盤ごと引っくり返されたも同然だった。

「個にすぎない人間がそれを超える原動力は、一人ひとりの個性なのにな」

南原がつぶやいても、もう応えてくれる友はいなかった。日米開戦から三年が過ぎたが、日本は哀れなファシズムの道をひた走りに走り続けていた。

「まったく経済学部は消極的だな。あれは腰が引けているというよりは、未だに派閥争いに終始しとるのではないかね」

南原は窓から隣を覗き、顔を背けてソファに座り込んだ。高木も無言で腰を下ろして、二人で長いあいだ宙を睨んでいた。

経済学部では矢内原が大学を去った直後に大内兵衛(おおうちひょうえ)が検挙され、休職扱いとなっていたが、先ごろ控訴審で無罪を勝ち取った。本人も南原たちも当然、復職してくると思っていたところ、東大は黙して迎えないことに決めた。

東大の総長は平賀が在職中に亡くなったため、工学部長の内田祥三(うちだよしかず)に代わっていた。内田は安田講堂を設計した建築学者で、南原も個人的に信頼していたが、出身の工学部は今や戦争遂行のために当局の息がかかり、独壇場のように権力をふるっていた。

南原は小野塚からも矢内原たちの復職を頼まれていたが、天下晴れて無罪となった大内でさえ呼び戻すことができなかった。枢軸国の敗戦も濃厚になり、それぞれが戦争の行方を追うのに手一杯というのが実際のところだ。

――いつか我々が戻れる日も来るでしょう。それまで南原先生はなんとしても大学に残っていてください。たとえ戦争が終わっても、そのとき東大ががらりと総入れ替えというのでは、日本の学界が世界に恥をかきますよ。

大内には戦時下に東大が良識を貫いた証(あかし)になれと言われたが、誰の念頭にあるのも、もう戦後のことだった。

「こうなれば一刻も早く戦争を終結させることだがな。差し当たっては戦場へ行く学生たちをどう支えるか、まずそれを考えねばならん」

「そうですね。十七歳の青年を戦争へ送り出すなんて、正気の沙汰じゃありません。

今まで欧米に追いつくために必死で近代化に励んできたのに、これが日本の末路だというんでしょうか」

十月に入って兵役法が改正され、十七歳以上の者は徴兵されることになっていた。折しも大本営は台湾沖で大きな戦果をあげたと発表したばかりだが、そんな勝利を重ねていれば学生たちが繰り上げ召集されるはずはなかった。

「政府内でも厭戦(えんせん)ムードが高まってきましたからね。とりあえず私は情報収集に精を出しますが」

高木はすぐ気持ちを切り替えて言ったが、その疲れきった顔を見ていると三谷を思い出した。三谷が五十半ばで亡くなったのは、教え子を戦場に送り出す苦悩が昼も夜も心に重くのしかかっていたからだ。

「それで南原先生は、明後日はどんなお話をなさるんですか」

高木が気遣って尋ねてくれた。南原は明後日、緑会(みどりかい)という東大法科の学生団体で演述することになっていた。

三谷の死があって南原もようやく覚悟を決めた。語る言葉がないと言って若者から逃げていては三谷に顔向けができない。

「ヘーゲルはナポレオンを見て、世界精神が征(ゆ)くとつぶやいたんだろう。私は教育者として、そんな誤りだけは犯さないと話すつもりだ」

ナポレオンがプロイセンの大軍を破ってイエナの町を行進したとき、イエナ大学の教授だったヘーゲルはそう漏らしたと伝えられている。

だが地上でどんな大きな勝利を収めようと、その将軍がどれほど堂々と闊歩（かっぽ）し、周囲が熱狂的に迎えようと、誰か一人の上に世界精神が体現されることはない。ヘーゲルほどの哲学者でさえそんな間違いを犯すというのが、その何よりの証拠だ。

十月二十一日、南原は考え続けた通りに話し、会場は学生たちの熱気で沸き返った。だがその全く同じときに最前線で何が起こっているか、南原はまだ知らなかった。

米軍がレイテ島に上陸した南方戦線では、絶望的な戦局を打破するために神風（かみかぜ）特別攻撃隊が組織されていた。特攻隊は十月二十日から悪天候の中を出撃しては戻るのを繰り返し、二十五日に初の特攻を敢行した。南原たちがそれを知ったのは海軍省からの公表が掲載された二十九日の朝刊を開いたときだった。

「それはそうと、君はいくつになったね」

大学の研究室へ行くと、小野塚は相変わらず血色の良い顔をして尋ねた。南原は五十五歳だったが、大きな目を力強くまたたいている小野塚のほうがよほど気力がみなぎっているように見えた。

「先生はおいくつになられましたか」

「私かね。早いものだ、来年は七十四だよ」

そうは見えんだろうと、小野塚は得意気に微笑んだ。

「私は四十七で学部長になったんだ。君もいい加減、一度くらいは引き受けんといかんぞ」

「いえ、私はとてもその任ではありません。第一、私のやっている政治哲学は行政からはほど遠いですから」

「何を言っとるね。医学や工学で総長をやるよりは近いだろう。今の世の中を見たまえ。君のことだ、法科に最も責任があることぐらい分かっとるな」

小野塚は少し厳しい顔をした。

「今は大学の自治なぞ後回しだと言うんだろう。だが法科を一つにまとめて、やらねばならんことがあるはずだ」

「終戦工作でしょうか」

かつて日露戦争のとき、小野塚たちは帝大七博士といわれて政府を主導し、開戦に踏み切らせた。開戦と終戦では全く逆のようだが、学究的な側面から政治にアドバイスをするということでは同じである。

「海軍と陸軍はずいぶん温度差が出てきたようです。やはり海軍は国際情勢にも通じていますから」

「薩の海軍、長の陸軍というからな」

「ええ。海軍が主導権を握って戦争終結へ動けば、今に神風が吹くなどとは言わんようになるのではありませんか」

特攻隊が編成される少し前から、危難のときには神風が吹いて皇国を救うという迷信がまことしやかに囁かれるようになっていた。堅固な歴史の上に成り立つ皇室にそんなまがいものの言葉をぶつけることこそ不敬だが、今はそれを疑うことが非国民だとされる時代だ。

南原は最近、この戦争は天皇の力で終結されなければならないと考え始めていた。もしも天皇が国民の苦難を思って戦争をやめると言えば、徹底抗戦を主張する陸軍も大義名分が立ち、矛を収められるのではないだろうか。

しかも軍部はこれまで天皇をシンボルとして戦争に用いてきたから、そこを突けば軍部の批判もできる。

そもそも軍を神聖だとする考え方は天皇の聖性に依存したものだ。天皇が現人神だから、それと統帥権で直結した軍部まで神聖不可侵だとするのは本来ひどいこじつけである。

「陸軍を抑えるには、宮中や大臣たちに働きかけるしかないだろうな」

「はい。陸軍は聞かんでしょうから、海軍の力で抑え込むしかありません」

そこまで機が熟しているかどうかはまだ確信がない。だが戦後復興を担う若者たちがどんどん戦争に取られている今、何もせずに向こうから終戦気運が近づいて来るのを待っているわけにはいかない。

この戦争は敗ける。だが軍人が剣を棄てたとき、学徒の真の闘いが始まる。南原たちはそのことを見据えて行動を始め、必ず成功させなければならない。

「あくまでも学問の立場から働きかけることだな。まずは正確な情報を集めて分析する、それこそ学者十八番(おはこ)の頭を使う仕事だ」

小野塚はおどけて自分の頭を指してみせた。

「今、高木君と、本当に戦争をやめたがっている大臣を探しているところです」

南原と高木は、政治やジャーナリズムとは別の側面から戦況を分析し、国際情勢と照らし合わせて大臣に働きかけようと話し合っていた。

「それがいいな。メモの類は何も残さんことだ。君たちならノートなど取らんでも頭に書いておけるだろう」

終戦工作はどの段階で露見しても波風が立つ。戦後にも関わることだから、やるとしたら未来永劫(えいごう)、明るみに出ないようにしなければならない。

「いずれ戦争は終わるだろうが、国体の護持ということもある。右から左へ揺り戻してアナーキズムが跋扈(ばっこ)するようになれば、国は復興どころではなくなるぞ」

　国体の護持とは、天皇を戴く日本古来の国家形態を保つということだ。明治期に欽定憲法が定められ、天皇がそれを守ると内外に宣言してからは、日本は明確に立憲君主制を採っている。

　だがそれが極右から極左へ変わり、日本が長い年月をかけて形作ってきた土台まで覆されれば、日本という国は滅びてしまう。今のように軍部が一億玉砕と叫び続けたら、国民の怨嗟の声は皇室へ向かうこともある。

　凝り固まった軍人たちはそのことが分かっていない。あんな連中が皇室を滅ぼすと津田左右吉が言ったのはこのことだ。

「天皇の詔勅をもって戦争が終われば、米英も皇室を残す価値はあると認めるでしょう」

「その通りだ。皇室が役に立たなければ、連合国は皇室を存続させんかもしれん」

　なにしろここ数十年の日本は、天皇の名を前面に押し出して帝国主義で突き進んできたのだ。

「もろもろ宜しく頼む。正義と祖国のためなら、私だってどんな手伝いもするぞ」

　小野塚は愛敬のある目を細めてうなずいた。

「ときに、丸山君が戻ったそうじゃないか。良かったなあ。法学部の教官で召集されたのは彼一人だったろう」

「はい。本当にほっとしました」

それには南原も頬がゆるんだ。丸山は東洋政治思想史を担当している途中で朝鮮へやられたが、十一月に召集が解除されて戻って来た。途中、栄養失調になったと話していたが、顔を見るともう元気そうだった。

「一時はどうなることかと思いました。東大には欠かせない学者だと言って、ほうぼうへ除隊を頼んだのですが、まるで効き目がありませんでしたから」

「丸山君は君が見出したんだろう？　そういう教え子がどれほどかけがえがないか、君もようやく分かったんじゃないかね」

小野塚がふと懐かしそうな目をして、南原は思わず胸が熱くなった。自分が今こうしていられるのも小野塚が手を差し伸べてくれたおかげだ。小野塚は南原の生涯の恩人だ。

だが南原が小野塚と話したのはこれが最後になった。小野塚はそれからしばらくして軽井沢の別荘で倒れ、帰らぬ人となった。

安田講堂で大学葬が行われたとき、南原は門下生代表として弔辞を述べた。

その二日後には東海地方で大地震が起こり、死者は千人超、全壊家屋は三万戸に及んだ。日本各地の空襲は止むこともなく、惨状はいよいよ広がっていた。

昭和二十年二月、戦局の不振に疑念を深めた天皇から内大臣の木戸に下問があった。その機会に木戸は重臣たちから天皇へ上奏しようと考え、軍部には内密で重臣たちを一人ずつ宮中へ呼んだ。

そのとき近衛は上奏文をしたため、もはや敗戦は避けられないと明言した。事ここに至れば憂慮すべきは戦争に敗けることではなく、共産主義革命で国体が覆される、つまり天皇制が崩壊することだ。だからそうなる前に戦争を止めるべきだと近衛は書いたという。

これを知ったとき、南原はついに実際行動に出るときが来たと思った。昨日までは濁流に呑まれるまま、いつかは平和の岸へ辿り着くと信じてただ浮いていることしかできなかったが、こうなれば終戦を目指して漕ぎ出せば、もう本当に戦争は終わる。

「今日から本格的に終戦工作を始めよう。日露のときにあやかって、七博士とでもするか」

大学の帰りに南原が持ちかけると、高木は即座にうなずいた。

「たしかに風向きも変わってきましたからね。良い着地点さえ見つかれば戦争なんか止めると言っている大臣もいますよ」

それでも高木は声をひそめていた。今や東大には軍部の研究所が九つもあり、構内には軍属も、それに肩入れする政治家たちも数多く出入りしていた。

「まず田中先生あたりから声をかけますか」

平賀総長の下であっさりと河合たちに引導を渡した田中耕太郎だ。あのときは南原も大いに言い合ったが、本来は大学の自治についてはむろん、戦争の愚かしさについての考えも完全に一致している。

「そうだな。数さえ集めればいいというのでもないから、とりあえず法学部の教授だけで始めるか」

「ええ。小野塚先生のひそみに倣って、おいおい七人集めましょう」

その日、高木と南原は珍しく明るい顔で別れた。

それから幾日かして田中が意気揚々と南原の研究室へやって来た。田中とゆっくり話すのは平賀総長の一件以来だったが、もとからどちらにもわだかまりはなかった。

「南原先生、聞きましたよ。たしかにようやく時節が到来したのかもしれません」

善は急げだと言いながら、田中はどっかりとソファに腰を下ろした。

「そもそも道義的に許されない戦争なんだ。勝つはずがありませんからね」

「それはそうだが、まずはメンバーを揃えてからだ。どこから手をつけるか、高木君の情報をもとに行動に移る」

「そうですな。派手に動いて当局に知られたら一斉検挙になりかねません」

「なんだ、分かってるんじゃないか」

南原と田中は笑い合った。実際、田中が加わってくれることほど心強いこともなかった。

「だから今日はそのことで来たんじゃありませんよ。終戦工作のほうは、誰が誰に会いに行くといった細かい算段から詰めたほうがいい。闇雲に動いたって結果は出ないんだから」

そのあたりは南原に任せると言って、田中はにやりとした。

「この工作は東大法学部としてやるんでしょう。だったら次の学部長は南原先生に引き受けていただきますよ」

「いや、それは」

南原はあわてて首を振った。法学部長は田中が平賀粛学（しゅくがく）の責任を取る形で退任してから、穂積重遠（ほづみしげとお）、末弘厳太郎（すえひろいずたろう）と代わり、次の三月で末弘の任期が切れることになっていた。

「何を言ってるんです。南原先生がこれまで学部長をやっていないのがおかしな話なんだ。七博士は南原先生が組織するんでしょう。学部長なら工作の会合も、やり易いってものだ」

軍人だらけの東大だが、学部長を囲んで教授たちが集まるというなら誰も怪しまない。

平賀粛学のときに誰の言葉にも耳を貸さなかった、田中の桁外れな精神力が思い出された。あれは裏を返せば、肚の据わった見事な采配だった。

田中は不敵な笑みを浮かべると、教授会ではまた大いにやり合いましょうと胸を叩いた。

「今は学内行政をやっている暇はありませんからね。南原先生にもちょうどいい頃合いでしょう」

南原はもう素直に引き受けるしかないと思った。その間、自分の研究がどれほど進まないかを考えればやりたくないというのが本音だが、今はどのみち研究どころではなかった。

三月九日、南原は正式に東大の法学部長に選任された。小野塚や美濃部たちも務めてきた学部の最高職で、南原が教授になってちょうど節目の二十年目のことだった。

その日の夜、博子がささやかな祝いの膳を用意してくれて、坂の上の南原家では皆が賑やかに食卓を囲んだ。子供たちは十七歳の恵子を頭に、十五、十二、十になっていた。

食事のあと子供たちが寝静まってから、南原は博子と庭へ出た。風の強い晩で、軽く酔いをさますとすぐに寝床へもぐり込んだ。空襲警報も鳴らず、南原は明日からの具体的な諸々(もろもろ)をどうするか、ぼんやりと考えながら眠りについた。

夜半、ものものしい気配に目を覚ますと、博子が上着を羽織って障子を細く開けていた。

「博子」

「あなた、また空襲です。東の空が真っ赤です」

二人はそのまま何もできずに明け方まで窓辺に座っていた。東京ではこれまで百回あまりも空襲があったが、南原たちはいつも、家を焼かれなかったことだけを幸運に思ってやりすごしてきた。

やがて長い夜が明け、空が白んできた。南原が法学部長として初めて大学へ行く三月十日の朝である。

南原は博子ともども口が重く、上がり框(がまち)で黙って鞄を受け取った。

「今日は子供たちを外へ出さんほうがいい。どこがどうなっているか、分からないからな」

博子は暗い顔でうなずいた。昨夜ほどひどい空襲を受けたことはなかったので、街の被害も尋常とは思えなかった。

南原は駅へ向かったが、電車はどれも止まっていた。どうにか山手線に乗って上野まで辿り着き、そこからは歩くことにした。

辺り一帯に硝煙の臭いがたちこめて、ところどころに酷い死体が転がっていた。本所深川や浅草方面が集中して爆撃を受けたらしく、本郷に来ると小石川のほうまで一面が焼け野原になっていた。

東大が見えたとき、辺りの建物がどれも焼け落ちているのに足がすくんだ。

赤門の前に立つと、白い硝煙の向こうに、さえぎるもののない富士山が見えた。

南原は拳を握りしめた。もう空想はしていられない。日本という南原の属する共同体は、今も誤った道を走り続けている。

——みんな、やられちゃったんだって。

二・二六事件の朝、あどけない声で話しかけてきたランドセルの子供らの幻が浮かんでは消えた。あの子たちはこの大空襲を生き抜くことができたのだろうか。

——こんな世の中に、勉強なんかしていて構わないのでしょうか。

この門の前でそう呻いた堀田は、今どこの戦場にいるのだろう。前線に立つ彼こそ、無事でいるだろうか。

かつて南原はドイツに留学していたとき、祖国が関東大震災に襲われたことを知って、勉強などとても手につかなかった。

だが南原は今日からは法学部長なのだ。自らの研究よりも、今は目の前に厳然とやることがある。

南原は富士山に背を向けると、安田講堂を見上げた。ゆっくりと一歩を踏み出したとき、銀杏並木がささやかに葉を落としてきた。

＊

南原は空襲で焼けた山手線のそばを田中耕太郎と歩いていた。法学部長に就任して間もなくのことで、政府では八十近い高齢の鈴木貫太郎が首相に就いていた。鈴木は連合艦隊の司令長官も務めた海軍大将で、長く侍従長でもあった。二・二六事件のときは襲撃されて重傷を負ったのだが、今回は宮中から推されて総理になり、国体護持のためにソ連を仲介として終戦交渉を開始する方針を取っていた。

南原たちの終戦工作は大まかな活動方針が決まり、メンバーも偶然七人になって、それぞれが情報収集や政府要人との面会に奔走していた。なかには共産革命を神経質なまでに恐れる閣僚がいたが、南原たちも終戦交渉にソ連を使うのは反対だった。ソ連とは不可侵条約があるが、いずれは敵へ回るというのが南原たちの読みだった。

二人はこれから元総理の若槻礼次郎に会うことになっているが、進言する内容はもう決めてあった。アメリカが沖縄に上陸するのは時間の問題で、南原たちはなんとかその前に戦争を終わらせたいと思っている。ナチスドイツの崩壊は五月だろうと予測していたので、そのとき日本もあわせて降伏するのが最善だった。

　連合国側とどう連絡を取るかも考えなければならない。たとえスイスのような第三国を通すとしても、最終的な相手はやはりアメリカになる。

「海軍と陸軍の分離にはどれぐらいかかるでしょうな」

　南原が話を向けると、田中はうーんと唸って首を傾けた。

　東条内閣が倒れてから海軍大臣を続けているのは米内光政で、その片腕である高木惣吉少将とは南原もずいぶん気心が知れるようになっていた。

　少将を通しての感触だが、米内は南原たちとほぼ同じ考えのようだった。

「やはり米内さんあたりが鍵を握るんじゃありませんか。対して陸軍サイドで話せるとなると、これはもう宇垣さんぐらいだ」

　宇垣一成は退役した陸軍大将という軍部の長老である。天皇機関説問題や二・二六事件が続いた昭和十年代初頭には陸軍を統制できる人物として組閣の大命が下ったこともあったが、古巣の陸軍に阻まれて実現しなかったのだ。

　宇垣は外相を務めていたとき、蔣介石の国民政府と和睦しようとして陸軍と対立、辞任していた。南原もすでに会いに行ったが、今の陸軍に誰よりも腹を立てているのは宇垣だと思ったほどだから、力を貸してくれるのは間違いなかった。

「それにしてもこの辺りは意外に坂が多いんだな」

田中は軽く帽子を持ち上げて髪に風を通した。まだようやく春が来たばかりだが、南原はそのときふと、今年の夏は暑くなりそうだと思った。

南原たちは終戦時に要求する条件についても考えたが、米軍の沖縄上陸が迫り、ドイツの崩壊も秒読みという段になっては条件交渉までやっている猶予はなかった。戦後の復興のことを思えば、多少の条件をつけて戦争を長引かせるより、一日も早く終戦に持ち込むほうが賢明だった。

「結局、無条件で降伏するしかないだろうな」

田中は少し疲れたように坂の上を睨んで言った。

「連合国側には内々で国体の護持だけ受けてもらっておけば十分だろう。天皇大権なぞ、好きなだけ制限させればいい」

南原が言うと田中もうなずいた。

結局、敗戦後の混乱を収拾するには天皇制でつなぐのが堅実で手っ取り早い。終戦のどさくさに共産革命が起こって共和制に移行するというようなことは、まずないとみていいだろう。

天皇の名で始まった戦争は、やはり天皇の名で終わるべきだ。詔勅の発布による終戦がもっとも道理にかなって、究極のところで陸軍の叛乱を抑える唯一の道になるかもしれない。

「和平提案はドイツが降伏したときが良いだろうな」
時期は五月、無条件だ。そのためにはまず宇垣に陸軍も抑えられる強い内閣を作ってもらいたい。

南原と田中は幾度も確認しながら坂を上って行った。

南原たちが思っていたよりも早く、三月の終わりに米軍は慶良間諸島に上陸を始めた。投入された米兵は五十万を超すといわれ、戦闘はすぐ激化して、沖縄では住民を含む約十万人が地上戦を繰り広げた。

五月に入るとドイツが降伏したので、これで戦争も終わると南原たちは考えたが、戦局は膠着状態のまま六月になった。首相も鈴木から替わることはなく、陸軍大臣はずっと阿南惟幾が務めていた。

その間も沖縄では絶望的な戦闘が続いていた。航空部隊は二千機近くが出撃して、菊水作戦と名づけられた特攻攻撃を展開した。このとき組織された特別攻撃隊が神雷部隊で、桜花というロケット特攻機を搭載していた。

――沖縄県民斯ク戦ヘリ。県民ニ対シ、後世特別ノ御高配ヲ賜ランコトヲ。

海軍の大田実司令官は、沖縄の悲惨な状況と県民の献身的な軍への協力を打電して自決した。

それでも戦争は終わらず、南原はただもうこれは日本という国の一つの大きな運命ではないかと思わざるを得なかった。政府がソ連経由で和平交渉をすると決めたために、その返答を待ってずるずると時間だけが流れていった。

物資は何もかも足りず、食糧はもとから行き渡らず、兵員に至っては投入すればするだけ損耗した。にもかかわらず御前会議では本土決戦の方針が確認され、大まじめに一億総玉砕が叫ばれていた。

その頃すでに文系の学生たちは学業停止になっていたが、もとから東大の法学部で召集されなかったのは特別研究生などの三百人弱にすぎない。しかもそれが残らず軍の工場へ勤労動員されていた。

教授陣はかわるがわる学生の動員先へ出向いて激励したが、ついにその学生たちも大量に召集されることが決まり、南原は神奈川の動員工場まで出かけて行った。

南原が海軍工廠で低い演台に立ったとき、学生たちは縋るような目でこちらを凝視していた。

南原は目を閉じて小野塚の姿を思い浮かべた。小野塚が総長演述を行った昭和九年、ドイツではヒトラーが政権を取っていた。日本では五・一五事件があり、当局は大学への干渉を強めていた。

——今その内容を諸君に語るのは適当ではないが、私としてはなすべきことは十分致しております。

あのとき小野塚は多くを語らなかったが、南原や三谷はどれほど頼もしさを感じただろう。

願わくばあのときの小野塚のように、南原も学生たちに希望を与えたい。戦場へ行かなければならない教え子たちに、闇の向こうには真理が輝いていると力強く語りたい。

南原はゆっくりと目を開いた。

「諸君にはいずれ祖国へ還ったあかつきに、新しい日本をどんな方向へ導くか、それを考えつつ戦場にいてほしい」

学生たちの顔がほんの一瞬、明るくなった。その一人ひとりを南原はゆっくりと見回した。

前月にナチスドイツが滅んだことは、正義の勝利を確信する南原にとっては当然のことだった。ナチスの御用学者は東大で特別講義をしたとき、ナチス国家こそドイツ民族の本質を体現した法治国家だと言ったが、思い違いもはなはだしい。

真にドイツを復興するにはゲーテに還るしかない。言い換えればカントの理想主義に還ることだけが唯一の道なのだ。

ゲーテはナチスが現れる前の優れたドイツ詩人だが、ナチスはそれを飛び越えてニーチェを担いでいた。むろんニーチェも偉大な哲学者ではあるが、キリスト教の倫理は弱者の奴隷道徳だと切り捨てていた。

ナチスはそこを巧みに利用し、それに寄りかかる形で自らの思想を神聖化した。あげくが祖国の崩壊である。

南原が今日話すのはドイツ国民に対する弔辞のようなものだが、それは同時にドイツと日本の未来への祝福でもある。敗北したドイツが精神と道義の革新を行わなければ再建が不可能であるように、日本もまたそうなるのだ。

対立と葛藤を経て、人間の本質は作られる。『ファウスト』を著し、自然科学者でもあったゲーテは偉大な功績とは別に、個人としては悩みも苦しみも、迷いも挫折もあったはずだ。内面の完成を目指して究極のレベルにまで昇華させたのが『ファウスト』だとすれば、そのファウストが最後に信仰を得るに至るという苦悩の大きさこそが、人間の生きる意味を表している。

「ゲーテは徹底的に永遠を考え、人間性を描いたが、一人の人間としては過ちも罪もあったと思う。だから諸君もどこへ行こうとも、人としての喜びと悲しみ、悩みを、大事なこととして持ち続けてもらいたい」

学生たちは涙を浮かべていた。南原はこの教え子たちと同じ歳のとき、これほどまでに深い悩みは持たなかった。

だが社会の絆を断ち、ふたたび結合するものは苦難のみだとゲーテも書いている。「時代は誰も直面したことのない重大な危局を迎えている。しかしそれだけに、真に生きる甲斐もある。どれほど世界の道徳的秩序が破壊され、地に堕ちているように見えても、人間の心から道徳律が消え失せたわけではない」

身を乗り出して聞いている学生たちの眩しい若さに比べて、南原はなんと無力のまま老いてきたのだろう。

だが闘う場所は前線の他にもある。たとえ明日の命は不確かでも、光輝なる真理へ一歩でも近づこうとする努力は、南原も学生たちと同じように怠ってはならない。

「世界は戦争と平和を繰り返して進歩してきた。だから戦争があれば次に平和が来ることは歴史の必然だ。諸君、こんな時代は近いうちに必ず終わる」

学生たちが泣きながらうなずいていた。

理想が高ければ高いほど、人間は現実を見据えて進まなければならない。だが目の前に無残な現実が広がっているときは、より一段高い理想をはるかに見上げることもまた必要だ。

もうじき戦争は終わる。日本は敗ける。だがそのとき日本という民族共同体は、真理を獲得するための真の闘いを始める。

南原たちが人生を懸けて究めてきた真理の力を奮うのはそのときだ。

梅雨が去っても戦争は終わらなかった。東大では春から図書の本格的な疎開を始めていたが、二十万冊を超える本を運び出すのは容易な作業ではなかった。はじめは千葉へ移し、そこも空襲を受けるというので福島へ動かし、ついには教授たちの伝手を頼って信州へ送ることになった。

戦争に何もかも動員されているので、人手も足りなければ本を梱包（こんぽう）する材料もなかった。それでも書物を焼いたナチスを思えば、日本のファシズムははるかにまともだといえる。仕分けにどれほど手間がかかっても、書物が研究の基礎であり宝だということを皆が理解していた。学業半ばで本を閉じ、戦地へ旅立った学生たちの身になってみれば、一冊たりとも散逸させずに彼らの帰りを待ってやらなければならない。

本の疎開が半分も進んでいなかった六月の末、東大に数人の将校がやって来た。帝都防衛の司令部を置くため、東大を接収させてくれというのだった。

内田総長は学部長を集めて緊急会議を開いた。

すでに南原をはじめとする法学部の教授の考えは決まっていた。社会科学を専攻する者にとっては、祖国が戦争に至り重大な局面にさしかかっている以上、最後までその中にとどまって全てを見届けるのが責任というものだ。祖国の首都にあって空襲を受けながら、この戦争がどんな結末を迎えるか、それに立ち合うこと自体が社会科学の学問であり実践であり、研究そのものでもあった。

会議の結果、東大として軍の申し出は断ることになった。だが七月にはさらに上級の軍人が交渉に来て、ここを墳墓の地として死守するので譲ってほしいと深々と頭を下げられた。

「たしかに文系の学生はもうほとんど残っておらんが」

片端から召集されたからだが、そのぶん理系の学生は増え、大学には余分に収容できるゆとりはない。

「理系にしても、戦争へ行くかわりに研究を続けている。彼らが戦場へ送られれば日本の軍事研究はそこで終わりだろう」

学部を問わず、やはり教授たちからは反対意見が出された。

そしてなにより、かわりがきかないのは病院だった。入院患者の転院先を確保することに加えて、連日の空襲で新たな負傷者も運ばれて来る。医学部には病を根絶するための研究という人類的使命の他にも、日々の治療に携わるという地に根を張った役割がある。

――我々もここを死に場所と考えて、命を賭けて研究をしているのだ。

内田総長はそう言って上級将校にも一歩も退かなかった。

「あれから軍は静かですが、きっと諦めたんでしょうね」

高木は山上御殿で冷えたコーヒーを飲んでいた。南原たちはもっぱら中央図書館の貴賓室で終戦工作に知恵を絞ってきたが、それも手詰まりになっていた。もう南原たちは進言をし尽くし、あとは政治家たちがどう陸軍を抑え、海軍と分離して和平交渉をするかにかかっていた。

「米内さんと高木少将をもってしても、軍部は止まらんのだな」

「木戸さんも必死だと思いますよ」

「ああ。皆が皆、それぞれ焦っているだろうに」

日本中の一人残らず、誰もが自らの無力を痛感した。

七月の半ば、米英ソが日本への降伏勧告についてベルリン郊外のポツダムで会議を始め、アメリカは折しもその前日、世界初の新型爆弾の実験に成功したと発表していた。

工学部の教授たちは原子力を用いた原子爆弾だろうと噂し合っていたが、もしもそうだとすれば町は建物ごと吹き飛び、地図さえ変えてしまう恐ろしい破壊力がある。生命体はすべて死に絶え、あとには放射能が満ちて甚大な被害が半永久的に続くという。

「新型爆弾というのは、ナチスが開発しようとしていたものかね」

南原が尋ねると高木は暗い顔でうなずいた。ナチスも総力をあげて研究していたが、実用段階まではいかなかったのだ。

「原子爆弾を落とされたら、焼け野原どころでは済まんのだろう？」

「まさか実際に使うはずはないと思いますが、連合国の敵といえば今や日本だけですからね」

沖縄では海軍に続いて陸軍の司令官が、部隊ごとに敢闘せよと軍命を出して自決していた。アメリカ軍は作戦終了を宣言したが実際の戦闘は終わらず、非軍属の住民も日ごとに死に追いやられていた。

七月の末になって、ポツダムで対日降伏勧告宣言が出された。それによれば日本は武装解除や戦争犯罪人の処罰を迫られ、新秩序が建てられる日まで占領されることになる。

だが内閣ははたしてどれほど検討したのか、宣言を黙殺すると早々と声明を出した。南原はこのとき自分たちの見通しの甘さを思い知らされた。ドイツの降伏とともに日本は無条件降伏だと考えていたのに、ヨーロッパで戦争が終わってからもう二月が経っている。

このままでは沖縄の地上戦と同じことが日本中で起こりかねないと危惧し続けていた八月六日の朝、日本に新型爆弾が落とされた。

——広島です。僕が生まれたのは海軍の町です。

恥ずかしそうに敬礼をしてみせた堀田の姿がまっさきによみがえった。南原の著書を懸命に読み、軍医になってからも手紙をくれた堀田は今どこでどうしているのだろう。

——そうか、森戸と同郷だな。

あのとき笑って応えた自分の声が胸を締めつけた。郷里を誇らしげに語っていた森戸の悲壮までが思い浮かぶ。

この三月に再召集を受けた丸山もどうなっただろう。丸山は広島の宇品という町で情報班に入れられたというが、それきり連絡はない。

南原は激しいめまいがして目の前が暗くなった。ソファに手を伸ばしたが、届かずに床に倒れ込んだ。

八月十五日、正午に玉音放送があるというので学内にいた全員が安田講堂に集まった。南原も内田総長たちと共にその中にいた。

演台にぽつんと置かれたフジオから、独特の抑揚のある声が聞こえてきた。

天皇の肉声を南原はそのとき初めて聞いた。悠久の歴史をもつ皇国が愚かな戦争を始め、祖国はついにここまで荒廃した。たまたまその時代に生まれ合わせた天皇の心情を思うと南原は涙がこぼれた。

今日まで日本民族の結合を支えてきたのは天皇制だった。日本の復興のためにも、天皇はこれからも国民共同体の高い秩序の理想であり続けなければならない。

やがて内田総長が涙をぬぐって椅子を立った。

「天皇の詔を拝した上は、冷静に臣子の分を尽くし、学徒の本分に邁進し、天皇の御心を安んじ奉ろうではないか」

これから日本がどうなるのかは分からない。空には今も連合軍の戦闘機が飛び、終戦が即、平和の到来というわけではない。ただそれでも日本は、今日で復興への道に折り返した。

軍部の独走があったとはいえ日本は明治以降、まがりなりにも立憲政治を持ってきた国だ。民族が犯した過ちを皆で償い、国民は徹底的に自己と向き合わなければならない。これからは正しい意味での民族的なものが強調されるべきときだ。

玉音放送のあと総長室で学部長会議が開かれ、学生には冷静に勉学に努めるように話すことになった。学籍を残して戦争へ行った学生たちがこれから復員してくるが、授業は平常通りに行い、軍事研究はともかく中止することが決まった。

南原が研究室でぼんやりと机に肘をついていると、木戸内大臣の次男、孝彦がやって来た。木戸は東大の法学部に在籍し、南原たちが終戦工作を始めたときから内大臣との連絡係になっていた。

「先生がおっしゃった通り、最後は御聖断によって終戦を迎えることになったと父が申しておりました」

木戸は顔をこわばらせていたが、きっと南原も似たような表情をしているのだろう。天皇の肉声を初めて聞き、それが終戦の詔勅ともなれば日本中が茫然自失だった。

「現実には原子爆弾で戦争は終わったがね。私らの終戦工作は結局、何の効果もなかったよ」

「そのようなことはありません。先生方のお考えは陛下にお伝えしていたと父が申しておりました」

「畏れ多いことだ」

南原は目頭を押さえて、窓のほうへ顔を向けた。

「あとは陛下の御退位について考えなければいかんな」

「え？」

木戸が驚いて聞き返したが、南原はそれ以上言わなかった。

天皇には法律上も政治上も、戦争についての責任はない。だが幾百万という兵士が天皇の名の下に死に、そのことに生身の天皇が胸を痛めていないはずがない。

今上天皇ほど悲壮な運命を担わねばならなかった天皇もかつてないだろう。それは長い皇国の歴史に先例がないということで、天皇は誰に倣うこともできないのだ。

八月十日の御前会議で今上天皇は「たとい朕の一身はいかにあろうとも」と発せられたという。そのことと考え合わせれば、まさに天皇はその命を賭けて戦争を終わらせたのだ。

ならば天皇は、今日でなくても戦争を終わらせることができた。せめて沖縄の地上戦が始まる前に、いや原子爆弾で攻撃される前に、少なくとも二つ目の爆弾が落とされるより先に――

そのことを天皇はこれから先、永遠に悩まざるを得ない。たった一人の天皇が数百万の人を死なせたと言われて、それに生身の人間が堪えられるのか。

だがそこで「天皇」という名で始まった戦争に「天皇」として責任を取ることができる。そうすれば生身の天皇は、人として感じざるを得ない道徳的、精神的責任から解放される。

南原はそのような道を進言することが臣民の側から天皇にできる唯一の手助けではないかと考えていた。

終戦の翌日から東大には出陣学徒たちが続々と戻って来た。彼らが戦場でどれほど学問をしたいと願ってきたかは顔を見るだけで伝わってきた。

学生たちの何が生死を分けたのか、人間には分からない。だが死んでしまった彼らがその最期のときまで誇りを持ち、学び続け、戦争が終われば国を再起させるつもりだったことを南原は疑わない。彼らは一人残らず、国を興すものが真理と正義であることを確信して旅立ったはずだ。

だから今生きている南原たちは国を再び興す責任がある。

南原はそのことを念頭に、九月一日発行の大学新聞に「戦後に於ける大学の使命」を書いた。フィヒテが祖国敗戦のときに『ドイツ国民に告ぐ』を演述したように、「復員学徒に告ぐ」という副題を付けた。

昭和二十年八月十五日。それはわが国が曾て知らなかった完全な敗北と無条件降伏の日であった。われわれは先ずこの現実を直視し、率直に事実を事実として承認しようではないか。

日本をして廃墟の中から復興せしめるものは何か。本来いつの時代にもそうであるべき筈であるが、今や、特に学問と教育の他にないことは、自明の理である。その場合、なかんずく国家最高の学府として大学の意義と使命の重大なこと、今後のごときはないであろう。

軍人が剣を棄てた時、われら学徒の真の戦が開始されるのである。

まず人ひとりひとりが自由な精神的独立人となることである。

われらは敗れたりといえども、いささかも阿諛屈従するを要せぬ。毅然として立ち、面を真直に向けて歩こうではないか。

青年よ。学徒よ。希望を持て。理想を見失うな。かような苦難の時代に戦い生きた祖先は未だ曾てなかったと同時に、かような栄光ある任務が課せられた時代もまた曾てないのである。

九月二日、東京湾に浮かぶ戦艦ミズーリ号で、皇族の東久邇宮を首班とする内閣が降伏文書に調印した。

日本の未曾有の戦争が終わり、ついに真理への闘いが始まったのだった。

第5章　最後の勝利者

九月の朝、東京帝国大学の銀杏並木の下で逓信局の技師たちが辺りの高層物を調べていた。学内に新しく電話局を設置するのだと聞いて、南原は総長室へ駆け込んだ。ノックして中へ入ると、内田が疲れた顔で微笑んだ。戦争終結からの半月、学内のあちこちで教授たちの戦争責任を問う声が上がり、内田は板挟みになっていた。

「総長、どうやら具体化したようです。今からお時間はありますか」

マッカーサーが厚木に到着して以来、ＧＨＱ（連合国軍総司令部）が東大に司令部を置くという噂が流れていた。東大は空襲でほとんど焼けなかったので、いずれどこかに接収される恐れはあった。戦災であらゆる連絡網が途絶し、物資も不足している中でわざわざ電話を増設するというのだから、理由はそれしか考えられない。

二人で文部省へ行くと、文相の前田多門が執務室で出迎えた。

前田は南原の五年上で、小野塚の教え子でもあった。内村門下で三谷や高木と同じ柏会に入っていたから、南原もかねて親しくしていた。南原が内務省に入ったのも、もとはと言えば前田のように郡長として働きたいと思ったからだ。

南原たちのこわばった顔を見たとたん、前田は用件は分かったというようにうなずいた。

「実は今しがた、文部省に正式の申し入れがありました」

「大臣、日本はこれから教育と文化を中心にして再建しなければなりません。それなら東大は復興のための最重要拠点だ。占領軍に取られるわけにはいきませんよ」

南原はソファに座るやいなや口を開いた。

ようやく学問ができると胸をふくらませて戻った学生たちが、そこに占領軍の姿を見ればどうなるだろう。図書館だけを取っても、疎開させていた本が続々と戻っている。一晩でも雨ざらしにできないのにフロアが泥だらけの軍靴で踏み荒らされていては、これまでの苦労が水の泡だ。

「戦争中も軍隊には踏み込ませなかったのだ。わが東大は、軍事目的に利用されたことは一度もないんだよ」

内田が声を張り上げたとき、前田が軽く手を打った。

「そうだ、それがありましたね。ＧＨＱには、日本の軍部でさえ手を出さなかったんだと言いましょう」

南原と内田は驚いて顔を見合わせた。

前田は力強くうなずいた。

「まさに東大のあり方がこれからの日本を決めるんですよ。文部省なども東大に引っ張ってもらわなければなりません」

南原たちはまるで狐につままれたようだった。ついこのあいだまで文部省といえば、大学の自治を脅かす急先鋒だったのだ。

前田はたとえ文部省を渡しても東大は守ると請け合ってくれた。そしてその二日後には東大の接収は撤回された。

だが月末になって今度は連合国軍の違う部署が東大の接収を申し入れてきた。

このときも南原たちはあわてて前田のもとへ駆けつけた。これはもう直接軍へ行こうということになり、朝一番から交渉を始めて、日が暮れてようやく接収はしないと正式に返事が来た。

「総長になって、今日が一番長い日だった」

じっと一本の電話を待ち続けていた内田は、そう言って弱々しい笑顔を見せた。そのまま意識を失うようにソファに倒れ込んで、南原たちのいる前で寝息をたて始めた。

南原は声をかけずに総長室を後にした。外からは接収のことがあったが、学内では戦時中の責任を問う波が日ごとに高くなっていた。時局に肩入れした教授たちを辞めさせよという動きは終戦直後からあったが、そのなかにひんぱんに内田の名が出るようになっていた。

ＧＨＱはさまざまな指令を従来の日本の統治機構を通して行っていた。司令部が置かれるとすぐ大本営は廃止され、東条らも逮捕された。占領政策に関する批判は厳しく禁じられ、むろん検閲も実施されていたが、一方で被爆地の様子は次々明らかになり、天皇とマッカーサーが並んだ写真も新聞に大きく掲載された。

それから間もなく民主化指令が出され、治安維持法や特別高等警察は矢継ぎ早に廃止された。あまりの急展開で南原も驚いたが、天皇制について自由に批判することまで許された。いきなりこれほどの指示が出されるとは誰も予想しておらず、東久邇宮内閣は指令の実行を不可能として総辞職した。

その日、南原は安田講堂の前の園庭に座り、ぼんやりと空を見上げていた。

「先生。ただ今戻りました」

聞き覚えのある声に、南原はしばらく振り返る勇気がなかった。

覚えているどころではなかった。広島に新型爆弾が落ちたと知ってから案じない日はなかった。

振り向いてその顔を見たとき、時間がさかのぼってその手に召集令状が握られているような錯覚をおぼえた。

「丸山君。無事だったか」

丸山は小さくうなずいたきり、何も言わなかった。

これまで南原の会った復員学生の誰もがそうだった。帰って来たと口にするので精一杯で、あとはもうすべての力を使い果たしたようにその場に悄然と立っている。学生の一人ひとりがそのまま今の日本だといってもよかった。

「帰って来ない子も多くてね」

南原はそう言って目頭を押さえた。

南原の送り出した学生たちは、何も知らない兵士たちとは違っていた。敗ける戦争だと理解した上で、自らが真理の側にいないと分かっていながら、それでも生まれた国のために戦ったのだ。

郷土は祖国のためにあり、祖国は世界のためにある。彼らは皆、最後には真理と正義が勝つと信じて、目の前の戦争という悪に向かって拳を振り上げた。

「よく、帰って来てくれた」

その言葉の後ろに、そう声をかけられなかった若者がどれだけいるだろう。その中の誰か一人でも、思い半ばで命を絶たれなければならない罪を犯したか。

なんの罪もない学生が死んだことが国民全体の犯した罪に対するあらかじめの贖罪だったと考えるならば、それはあまりにもキリストの贖罪に似ている。キリストは何ら罪もなく、人間の罪の代償として屠られたのだ。
だがなんのためにキリストが人類の罪を肩がわりしなければならなかったか、人間に理解することはできるのだろうか。

このところ日本ではしきりと一億総懺悔と叫ばれていた。たしかに国を挙げての戦争に責任のない大人は一人もいない。しかし総懺悔という言葉で個々がそれをはぐらかせば、その責任を痛感する者はおらず、ただの総無責任になる。

十月になると世界では国際連合が誕生した。四年前の大西洋憲章に端を発するものだが、日本がその加盟を許されるのがいつかは分からない。

そうしてその翌月、南原は法学部主催の帰還学生歓迎会で演述を行った。

復員した学生たちは皆、まるで自分のせいで戦争に負けたという顔をしていた。

南原は「新日本の建設」と題して、これから学生たちの真の戦いが始まるのだと述べた。それはキルケゴールが言ったように自分自身との戦いであり、自己を高めるために理性と良心で困難に立ち向かわなければならないということだ。

そしてその一方で、正しい意味での民族的なものは忘れてはならない。これは戦争下の日本やナチスが陥ったのとは全く異なる民族主義だ。

これからついに学問も思想も自由な時代が来る。だがそれならなおさら自由を手にしただけの責任と規律は各々が自覚的に果たさねばならない。前田が文部省を差し出しても東大を守ると言ったのは、今ほど大学の存在意義が大きい時代はないからだ。南原はこの廃墟の中から日本を立ち上がらせることが自分の責任だと思っていた。

戦争が終わって文部省は大きく変わった。前田は東久邇宮内閣に続いて幣原喜重郎内閣でも文相を務め、省内に教科書局のほか学校、社会、科学の各教育局を立ち上げた。学校教育局では局長に田中耕太郎が起用され、公職を追放する教員たちの審査項目を挙げていった。

いっぽう東大でも自発的にこれまでの講座の改廃に着手していた。国体明徴講座などを担当した教授たちは自ら辞職し、同時にＧＨＱからも戦時中に圧迫された自由主義の教授たちを復職させるように指令が出された。

「そうですか。私を思い出してくださって光栄です」

南原が真っ先に矢内原に復職を願いに行ったとき、矢内原は昔と変わらない穏やかな笑顔で迎えた。

戦争中に経済学部がかぶった激しい荒波は、学問の世界が本来的に持つ隔絶された厳しさと無縁ではなかった。共産主義と資本主義にせよ、津田と和辻にせよ、突き詰めて研究していけば立場の異なる学説とは相容れなくなってしまうのだ。

これは答えが一つではない文科系の学問ではどうしても起こることで、そのなかで裁判のときに和辻が津田を弁護したのは稀有な例だった。だというのに時代の粛清の嵐は、その和辻でさえパージの対象にするというすさまじさである。

あれは戦争という悪が学問の世界を襲った人類共通の悲しみだった。五十六歳になった今、南原はこれまでを振り返って、一教育者として学問の自由ばかりは絶対に守らねばならないと痛感している。

「ですが南原先生。私はずっと伝道のほうに携わってきましたから」

矢内原はなかなか首を縦に振らなかったが、南原はどれほどこのときを小野塚が切望していたかを思っていた。誰もが無力感にさいなまれたあの日々を過去のものとするためには、矢内原にはどうしても東大に戻ってもらわねばならない。

東大では大内兵衛にも復職を願っていたが、大内に対してはとくに控訴審無罪になったときも大学として沈黙したという重い過去があった。

「大内先生には、追放された全員が復職しなければ戻らないと突き放されてね。大内先生はこれからの東大に欠かせない人ではないかね」

そう言うとついには矢内原も折れ、大内たちと揃って教授として迎えられることになった。

だが戻る者があれば去る者もある。

秋口から少しずつ広がっていた内田総長への責任追及の声は、矢内原たちの復職でいっきに大きくなった。内田は戦争に加担したわけではなかったが、東大も大学を挙げて学生を戦争へ送り出している。それには総長として責任があるし、誰よりも内田自身がそのことを許せないと思っている。

それまで幾度も内田の口から辞めたいと聞いていた南原は、これは逆に学内刷新を印象づける機会かもしれないと考えた。そして十一月末の学部長会議で内田の辞職は承認され、次の総長を選出する選挙が行われた。東大の総長選挙は戦時中に当局が横槍を入れてから全学部の教授が推薦者を文相に答申するという形になっていたが、その中に南原の名が入っていた。

全学の選挙は十二月五日から二日間にわたって行われ、南原は総長になった。

昭和二十年は師走に入っても日本中が目まぐるしい変化に追われていた。

十二月六日、近衛と木戸がＧＨＱに逮捕され、彼ら不在の衆議院予算委員会で、国務大臣の松本烝治が憲法改正の四原則を表明した。

その四原則では天皇の統治権総攬は不変とされていたが、終戦から半年も経たずに政府が憲法について公表したことは南原にとって青天の霹靂だった。

もちろん敗戦した以上、憲法の改正は新生日本にとって当然考えなければならない根本課題だ。だから南原もいずれは学問研究を活かして取り組むつもりでいた。

だが東大は接収問題から学内の粛清とあわただしい日々が続いていたので、とてもそこまで手が回らなかった。気になりつつも、目の前にやらねばならないことが山積みだったのだ。

たとえば正式に総長に就任した南原の最初の仕事は学内の電気やガス、水道の復旧だった。大学病院でさえかろうじて稼働しているという状態だったから、まずはインフラを整備して物理的に大学を動かすことから始めなければならなかった。

ガスは南原の同級生に東京ガスの重役がいて、占領軍にかけあって軍用のものを分けてもらった。電気も工学部の教授を通して東京電力の計らいで実験施設がようやく息を吹き返した。

だが戦争の爪痕は冬が近づくにつれて新たに、至るところから現れた。働き手を戦争に取られていた農地はどこも大変な凶作で、食糧が供給されなくなった東京では大量の栄養失調患者が出た。街には戦災孤児が溢(あふ)れ、焼けた家を修理しようにも板きれ一枚さえなかった。

誰もが自分の暮らしに手一杯で、学者といえども研究に費やす時間を確保できなかった。奇しくもその年の入学式で南原は、もし今どこか静かな場所で安穏(あんのん)に勉強する者があるなら自分はその真意を疑うと言ったが、現実がまさにそうだった。少なくとも天下国家の学問に関する限り、しばらくは目の前の事象に従事するべきだった。

それでも日本は着実に新生の道程にあった。ＧＨＱが国家神道と神社神道を分ける指令を出したのに続いて、婦人の参政権が認められた。国民学校の教科書は回収され、修身や歴史、地理の授業は停止された。

昭和二十一年の元旦、新聞各紙の一面に天皇の詔書が掲載され、すぐにマスコミはそれを天皇の人間宣言だと書いた。

だが天皇が生身の体をもつ人間であることは国民の誰もが最初から知っていたことだ。それを勝手なナショナリズムが現人神と呼んで戦争に用い、今になって天皇がようやく、当たり前の人間だと公言することを許されたのだ。

「これでいよいよ天皇退位ということが俎上に載せられることになるな」

南原は研究室で新聞を広げて高木と話をした。

退位したほうがどれほど天皇自身が楽かと南原は考えていた。一介の教授にすぎなかった南原でさえ、学生たちを戦場へ送り出したことに今も身を切られるほどの苦悩を味わい続けている。これが天皇となればどれほどのものか、余人には想像さえ及ばない。

天皇が一人の人間であるならば、人としてあの戦争に悲しみも後悔もあることに国民は思いを致すべきだ。人でありながら「戦争を遂行した天皇」でもあった天皇は、軍部から一方的に押しつけられたその冠をもう外してかまわない。退位してしまえば生身の天皇は「戦争を遂行した天皇」として感じざるを得ない責任から解放される。

「この世のどんな権力も、決して道徳には優越しないと身をもって示していただくのが良いのではないか」

天皇という至高の地位も、生身の天皇がいだく道徳心には凌駕（りょうが）されるのだ。

「そうですね。それが天皇制を守ることにもつながります」

退位すればこれから始まる極東国際軍事裁判で天皇処罰論を回避できるし、国民の間に天皇制が定着する。

「だが結局、退位は天皇ご自身の決断によるだろう。それより今年は憲法について考えなければならないな。とりあえず憲法研究委員会を学内で立ち上げるつもりだ」

「いよいよですか。だがその前に紀元節だ」

高木が苦笑してこちらを向いた。南原もずっと考えていることだった。

大学は本来、紀元節のような国家式典とは無関係で、東大でもずっと祝賀行事のようなことはしてこなかった。ところが軍部の指摘を受けて、天皇誕生日の天長節や、神武（じんむ）天皇が即位した国家の始まりとされる紀元節には祝賀行事を組むようになっていた。

天長節はまだ先だが、紀元節は目前の二月十一日である。そのとき東大がどうするか、いやでも世間の注目は集まるだろう。戦時中は正門につねに日の丸をかかげていたが、それも終戦で取り止められている。

「もともと昔は何もしなかったですからね。格別のことはされませんか」

高木は何かやはり引っかかっているようだった。学校関係者には日の丸を振って学生たちを戦場へ送り出したことへの後悔も大きく、日本は国全体が天皇制に関わる式典を自粛する雰囲気だ。

だがこれから日本民族が世界市民として立っていくのに、日本の伝統や、民族の持ってきた神話の類まで否定していいのだろうか。あの戦争は日本民族の人間意識の欠如が国体観念となって、声の大きい者の意思に支配されたにすぎない。民族主義は十九世紀に発見された重要な政治的真理ではあるが、政治学の最終章ではあり得ない。

「私はこんなときだからこそ、日本国民の個性は決して失ってはならないと思うよ」

日本の復興は、臥薪嘗胆といった言葉では成し遂げられない。戦争に負けた日本は、人としての信頼や尊敬を得るところから始めなければならない。それには戦前の民族主義を思って卑屈になるのではなく、真のナショナリズムを支えに立ち上がるべきだ。今の日本はなにより精神の荒廃を防がなければならない。

戦後初の紀元節に東大がどうするか、南原はもう肚を決めていた。真理はたとえいっとき抑圧されても、ついには何によっても蹂躙され得ないものだ。

昭和二十一年一月、アメリカから教育使節団が来日するのにあわせて教育家委員会が立ち上げられることになり、南原はその委員長に就任した。使節団は高名な学者や教育行政の実務家たちで構成され、南原はその準備に追われていた。

文部省を訪ねたとき、前出は心底、南原の総長就任を喜んでくれた。

「新生日本がどんな国になるかは東大次第、いや南原総長のお導き次第です。どうかこの国の人々を宜しくお願いします」

「大臣こそ、あの人間宣言は見事というほかありませんでした。私たちは復興の門出にすばらしい文部大臣を持つことができた」

前田は笑って首を振り、南原のその言葉がなにより嬉しいと応えた。元旦に出された天皇の詔書は前田が起草したものだった。

だがそれからすぐ前田は文相を辞任した。戦時中に大政翼賛会の支部長を務めたことが公職追放にかかると指摘されたからだが、当時の前田は新潟県知事で、否応なく体制に組み込まれたにすぎなかった。

後からそれを知った南原は、気をつけなければ日本はまた同じ道を辿ると思った。あのとき十把一絡げにすべての役人を大政翼賛会に組み込んだように、今度もまた個人の思想を問わずに一斉に拒絶しようとしている。前田のような人物まで排斥するのは日本にとって損失でしかないのに、今の日本にはまだ一つひとつの事象を丁寧に検討する余裕はなかった。

二月十一日の紀元節、南原は東大の正門に国旗をかかげた。道を歩く人々は一瞬目をむいて足を止めたが、一呼吸ののちには誰もが軽く頭を下げ、心なしか背を伸ばして通り過ぎた。日の丸は悠然と風にはためき、青空に映えて美しかった。

日本は軍国主義に席巻されていた間、その本来もつ清らかな伝統を捻じ曲げ、まがい物の繁栄を吹き込まれ、他国を支配下に置くことに精力を注ぎ込んできた。だがそれは一部の軍や政治家たちだけが誤ったからではない。南原を含む日本民族のすべてが、その欺瞞を見抜いて拒めるだけの確立された精神力を持っていなかったのだ。

南原は推敲を重ねた原稿を握りしめて安田講堂の演台に立った。

席を埋め尽くす学生たちはほとんどが戦場から帰り着いたばかりで、命がけで戦った挙句がこの荒れ果てた祖国だった。隣には親しい友がいないかもしれず、故郷の家族たちも失っていた。

「この講堂で幾度か式典が挙げられたが、今日ほど感慨深い日はないだろう。なぜなら我々は、国の敗戦と崩壊の後、最初の建国記念の日を迎えたからである」

日本国民とはいかなる民族であったか。いかなる特質を持ち、将来いかなる国民になろうとするのか。

南原はゆっくりと学生たちの顔を見渡した。

「我々には熾烈な民族意識はあったが、一個独立の人間であるという意識は確立されていただろうか。今ここから、何をもって祖国を復興させることができるのか。それを過去の歴史から探せないとすれば、将来において創り出さねばならない」

日本は皇室を国祖と仰いできたが、今日が皇紀二千六百六年という確証はない。どこまでが真実で、どこからが物語かは、これからも実証的研究が続けられなければならない。

だが南原たちがもっとも考えるべきなのは、日本民族がそれらを自分たちの歴史として伝えてきた意味だ。それが日本民族の個性というものだ。

個性のない民族は個性のない人間がそうであるように、世界にとって存在しても意味がない。人も民族も、個性を捨ててはならない。

「我々は歴史の中で培ってきた善きものの美しきものはどこまでも護り、発展させようではないか。日本民族は過ちを犯したが、この国に生まれたことを喜び、この民族を愛そうではないか。そのために我々は自らを鞭打ち、その名誉を世界に回復するのである」

フィヒテが『ドイツ国民に告ぐ』を演述したとき、きっとフィヒテの前にもこんな迷う目をした若者たちがいた。

今の日本を見て憤激しない者はない。だがもし日本が茫然自失の状態にとどまるなら、その先には民族の滅亡しかない。

「生か死か。永遠の屈辱か、それとも自由独立の回復か。……そのいずれを選ぶかは諸君自身の自由の決定に委ねられている」

南原は演台に手をつき、身を乗り出した。日本民族の滅亡は他国の武力によるのではなく、自らの無為と無力によるのである。

「各自が……その全人格を集中してまじめに思惟せられよ。余人はどうであろうとも、あたかも自分がその責任を有するかの如く決意せられよ。われわれは……新日本の建設と新日本文化の創造に向かって、堅き決心をもって邁進しようではないか」

これが南原の総長としての初めての演述だった。

明くる日、新聞はどれもいっせいに南原の演述を大きく取り上げた。南原の記事は切り抜かれて人から人へと渡り、ついにはＧＨＱの手でアメリカにまで配られた。

その同じとき、南原は東大に憲法研究委員会を立ち上げた。

＊

昭和二十一年の春、卒業生のいない東大は安田講堂で学徒慰霊祭を行った。

祭壇を立てて花輪を飾り、音楽部がおごそかに葬送曲を演奏した。百四十二柱の英霊の名が読み上げられたあと、南原は追悼を述べた。

「国民の運命を決した太平洋戦争において、その緒戦の捷報にもかかわらず、本学園はかえって沈痛、諸君はあえて動かなかった。あまりに事の背理と無謀なるを知っていたからである」

それでも学生たちは粛然と戦場へ赴き、国民の義務を免れようとしなかった。

南原は講堂に座る学生たちの視線をしっかりと受け止めた。きっとそこに英霊となった学生たちもいると思った。

「諸君のすべては国家の意志と命令に忠実に従った。勇躍してわれらの許を立った諸君は、武人たると同時に学徒であった」

日本は民族をあげて誤ったナショナリズムに陥り、罪もない兵が贖罪として命を差し出した。

生き残った南原たちは、死にまさる恥を忍んでここにいると言ってもいい。だが終戦の日を見ることができなかった学生たちは、今はただ静かにこの荒れた祖国の再建を願っているはずだ。

「その意志を継ぎ、われわれは全学一致団結して国民の中核となろう。祖国は断じて滅亡させない」

南原の演述が『文藝春秋』に掲載された一月後、日本は戦後初めての天長節を迎えた。

南原は国民の一人として、人間宣言をした天皇の誕生日を祝いたいと考えていた。真理と教育の府である大学があえてこの日を祝うとすれば、それは国の苦悩と運命を一身に担ってきた天皇に心からの感謝を表すためだ。

南原は正門に日の丸をかかげ、真紅の日輪が風にひるがえるのをしばらく佇(たたず)んで見上げていた。

世間には天皇が聖断をもって戦争を止めなかったことを嘆く向きもあった。だが軍部の専横に国民の声がかき消されたのと同じように、天皇にも為すすべはなかったのだ。

あの戦争のとき天皇がどれほど立憲的にふるまったか、極東軍事裁判が間近に迫る今こそ、国民はあらためて知っておかなければならない。あのとき天皇ほど憲法の条文を忠実に守った者はいなかった。

天皇に戦争の責任がなかったことは明白だが、今上天皇のもとで戦争は起こり、国民はかつてない悲惨に突き落とされた。そのことを誰より天皇が、自身の父祖に責任を感じているのではないだろうか。

やがて新しい憲法が制定されるときが来る。多分そこで天皇大権は消滅するが、日本国民の統合の象徴として天皇制は維持されなければならない。天皇制は悠久の歴史を通して民族の統合を支えてきた、日本という民族共同体の本質そのものだ。

「――天皇は現実の国家秩序の最高の位置にあられるばかりでなく、国民という共同体の、高き理想でなければなりませぬ。天皇は率先して、国民の規範であり理想であるべき道徳の、至上の御責任を帯びさせられるのでありましょう」

南原がこの演述を行った同じとき、ＧＨＱは極東裁判にかけられる戦犯の起訴状を発表した。戦時下に天皇を輔弼(ほひつ)した政府要職者たちに対するもので、南原は忠誠の問題としても責任を取るべきだと思った。

一方で女性に参政権を認めた初の総選挙も行われ、四十人近い女性議員が誕生していた。五月になると帝国議会が始まり、自由党総裁の吉田茂(よしだしげる)が首相に選ばれた。

吉田は東大の政治学科を出て外務省に入り、中国勤務が長かった。中国における権益を絶対とする帝国主義者だったが、日米開戦を避けようとして和平工作に関わり、駐英大使時代には日独防共協定に反対して軍部の不興を買った。近衛上奏文の起草を手伝って投獄されたこともある。

その吉田内閣の下で、いよいよ六月から新憲法案の審議が開始されることになった。

南原は総長室に丸山を呼び、二人で我妻栄(わがつまさかえ)を待っていた。

我妻は南原の八歳下の民法学者で法学部長を務めている。総長就任とともに憲法研究委員会を立ち上げた南原は、自らは委員会に出席せず、その人選や進行をほとんど我妻に任せていた。先ごろその委員会でひととおりの結論が出たので、国会の審議が迫る今日は詳しい話を聞くことになっていたのである。

南原のもとにはすでに委員会の分厚い報告書が届けられていた。憲法改正の重要事項をあげるところから始めた委員会だったが、会は途中からその性格を大きく変えた。

「総長、お忙しいところを申し訳ありません」

やがてドアをノックして我妻が入って来た。

面長な顔立ちで、つねに上品な口調で話すのが我妻だ。愚痴を一切こぼさない忍耐強い人柄がいかにも米沢生まれにふさわしく、南原は会うたびに清らかな雪をかぶる冬田を思い出した。

「ずいぶん時間を取らせてしまったね。途中からはこんな委員会は無用だという声もあったのに、どうもありがとう」

我妻は微笑んで首を振った。

この委員会が初会合を行う直前、幣原内閣の準備していた新憲法草案が公になった。松本国務大臣の試案という形だったが、内容的にはほぼ大日本帝国憲法をそのまま踏襲(とうしゅう)したものだった。

帝国憲法三条の「天皇は神聖にして侵すべからず」も「至尊にして」と改められただけで、その統治権総攬け堅持されていた。十一条の天皇が「陸海軍を統帥す」は「軍を統帥す」に、二十条の「兵役の義務」は「公益のため必要なる役務に服する義務」に変更されていた。

他には貴族院を参議院と改めるなど、たしかに議会の議決権が拡充し、国民の自由や権利は強められていたが、さして目新しい部分はなかった。ただ、これから草案を練る叩き台としては手頃で、南原としては予想より早く政府が準備していることに少し驚いた程度だった。

ところがそれからほぼ一月後の三月六日になって、政府はとつぜん憲法改正草案要綱を発表した。ここでは突如として国民主権がかかげられ、天皇は統治権の総攬者から国民統合の象徴に変更されていた。戦争放棄、戦力の不保持をうたい、軍を持たないことから、国民には兵役の義務もなかった。

内容は目を瞠(みは)るほど民主的だったが、先に出された政府の試案とあまりにかけ離れているのが胡散臭(うさんくさ)かった。南原は三月六日案はどうも日本人が考えたのではなく、GHQに押しつけられた代物(しろもの)だという気がした。

我妻たちの報告書にもあったが、もしも憲法草案が外からの押しつけならば、内容がどれほど民主的で南原たちが願う形に近くても、それは成立自体に瑕疵(かし)を持つ。憲法は至高の法として国のかたちを世界に示すものだから、民族の中から湧いて出たものでなければならない。憲法は与えられるのではなく、日本が自らの手で歴史の継続を保ちつつ定めるものなのだ。

上か外から与えられた憲法なら、この先いつか押しつけの憲法は改正すべきだという声も出てくる。その意味でＧＨＱの管理下に作られるものは安定性が低く、破壊されやすい。

「私はやっぱり草案の成立過程に納得がいかんよ。憲法が他所から与えられたなら、それは奴隷の自由じゃないか。それとも何かね、大人が子供に教則本をくれたのかね」

つい語気の強まった南原に、我妻は朗らかに微笑んだ。

「我々の報告書はお役に立ちそうですか」

「もちろんだ。さすがに論点が整理されていて、貴族院の審議でもしっかりやれそうだ」

南原は少し恥ずかしくなって、あわてて報告書を撫でた。

先ごろ国会で公職適格の審査があり、多数の議員がパージされていた。その補充で南原は我妻や高木たちとともに貴族院議員に勅撰され、憲法の審議が始まれば南原も質問演説をすることになっているのだ。

「天皇制や国体については当然質問されるとして、やはり総長が質されるのは憲法改正の手続き的な問題ですね」

「ああ。あとは戦争放棄についても確認するつもりだ。あればかりは日本側から出た文言とは思えんからな」

「そうですね。おおかたマッカーサーあたりの入れ知恵でしょう」

三月六日案では日本は自衛のためとしても戦争の手段を放棄するとあったが、これを日本側が自発的に言い出したと考えるのは不自然だ。

むろん南原も戦争放棄の理念には大賛成だが、わが身のこととして考えれば、相手も分からないまま一切の自衛手段を持たないと宣言するのはあり得ない。戦争は「あるべからず」だが、カントも言うように、歴史の現実として戦争は「ある」。宗教や道徳のレベルでなら絶対平和論はいえるが、政治学をやる者として、国家の最小限度の防衛力は必要不可欠なものだ。

もしも憲法で平和宣言にも等しいものをかかげるなら、従来の軍隊とは概念の異なる、国際秩序を守る警察的な防衛能力を持っておくべきだ。たとえ国際秩序が確立されてもそれを破る暴力は起こるのが必然だから、それを制裁する設備がなくてはならない。

そんな議論もないままに、軍国主義で突き進んできた日本がとつぜん無抵抗主義に変わることなどあるだろうか。だいたい外国があらかじめその訳文を持つ憲法草案とは、卑屈にすぎる。

「戦争放棄も大項目だが、まずは改正過程を確認しておかなければな。とつぜん三月六日案のようなものが出たら、日本は自分で調査も研究もできんじゃないか。今国会は本来、草案を作るための国会たるべきなんだ」

帝国憲法では憲法を改正するときは勅命によって帝国議会の議に付すと定めている。占領下にあるとは政府の統治権が完全に従属しているということで、そもそも主権を持たないときに憲法をいじっていいものかどうか。

報告書によると経済学部の大内兵衛も、今急いで憲法を作れば保守か急進に傾くから、もう少し社会が安定してからやるべきだと発言している。

「いきなりの国民主権にも総長は反対しておられますからね。横田先生などは逆に、はっきりそれを明記するべきだとおっしゃっていますし、憲法改正は議論が百出しますよ」

「総長は三月六日案が出たとき、あんなものは安っぽい弁護士が二、三人で作ったんだと息巻いておられましたね」

丸山もくすりと笑った。たしかに南原はそんなことも口走った。

だが終戦から一年も経たずにこんな話ができるとは幸先がいい。昨年の今ごろは絶望の淵で終戦工作をしていたから、当時の消極的な国家への奉仕が、ようやく積極的なものに変わったということができる。

「政府の発表した通り、新憲法はこの国会で成立するでしょう」

「総長の質問演説が、貴族院の最後を飾りますね」

我妻と丸山が微笑んでうなずき合った。

それから間もなく極東裁判の検事が天皇を戦争犯罪人にしないと明言し、その翌々日、政府の憲法草案が帝国憲法七十三条にもとづいて帝国議会に提出された。


日本国憲法草案はまず衆議院で審議され、院内の特別委員会で審査と修正を受けて本会議で可決された。

戦争放棄をかかげた九条については委員長の芦田均（あしだひとし）が修正を加え、「日本国民は、正義と秩序を基調とする国際平和を誠実に希求し」「前項の目的を達するため」には戦力を保持しないとされた。これは芦田修正と呼ばれ、解釈によっては自衛戦争とその戦力を留保するものだった。

そして八月の末に貴族院で審議が始まった。

登壇した南原には質問が四つあり、その第一はもちろん憲法改正の過程についてだった。

松本試案と三月六日案のあいだの大きな隔たりは、現状維持を望む政府が自主自律的に草案を作成できなかったことの表れだと南原は考えていた。これは国民にとって不本意なことで、せっかくの憲法が外から与えられた印象になってしまう。憲法の安定性からも問題が出て来るが、政府はそれをどのように払拭(ふっしょく)するのか。

「日本全体の利益を考えるならば、その答えは詳しく申し上げられない」

答弁に立った幣原国務大臣は政府の苦衷(くちゅう)を察してほしいと訴えた。幣原はもっぱら憲法を担当するということで無任所の国務大臣とされた前首相である。

幣原は首相在任中に憲法の研究を続け、松本試案を作った。だが南原に言わせれば、試案などという形にせず、政府として調査会なりを立ち上げて主導権を握るべきだったのだ。はじめから幣原、吉田の両内閣が自主的な改正をするつもりで真剣に憲法に取り組んでいれば、自分たちで同じような草案を出すことができた。そうすれば急転直下で三月六日案を発表するような恥はかかずに済んだし、憲法の安定性にも問題は生じなかった。

憲法が外から強制されて作られたとすれば、その事実はいずれ国民にも知られてしまう。それでも日本が作った憲法だと言い張るなら、政府はどこまでも日本が作ったものとして扱う覚悟を貫き通さなければならない。

いつか国民が押しつけ憲法だから改正すると言ったとき、それは違うと納得させることができるのか。それが成立過程の瑕疵を乗り越える唯一の道だと南原は考えたが、政府は曖昧な答弁に終始した。

質問の第二は、新憲法で根本的に変更される主権と国体のことだった。

草案では天皇大権を大きく制限して、国事行為には内閣の助言と承認を要し、内閣が責任を負うとされていた。南原はそのこと自体に異論はないが、日本は歴史的に君主と人民が対立してこなかったので、君民同治（くんみんどうち）の民族共同体として成立してきたことに配慮したかった。

「天皇は単なる象徴ではなく、国家の統一性を保持する機関として構成すべきではないか」

国体の護持は放棄したのかと南原が尋ねると、政体はたびたび変わったが国体は変わっていないと幣原は答えた。

だがそれはあまりに現実と異なっている。政府として、変わったものは変わったと認めるべきだ。天皇が国民統合の象徴と基礎づけられる以上、新しい国体として発展したことを、むしろはっきりさせたほうが良いのではないか。

この国会が始まった日、ＧＨＱは、今国会で憲法案をどう修正しようが、反対しようが、それは国民から選ばれた議員たちの自由だと声明を出した。だがその一方で吉田首相は、国際情勢を考慮するようにと談話を発表した。あれこそ政府がいかに腰が引けているかの表れで、それを糺(ただ)すのが日本人であり学者である南原のプロテストだ。

もしも日本が能動的に憲法改正に取り組もうとしていればどうなっていただろう。今、審議されている新憲法の理念はすばらしい。これを日本の側から出せていれば、この憲法には何ひとつ瑕疵は付かなかったのだ。

だが今のままでは後世、この瑕疵が歴史の問題として残ってしまう。

「伺いたい第三の点は、新憲法の施行後、教育がどんな原理で行われるかということだ。新憲法では天皇の地位は教育上、重大な変更を生じるが、国民共通の世界観、あるいは国家観、政治観というものを作る必要はないだろうか。勅語なり法律なり、政府で立派な教育勅語にかわるものを作ることを期待する」

この点については森戸辰男(たつお)も衆議院で質問に立っていた。教育勅語は基本原理としては好ましくない部分もあり、新しい時代にふさわしい教育方針を作るべきではないかというものだった。

それに答弁したのは文部大臣の田中耕太郎で、教育勅語にある国体の精華と、国体が教育の淵源だったことには決して誤りはなかったと言い切った。

田中は教育勅語の擁護派だが、南原も理念については田中と同意見といってもいい。ただ戦前、軍部に歪曲された部分を取り除いておくことは不可欠だ。

「天皇の地位について申せば、教育上、変更はありません」

堂々とした答弁に、平賀譲学のときの田中が重なって見えた。

「我々は大統領ではなく天皇を戴いている。共和政治ではなく、天皇制を維持したうえで国の秩序が保たれている。その意味で変わりがないということです」

田中は教育勅語についてはまだ結論が出せない、信念を持って答えられるまで研究させてほしいと言った。いかにも日本の文教を率いる大臣にふさわしく、その言葉にはわずかの迷いも欺瞞もなかった。

南原は第三の問いには満足な答えを得たと思った。

南原が最後に尋ねたかったのは九条に記された戦争放棄のことだった。

戦争放棄という理想が一国の憲法に採択されるのは人類史上、特筆すべきことだ。だが衆議院の答弁で吉田は、自衛権の発動としても戦争は放棄すると言っている。だが国家である以上、無抵抗主義まで採用する道徳的義務はなく、国民を防衛する用意は持っておかなければならないはずだ。

「従来、自衛を唱えて多くの戦争が行われ、総理がそのゆえに自衛権を放棄しようとしているのは分かる。だが世界には、どう見ても侵略だという戦争を仕掛けられることもある。そのときでさえ自衛権を用いてはならないということなのか」

吉田はおもむろに立ち上がり、南原の質問はもっともだと言った。

「九条には平和愛好の国民として世界に訴えるという気持ちもある。先頭に立って平和を促進するという抱負を加えて、戦争放棄の条項をかかげたのだ」
「だが日本が国連に加盟するとき、兵力を持たないために義務を果たせないのではないか」

国連憲章は各国の自衛権を承認する半面、加盟各国は兵力を提供する義務を負うと定めている。日本がいずれ国際連合に加盟するとき、自衛権なしにそれが可能だろうか。

日本が国連に加盟するというのは近い将来、必ず起こる議論である。

「日本が自衛権を放棄するのは、国連への加盟の道を閉ざすことにならないか。それは世界平和に協力貢献するという積極性まで放棄することではないだろうか」

国連に加入する場合に憲法九条の改正を予想しているのかと尋ねると、それは講和条約締結後の国際、国内情勢によると吉田は答えた。

「衆議院で芦田氏が戦争放棄の条項に修正を加えたが、根底に世界の共同体を理想として考えている以上、世界連合に対する計画はそこまで行くべきではないか」

常備軍としての戦力ではなく、国際秩序を破った犯罪に制裁を課す設備を持っておくということだ。

修正を加えた芦田は元外交官で、十年ほど吉田の後輩にあたり、南原とは同年代だ。

天皇機関説問題のときは美濃部（みのべ）の擁護に奔走し、戦時中は翼賛政治を批判し続けた信念のある政治家だ。

吉田はうなずきつつ手を挙げた。

「質問の趣旨には全く同感である。正義にもとづく平和の確立については、政府として国際社会に十分主張し、努力もする」

質疑は白熱したがそこまでで、憲法案は貴族院の特別委員会で審査と修正を受けることになった。

ところがこのときＧＨＱからとつぜん、成年普通選挙制の保障と文民条項を明文化せよとの修正要求が来た。文民条項とは首相をはじめとする大臣閣僚が軍人であってはならないということだが、これは芦田修正によって日本の戦力保持の可能性が出たことから、かつての軍部大臣現役武官制のようなものが復活するのを阻止するためだった。

特別委員だった高木は、この段階での修正は外から要求されたものとして憲法に傷をつけることになると反対した。本来、ポツダム宣言にもあるように、国家の根本的な性格は人民の意志によって決定される。だから人民に選ばれた衆議院がその決定権を持ち、貴族院は勅撰議員で構成されている以上、あくまで衆議院に従うべきなのだ。

だがもとから自発的にできた憲法ではないと口にする委員さえもいて、今さらだという意見が大方を占めた。

こうして修正案は貴族院本議会で可決され、回付された衆議院で再可決された。

昭和二十一年十一月三日、貴族院本会議場で新憲法公布の式典が行われ、天皇の詔書が首相に授けられた。

東大でも記念式典が催され、安田講堂は外まで人が溢れていた。

南原は憲法前文を朗読して演述を行った。

「終戦からわずか一年余、敗戦の汚辱（おじょく）と痛手を一身に負った国家も、今や廃墟のなかから憲法改正という新たな建設への全貌を明らかにした。かつて世界のどこに、武力の絶対廃棄と戦争の徹底的否認とを国家理想として宣言した国があっただろうか」

それをユートピアだと批判し、国家の存在を危うくするという声もある。

だが日本はあの戦争で犯した悪と過ちを国民全体で償わねばならない。これからの日本は平和のために積極的に努力すると、世界に決意を表明するのである。

「正義の実現のために、日本は武力に頼らず、人類の理性と良心に訴える。そのためにまず我々自身の安全と生存をあげて、世界の公正と信義に委ねると憲法に宣言した。むろん、それがいかに国家的冒険の業（わざ）であるかを我々は知っている」

かつてここに集まった学生たちは戦争を控えていた。彼らが向かわねばならなかったのは正義の戦いではなく、しかもついに還れなかった戦歿学徒も多い。

南原は大きく一つ息を吸った。

旧いものがすべて悪いのではない。多くの善いものを作り、旧憲法を定めた輝かしい明治時代を忘れてはならない。

「新憲法は我々の代表者が国会で自由に討議し、自らの意志で採択したものである。ひとたび国家の大法として決定したうえは、我々はこれを最善と考えるべきである」

南原たちは新憲法にかかげた理想をどこまでも堅持し、絶えざる進歩を続けなければならない。

「武力の戦いは永久に去り、これからは主義と理想と性格の戦いである。この新たな平和の戦いにおいて光栄ある勝利を獲得し、祖国再建の偉業を成就させようではないか」

南原は力強く顔を上げた。

安田講堂は目を輝かせる若者たちで満ちていた。

帝国議会で憲法草案が審議されていた同じとき、南原は教育家委員会の長として教育に関する諸問題にも取り組んでいた。

教育家委員会はアメリカから教育使節団が来日するのにあわせて文部省が組織した

ものだった。日本の復興は次世代の若者にかかっているから、彼らの受ける教育が国を左右する。今は何をおいても教育だと、委員の誰もが痛感していた。

文部大臣は前田多門が公職追放がらみで辞任したあと、戦争中に一高の校長を務めた安倍能成が引き継いでいた。東京帝大の哲学科を出た京城帝大の元教授だが、あの戦争のときに高校生を導くことがどれほど困難だったかは、三谷を知る南原には容易に想像がつく。

「総長。私は教育勅語は変えなくていいと思うのですよ」

アメリカ使節団との顔合わせに向かうとき、安倍はいかにも哲学者然とした思慮深い目で前を見据えて言った。

教育勅語には戦後の民主主義では足りない、人として世界に通用する立派な道徳が書かれている。近代日本は教育勅語によって興り、教育勅語によって崩壊したと言っても過言ではない。

「文言自体に誤りはないが、あれは戦前戦中と、たいそう歪めて使われたからね。そのあたりの危険性は何か付け足すなり、取り除くなり、手を入れるべきでしょうな」

天皇から賜った教育勅語は人倫五常の道を説いていたが、誤った天皇制ファシズムに利用された過去を踏まえ、新しい教育の理念を考える必要がある。

「だとすると陛下に新しい勅語を奏請するというのは筋違いでしょうな」

「ええ。天皇から賜るというのではいかんね」

南原は教育に関して憲法に準じるような基本法を定めるのがいいと思っていた。アメリカの言いなりではなしに、日本独自の理念を打ち出すのだ。

教育家委員会のあの面々なら十分に教育の憲法を作ることができる。アメリカの使節団の助言には大いに耳を傾けるが、もとから日本の土壌にないものが育つはずはないから、委員会では自主独立な教育の道を探っていく。

――アメリカには良き戦勝国であってほしい。

顔合わせの席で安倍は力強く決意を述べた。

――我々は真理と平和の道に進むため、民主主義は外国に強要されたものであってはならないと考えている。

南原はじっと耳を傾けながら、どこから手をつけるべきかを考えていた。

これからこの委員会で南原たちは勅語に代わる教育の基本法を作っていく。憲法が外からの押しつけだと言われたとき、ならば同時期の教育の基本法はどこから来たと打ち返せるような、憲法に勝るとも劣らない確かな理念を書き上げなければならない。

教育家委員会は八月に教育刷新委員会と名を改め、安倍が委員長に、南原が副委員長に選出された。

九月に委員会が始まると、南原は司会として会を主導した。

委員会では一字一句にはこだわらず、まずは喫緊の大きな課題を克服することになった。新憲法の公布までは二月しかなく、早く新しい教育制度を作らなければ若者たちが将来を思い描くことができない。物質的な崩壊よりも精神の荒廃を防がなければ日本の復興はなし得ないのである。

「初回の今日は、会で取り組む項目を挙げることから始めたいが」

「まず考えるべきは、教育の基本理念をどうするかでしょう」

委員の芦田均が真っ先に口を開き、南原が後を引き取った。人間は教育によって作られ、その原理に従って行動するのだから理念は大切だ。

「総会で出揃ってから特別委員会に下ろし、再度、総会にかけることにしてはどうだろう。理念はまあ、日本の古き良き伝統と道徳を通して、綜合的にということですな」

森戸辰男がうなずいて他の委員たちを見回した。

「教育勅語には弊害も多かったですよ。精神は悪くはないが、このさい取っ払って教育方面の憲法を作ろうじゃありませんか。それにはぜひ、国民は勤労的でなければならないと書いていただきたい」

南原はもっともだと思いながらメモに勤労的と書き付けた。

「次に急ぐ問題といえば、やはり義務教育についてでしょう。新憲法では国民に無償で義務教育が与えられることになっていますから」

戦前は教育課程が複線型で、学校選択は十二歳の国民学校を卒業したときに決まってしまった。あとはどれほど優秀でも、道によっては行き止まりで大学へ行くことができなかったのだ。それをこれからは十二歳などで分けず、能力によって学問を続けられる単線型にする。

祖国復興の鍵は人であり、人を作るのは教育だ。個人のためにも国家のためにも、一本の釘もおろそかにせず、打つべき場所に打たなければならない。そのためにこれからの教育は、選ばれた少数のみではなくすべての階層が等しく受けられるものにするべきだ。

委員たちが納得したようにうなずき、南原は第三に教育の地方分権化について考えることを提案した。

今、田中文相たちは文部省を頂点に、各帝大を地方ブロックの中央に据えるという構想を作っている。だがどうも中央集権的なきらいがあり、戦前戦中に大学が当局に横槍を入れられた苦い過去がよみがえってしまう。

南原は田中たちの大学区構想は教育の民主化に逆行すると思っていた。文部省に統制されるのではなく、公選で教育委員会のようなものを作り、そこが主導するのが適当ではないだろうか。

「なるほど、教育の地方分権化ですか」

「総長は憲法草案の質問演説でも、それを望むとおっしゃっていましたね」

南原の提案はすぐに了承され、三番目の項目に挙げられた。

それからも委員たちは矢継ぎ早に決断を下していった。とにかく一刻も早く教育制度を確立しなければ、街に溢れる孤児たちは行くあてがないのである。

「まずは教育の理念を検討して基本法を作る。次に義務教育のあらましを定める学校体系を確立する。それから教育の地方分権、すなわち教育行政について話し合う。これでどうだろうか」

南原がまとめると委員がそれぞれに賛成し、会は効率よく進んでいった。

項目が決まったとき、東京高等師範学校長の務台理作(むたいりさく)が立ち上がった。若くして教員になり、それから師範学校へ入り直して京都帝大で西田幾多郎(にしだきたろう)に師事した高名な哲学者だ。

「憲法に書かれる平和の希求と個人の尊重はすばらしい理念です。これを教育の基本法でも同じように前文で書いてはどうでしょう。戦争を放棄し、人類の平和を求めることを教育理念に入れて、二度と軍国主義や国家主義に利用されない決意を示すべきだと思います」

「大いに賛成ですな。あとは民主的、勤労的国家だという文言も」

森戸が宙に活字を置くような仕草をして皆を笑わせた。

「そうですね。憲法にあわせて、こちらでも平和の理念を出しましょう。教育が目指すのは、真理と正義と平和を愛する人間を育てることですから」

弾んだ声で同意したのは女子教育家の河井道だった。南原より一回り年上で、新渡戸を師と仰ぎ、アメリカに留学した経験もある。

「憲法を読み合わせて、はじめに平和という文言を出していただけるといいですね」

その後も委員たちは会合を重ね、憲法が公布された明くる月には教育基本法の建議にこぎつけた。

六年間の小学校に続く教育機関として三年間の中学校を置き、ここまでを義務教育とする。その上級に三年の高等学校、さらに原則四年の大学を設け、従来の複線型を単線型の六・三・三・四制に改めることなどが提言された。

議会では石橋湛山蔵相が財政的な理由から教育など構っておれぬと反対したが、来年四月から実施するという委員会の強い意志は変わらなかった。

その一方で南原は皇室典範の改正についても議会で質問に立った。新しい皇室典範でも天皇の退位もしくは譲位について書かれておらず、南原としては天皇の道徳的自由意思を尊重して、戦争責任の重荷から天皇を解放したかったのだ。

だが結局その条文は実現されず、年が明けた昭和二十二年一月、改正皇室典範は国会による法律として公布された。

教育基本法の大綱(たいこう)は三月に帝国議会に提出されることになった。満足に紙もないなか、草案は幾度も練り直され、南原たちの考えた理念はしっかりと前文に反映されていた。

残る懸案の一つは義務教育をいつから始めるかだが、これも委員たちの意見は次の四月から実施するということで一致していた。教育のような大きな課題を新しく作り変えるのは困難なのが当たり前で、半年や一年先送りしたところで完璧な準備はできない。開始が遅れれば遅れるだけ子供たちの行き場はなくなっていくのだから、ともかくスタートさせてから問題を見極めることにしたかった。

二月の貴族院本会議で南原は祖国再建の成否は一(いっ)にかかって新しい教育にあると訴えたが、このときもやはり石橋蔵相が、飢餓線上にある国民を食べさせるのに汲々(きゅうきゅう)として余裕がないと応えた。

だが日本がどんな状態かは子供が靴をはいていないこと一つを見ても分かる。経済的危機はもちろん乗り越えなければならないが、国家百年の大計をおろそかにすれば祖国は滅亡するのである。

そうして四月まであと一月半というとき、どうにか義務教育制は閣議決定された。

「となると、次は教員をどう確保するかだな」

委員会での森戸は、受けて立つという笑みを浮かべてペンをくるくると回していた。

来月から全国の中学で義務教育が始まり、新制の高等学校も来年に開始される。学校が増えるぶん教員も必要だが、こればかりは質を落とすわけにはいかない。

「やはり師範教育を根本から見直さねばならんでしょう」

従来の師範学校は軍隊式の教育を行い、国家に対して素直で善良で、生徒に威厳を感じさせる教員を大量に養成してきた。そしてそんな教員が津々浦々で強い影響力を発揮したから、国民はあれほど徹底的に戦争を遂行したのだ。

だがこれからの教員に必要なのは国家への忠誠心でもなければ威圧的な態度でもない。軍隊式ではなく普通に専門知識を学び、そのうえで教員養成コースを経て教員となる。大学でさまざまな職業を選ぶ者と揃って学び、教員もその中の一つになるべきだろう。

師範学校という、教員だけを一括りにする戦前の制度は改めなければならない。義務教育を担当する者が威厳ばかりを身につけた専門学校の卒業生というのでは、日本はまた道を誤ってしまう。

「教育の制度に関わることだ。火急の問題と並行してやるんですな」

芦田も不敵な顔でうなずいてみせた。南原が議会で、経済問題に対処するもう片方の手で教育もやれと言ったことをからかったのだ。

教員養成については委員会に特別の会を設け、四月から具体的に検討することになった。

「まったく、南原総長の実現力には舌を巻きますな。よく一年でここまで来たものだ」

「総長はいつも現実の中から研究主題を出して、そこで確認した原理でもって現実を批判されてきましたからな。理念のみにこだわらんから、フルスピードで実現される」

芦田や森戸は南原を持ち上げつつ、互いに急かし合った。

こうして三月の末日に教育基本法が公布、即日施行された。全部で十一条という教育の大綱を定めたもので、理念をうたった前文がどの条文よりも長かった。

――われらは、さきに、日本国憲法を確定し、民主的で文化的な国家を建設して、世界の平和と人類の福祉に貢献しようとする決意を示した。この理想の実現は、根本において教育の力にまつべきものである。

われらは、個人の尊厳を重んじ、真理と平和を希求する人間の育成を期するとともに、普遍的にしてしかも個性ゆたかな文化の創造をめざす教育を普及徹底しなければならない。

「ここに、日本国憲法の精神に則り、……この法律を制定する」

博子は前文をところどころ声に出して読み、きくの遺影の前にその薄い冊子を置いた。

新学制が始まり、長男の実は高校へ、次男の晃と四女の悦子は中学校へ行っていた。日中はようやく街にさまよう子供の姿が消えるようになった。

「教育基本法は一言一句まで日本人が考えて書いた、第二の憲法ともいえるものですね」

南原は驚いて顔を上げた。珍しく家でのんびりと新聞を広げていたときだった。

「だってあなたも委員の皆様も、新憲法が連合国の押しつけだと言われて改正されるのを危ぶんでいらっしゃったのでしょう？」

「ああ、そうだ。日本だって自主的にこのくらいはできると、皆で示したつもりだ。教育基本法は、刷新委員会と文部省で作ったんだぞ」

南原の胸にはむくむくと誇らしさが湧いてきた。

「でしたら憲法も絶対に押しつけではありませんね」

「そうとも。政府が不甲斐ないばかりに、あっちはややこしくなったんだ」

南原は新聞をたたんでソファで伸びをした。

先ごろ選挙があり、憲法が施行されて初の国会が開かれていた。そのときＧＨＱから憲法について変更する部分はないかと確認があったのだが、両院は改める箇所はないと返答した。

もしも押しつけられた憲法だと考えるなら、国会はあのとき疑問を呈することができた。だからその事実で、新憲法にまつわる瑕疵は消えたとすべきだろう。

教育基本法でも明らかになったように、新憲法の理念はもとから日本国民が自主的に出すことができたものだ。政府案と大きく異なる三月六日案が突如現れたために新憲法は自主性を疑われてしまったが、国民の代表である議員たちが改正箇所はないと応えた以上、日本は新憲法を自主憲法として認めたことになる。

さらに教育基本法はといえば、憲法と同時期に日本の刷新委員会が考え抜いて成立させたものだ。

そして刷新委員会は自主性を確保するために首相の所轄（しょかつ）とされ、ＧＨＱの支配を受けてもいない。むしろＧＨＱは刷新委員会を完全に独立、自主的なものと公言し、両者は互いに深い信頼と尊敬の念を持ち合ってきた。

南原をはじめとする委員たちも、押しつけ憲法という疑念を払うのに精力を注いだ学者ばかりだったから、とにかく教育基本法には小指の先ほども瑕疵がつかないように細心の注意を払った。南原たちにしてみれば、教育基本法は憲法を押しつけと言わせないための側面援護のつもりもある。

それがようやく実を結び、こうして教育基本法の前文に憲法と同じ理念がかかげられたのだ。

「教育基本法があれば、もう憲法だって、ややこしいことにはなりませんね」

博子は遺影に手を合わせると、エプロンをつけて台所に立った。

「気を抜いちゃいかん。政府ってものは、勝手なことには世間の目が向かないようにするんだぞ」

はいはいと博子が背を向けたまま手を振った。

「なあ、博子。この国の人々は教育基本法の重要性に気づくかな」

「憲法を支えるものとして、ですか？」

博子が流しの前で手を止めて、少し首をかしげるようにした。

「私には憲法が押しつけだと言われる恐れがあることも、それだとキズがつくということもよく分かりませんし……。だから教育基本法が憲法の自主性を示す傍証の一つだと言われても」

「おいおい、そこまで謙遜してもらっちゃ困るぞ」

南原はあわてて台所へ立ちかけた。博子は女子高等師範学校の首席だったのだ。

「まさか博子は、私が師範学校を解体したのを怒っているんじゃないだろうな」

「まあ、そんなはずありませんでしょう」

博子の明るい笑い声が返ってきた。

「あなたがなさっているのは、より広い見地からものを見られる先生を作ることですもの」

博子は果物を器に盛って戻り、南原の前に腰を下ろした。

南原はさっそく博子のほうへ身を乗り出した。教育の問題については博子はとくに話し甲斐があった。

「これからの日本がどうなるかは政治次第だろう。だがその根本は教育なんだ」

だから教育はそのときどきの政治に左右されてはならない。政治が教育を支配するのではなく、教育のほうが政治の指針を示すのだ。

「教育のさらに根本は信仰だ。教育の理念が目指す真理は、真善美と正義を追求した先にあるんだからな」

「価値並行論ですね。それら四つの背後には信仰があると」

博子は一つずつ照らし合わせるようにうなずいている。

新渡戸や内村が受け入れられなかった時代が終わり、ようやく真理と平和を求める人間を育成することが許されるようになったのだ。あの偏った国体思想から解放され、これからまさに精神革命、人間革命が始まっていく。

「人は正義に値する条件をクリアしてはじめて、真の平和を得る。最高善に到達するのはそれからだ」

「教育基本法の理念は、憲法の理念。憲法の理念は正しいのですね」

「ああ、その通りだ」

日本は新憲法という形で、正しい理念を選択した。だから南原はもうしばらく教育基本法の出来を手放しで喜んでいたい。

だがアメリカではトルーマン大統領が共産主義と闘うと宣言していた。これはヨーロッパに干渉しないというアメリカの伝統を大きく転換したもので、米国務省は日本との早期講和にも反対を唱え始めていた。

日本が冷戦構造に組み込まれるという新たな脅威が起こりつつあった。対日講和の延期が提言された報告書には、ソ連の影響力を完全に排除するため、日本が民主化した後もアメリカは占領を続けると記されていた。

「こうして南原と歩くのもいつ以来だろうな」

梅雨も終わりに近づいた夕暮れどき、大学から並んで帰る道で森戸が雲を見上げてつぶやいた。参議院で教育勅語と軍人勅諭の失効確認決議案が出されて間もなくのことだった。

「俺たちはこれでどうにか、良い時代に生まれたと言えるのかもしれんな。南原は戦時中、学徒出陣で苦しんだだろうが、俺たちは堕ちていく時代も、真理への上り坂も、両方とも歩くことができているからな」

森戸は教育勅語の失効確認が出てほっとしているようだった。新しい教育が確立されずに新しい日本が作れるかと、議会で力強い演述をした森戸の姿が南原の目には焼きついている。

森戸が新憲法に教育に関する規定を設けるべきだと言ったとき、立法技術的に難しいと応えたのは文相の田中だった。

今にして思えば、あのとき南原たちの教育基本法構想は方向が定まった。憲法に書くことができないなら、憲法に準じる法律を作ればいいと考えたのだ。

「まったく田中は弁が立つよ。〝教育勅語は日本の自然法である〟か。なるほどなあ。〝勅語は完全ではないが、不完全は誤謬ではない〟とは、けだし名言じゃないか」

森戸は田中の口ぶりを真似ながら、癪に障って仕方がないという顔をした。

田中は今回、参議院の文教委員長として教育勅語の失効確認案を発議した。

――勅語とその精神を援用していた諸学校令が廃止され、勅語がもはや法ではなく道徳訓になったことは明らかでありましょう。かと言ってその憲法上の効力を論じるのは、論語や聖書が憲法違反で無効かどうかを論じるのと同じく、意味をなしません。田中も南原も、田中の言葉はいつも明瞭で示唆に富み、目を瞠るばかりに鮮やかだ。

そして森戸も、教育勅語の真の価値はよく分かっている。

「なに、森戸の言った〝真理への上り坂を歩いている〟も悪くはないさ」

だが南原が理想とするカントの永遠平和の世界は日ごとに遠のいている。この春、世界ではベルリン封鎖が起こり、アメリカの陸軍長官は日本を共産主義の防波堤にすべきだと演説した。日本は否応なしに東西冷戦に巻き込まれている。

「そろそろ極東裁判も結審するだろうな」

森戸は穏やかに言ったが、あの戦争を経た大人は皆そのことで落ち着かなかった。

「教育勅語も天皇の戦争責任も一段落するとなれば、次はまた一歩踏み込まなければな。さしあたり、教育の現場でどこまで宗教を認めるかだ」

「ああ。宗教は素通りにはできんからな」

日本では天皇制ファシズムと絡み合って神道が国家宗教のように扱われてきた。だが宗教とは本来、個人の内心から湧いて出るもので、国家が強制するものではない。

「宗教を押しつければ信教の自由を侵害するが、それで社会全体が宗教を軽んじるようになってもいかんだろう」

「難題だなあ。修学旅行で奈良を訪ねても、東大寺にも寄りつけんというのではな」

教育基本法では宗教を尊重すると定めたが、集団で伊勢神宮を参拝するとなると、やはり国家神道との兼ね合いが出てくる。そのあたりの線引きをどうするか、これから問題になってくるかもしれない。

「まったく、宗教も天皇制も厄介なことになったな。偏った右翼の連中こそ、天皇と神道を戦争に利用した責任を取るべきだ」

戦争のせいで、これからも未来へ向かって縺れていく糸は多い。

それでもあっさりと歩いて行く森戸の背を、南原は頼もしい思いで眺めていた。

＊

昭和二十四年十一月、南原は東大の総長に再選され、総長室で津田左右吉を待っていた。全米教育会議に参加するための渡米を翌月に控え、さすがに緊張する日々だった。ドアのそばに新渡戸の愛用した古い外套を掛け、それを見てどうにか心を落ち着かせるようにしていた。

やがてドアが開いて津田が入って来た。もう七十六歳だが、初めて会った十年前と何も変わらず、それどころかさらに品の良い清潔な雰囲気が増していた。

南原は迎えに立って、その手を力強く握りしめた。

「このたびはおめでとうございます、津田先生。私にとってもこれほど嬉しいことはありません」

津田が少年のように顔を赤らめた。戦時中、皇室を冒瀆したとして有罪判決を受けた津田は先ごろ文化勲章を授かっていた。

「これも南原先生のおかげです。私はそもそも、こんな栄誉に釣り合うほど研究を進められたわけではありません。けれども南原先生が東大で講義の機会をくださいましたので」

もとから謙虚で素朴な人柄の津田は、世の中のすべてに恐縮しきりのようだった。文化勲章を授かるのは天皇までがその学究を褒（ほ）めたということで、日本の歴史や皇統に長年取り組んできた津田の姿勢は見事に認められたのだ。

「津田先生が大学を追われなさったときは、正直、途方に暮れました」

「私はあの時代の日本だけ、歴史が途切れている気がしてなりません。なんとも信じられないことばかりが起こったものでした」

津田はドアのそばのコート掛けにそっと目をやり、南原にはこれからも苦労が続きそうだとつぶやいた。

先月、米国務省が対日講和を検討中であることが発表されていた。第二次世界大戦は日本が降伏したことで終結したが、国際法では征服された場合を除き、平和条約が結ばれてはじめて戦争状態は終わったとされる。交戦国の一方が戦争終了の意思表明をすることはあるが、さきの戦争では双方がそれをしていなかった。そのため日本と連合国はまだ戦争中で、正式な終戦とするためには講和条約を結ぶ必要があった。

占領された当初、連合国は日本に厳しい懲罰賠償を課す方針をかかげていたが、マッカーサーが講和を提唱したこともあって、徐々に日本を友好国とする方向に転換してきていた。ヨーロッパ諸国には第一次大戦後にドイツに重い賠償を課したことがナチスを生んだという苦い経験があり、日本とは無賠償にして講和条約で条件を詰めるべきだと考えられたのだ。

折しも世界は東西両陣営に分かれ、西側諸国とだけ講和条約を結ぶものを単独講和、東側諸国も含む全方面と締結するものを全面講和と呼ぶようになっていた。そのどちらを選ぶか、日本では国を二分する論争になっていたが、米国務省の発表から十日の後、吉田首相は、全面講和へ続く途上であるならば単独講和にも応じると答弁した。

「単独講和に踏み出すというのは、やはり南原先生には承服できないでしょうね」

控えめな口ぶりだったが、津田が南原と同じ危惧をいだいているのは明らかだった。

「津田先生。私はこれからの日本は、被爆国として、進んで世界に平和を訴える使命があると考えておるんです。日本は平和を願って戦争を放棄すると憲法で宣言した。しかし一方の陣営に与(くみ)するとなれば、これはまた戦争への道ですよ」

何が諸外国に先駆けてあの憲法を宣言させたかといえば、それは原爆投下という悲惨な事実に他ならなかった。それゆえに日本は、原爆さえも持ち出す戦争というものの恐ろしさを世界に訴えていく義務と権利がある。

「しかし全面講和となると時間がかかることですね」

「ええ。ですが単独講和では永遠平和という真理を目指すことはできません。そこのところを理論的に国民に示すことも、政治学者の責任です」

平和は政治上の最高善だ。だから新しい世界秩序を考え出し、それを哲学に基礎づけることはまさに政治学の課題となる。

そして南原も政治哲学者であるからには、プラトンやアリストテレスのように現実の政治を理想に近づける努力をしなければならない。カントやフィヒテがしたように、世界平和へ至る道を示してこその学問なのだ。

つい雄弁になる南原に、津田は微笑んで耳を傾けてくれていた。どんな対話の相手もしてくれる津田は、六十という歳になった南原にとって師と仰ぐことのできる数少ない先達(せんだつ)の一人だ。

「このところの大学はいっきに騒々しくなりましたからね。南原先生のご心痛を思うと、せっかく戦争も終わったのに、何と申し上げたらいいか」

「ええ。あれは全く如何(いかん)ともしがたいですな」

ドッジ・ラインといわれる経済安定九原則が適用され、日本は統制経済から一挙に市場経済へと移行されていた。国鉄が十万人超の人員整理を敢行するなど、若者が空前の就職難に見舞われるなか、親は仕送りをする余力を持たず、学生にはアルバイト先もなかった。

そんなとき授業料が値上げされることになり、学生自治会の値上げ反対運動を機に、学生闘争がいっきに全国化した。学生たちは単独講和反対、レッドパージ反対と叫んでデモを繰り返すようになっていた。

「とにかく私は、学内でのストといった反対闘争は許さないつもりです」

今の学生には学問の自由が保障されている。だからこそ学生自らが学問の府の秩序を破壊すれば、大学はその使命を果たすことができなくなる。

「学生は学問を積むことが本分だ。批判はそれからですよ」

「そうですね。南原先生はこちらでのイールズ博士の講演を断られました。学生は南原先生に信頼して、任せきればいいんです」

津田の賛辞は南原の胸に沁みた。

昨年、朝鮮半島が南北二国に分かれてから、日本では共産主義の脅威が声高に叫ばれるようになっていた。それにあわせてGHQが民間情報教育局顧問のイールズを招（しょう）聘（へい）し、共産主義の教授を大学から排斥せよと、当の大学を講演して回らせていたのである。

これがレッドパージという共産主義者追放の始まりで、南原は戦前の悪夢がよみがえるような学問の自由への挑戦だと考えてイールズの講演を断った。社会経済の問題を論じるのは、いつの時代も学者の社会的責任なのだ。

「戦時中も南原先生に導かれた人は実に多かったですが、これから先生には日本の代弁者として世界へ出て行ってもらわねばなりません。今の日本に先生がいらしてくださることは、わが民族の奇跡です」

津田はやはり来月のアメリカでの講演を気にかけてくれているようだった。

南原はドアの脇のコート掛けを指さした。

「あの外套は新渡戸先生が着ておられたものなんですよ」

津田が、ああと振り返る。

「高木八尺（やさか）君が形見にもらっていたのを貸してくれましてね。内村先生の研究会の仲間たちも、祈禱会を開いてくれることになっています」

「新渡戸先生に内村先生ですか。それは心強いことだ」

先を見通すような津田の笑みを見ていると、南原は心のさざ波が収まっていくような気がする。敗戦国の代表としてアメリカで演述をするとは、失敗すれば日本民族そのものが軽んじられることになる。

新渡戸の外套があるせいか、南原はどこか学生に戻ったような気分だった。

「津田先生には一つ、私の自慢を聞いてもらってもいいでしょうか」

今、南原が自信を持てるとすれば、人生を懸けて学問をし、誠実に前を向いて歩いてきたということだけかもしれない。

「まだ内務省に勤めていた頃、郡長として富山の射水郡に赴任していたことがありましてね」

当時、あの一帯はしょっちゅう河川が氾濫し、水はけも悪く、地図にない湖までできる有様だった。腐り水でウイルス病が流行し、多くの死者を出していたのである。

南原は辺りをくまなく歩いて排水事業を計画し、河川を改修して水門を造ることを考えた。工事は三筋もの河川の改修という大がかりなものになったが、地域をあげて取り組んで、先年ついにそれが完成した。

「海岸部が大きな干潟になっていたのですが、それを今度は、潟の排水に着手するというのですよ」

これまで事業に携わったのは大半が地元の農家で、農繁期にはあまり工事が進まなかった。そのうえ冬から春にかけては雪におおわれ、秋や梅雨どきには洪水で、せっかく造った堤防もたびたび流された。

だが倦まずに努力し続けて、乾田化は世代を超えて実を結んだ。

「射水はまさに日本の戦後復興の手本になる。私はもう誇らしくてたまらんのですよ」

「地元の人には腰掛けのつもりの高級官僚かどうか、すぐ分かりますからね。南原先生の熱意が伝わったのでしょう」

日本民族の美徳をあらためて教えられたようだと、津田も目を輝かせてくれた。

「南原先生、アメリカでのご講演、陰ながらご成功を祈っています。さながら新しい時代の幕開けを宣言する平和会議ですね」

悠久の流れを連綿とつないできた日本民族の全体から励まされたようだった。津田の持つ揺るぎのないものは、きっと南原の中にもある。

南原は静かに力がみなぎっていくのを感じていた。

十二月九日、南原はワシントンにある米国務省の大講堂で千人を超す聴衆を前に演台に立った。

南原が目を閉じて息を整えると、講堂は水を打ったように静かになった。

「日本は国土の再興と新しい精神の確立を賭け、明治憲法と教育勅語に代わって、日本国憲法と教育基本法を持つに至ったのである。アメリカの教育使節団が与えてくれた助言と力添えには深く感謝する」

巨大な照明の下で、南原の声は力強く響き渡った。

「日本の教育改革こそ、敗戦がもたらした最大の福祉であろう。ここに日本の将来の希望と光明もあるのである」

南原は一つ大きく息を吸った。

ここで今日、南原は世界に向けて日本民族の決意を述べる。南原の後ろには戦争で死んだ数多の若者たちの無念があり、前にあるのは彼らが生きていれば作ったであろう世界だ。

被爆国の日本は戦争の悲惨さを世界に伝え、戦争という手段の廃絶を訴える責務がある。それは戦前の日本が犯した過ちを償う道であり、それと同時に、日本民族が新しく獲得した世界的使命でもある。

「世界は東西の両陣営に分かれているが、日本は厳正な中立を守り、いかなる戦争にも絶対に参加すべきではない。それを憲法で宣言した日本に国際的保障が与えられるよう、切に願うものである」

日本の戦争放棄は世界の協力がなければ成り立たない。その協力を得るためにも、日本が結ぶ講和条約は東西の緊張を強めるものであってはならない。

「民族の自由と精神的独立とは、政治的独立なしに達せられるものではない。すべての連合国が、協同一致して、日本との講和条約の締結を早められることは、我々の切なる希望である」

争いに満ちた十八世紀の世界で、カントは常備軍の廃止を主張した。
そして日本はそれに続いて戦争放棄を宣言した。平和を保つ完全なシステムもない二十世紀の世界へ向かってだ。

「日本民族はもう二度と戦争はしない。だから日本は片方の陣営に与する単独講和をしてはならないのである」

一瞬、大講堂が静まり返った。南原はついにアメリカで、日本民族の代表として全面講和を訴えたのだ。

聴衆たちは南原から目をそらさず、その会議で最も大きな、万雷の拍手で応えてくれた。

ワシントンでの会議を終え、南原は明くる年の一月に帰国した。講演は大きな注目を集めて両国の新聞で一面を飾り、アメリカの著名な教育雑誌では新年号の巻頭に掲載された。

同じ一月に日本では高木や安倍、和辻に矢内原、そこに大内兵衛といったマルクス主義者までが加わって平和問題談話会が結成された。同会は日本の経済的自立が全面講和でなければ達成されないこと、国際連合への加入を目指し、いかなる国に軍事基地を与えることにも反対することを声明とした。

続く三月の東大の卒業式でも南原は全面講和を演述した。単独講和に軍事同盟や基地といった条件まで加えるなら、日本はもはや中立を放棄したことになる。講和条約では米軍が引き続き日本に軍事基地を持つとされているから、世界を再び戦争に追いやる要因になってしまうのだ。

日本は世界平和の使徒として、憲法に宣言した民族の理想に向かって努力しなければならない。学生たちがその理想に向かって進むならば、たとえ生きている間にそこへ行き着くことができなかったとしても、人間としての義務は立派に果たしたと言える。

ところが五月になると新聞に吉田首相の所信が載った。

マッカーサーが共産党員の追放を指令し、レッドパージがいよいよ本格化されているときだった。ただその一方でマッカーサーは、日本が極東のスイスとして中立たるべきだとも述べていたから、吉田はそれを牽制するつもりもあったのだろう。

新聞には〝全面講和は空論、永世中立は意味なし〟という大きな見出しがついていた。

——南原総長こそは国際情勢を知らぬ曲学阿世(きょくがくあせい)の徒であろう。アメリカで叫んだ全面講和は、まさに学者の空論だ。

南原はかつて貴族院でただ一人、自衛の戦力を持たない憲法九条に反対した。その南原が九条堅持と言って全面講和を訴えるのは支離滅裂、世論に迎合して主義を変えた変節漢だというのである。曲学阿世とは権力や時勢にへつらうという意味の、学者を侮蔑する言葉だ。

しかし南原はそもそも貴族院で反対したときから、九条に象徴される憲法の理念は人類のあるべき姿だと考えてきた。国連憲章には「共同の利益の場合を除く外は武力を用いない」と書かれているから、それに信頼して憲法の理念を現実に適合させていくことが日本民族に課せられた新たな使命なのである。そのことからすれば、単独講和が日本自らその理念を放棄することにつながるのは明白だ。

そしてなによりも吉田首相の曲学阿世という言葉には、かつて天皇機関説を攻撃した勢力が美濃部を学匪と呼んだことに通じる危うさがあった。十五年前のあのとき、美濃部が一介の議員にそう攻撃されたことが、後のあらゆる言論封殺のきっかけになったのだ。

自分たちの考えに不都合なら、ヒステリックに学匪とも曲学阿世とも叫ぶ。これは学問ばかりか学者の人格までも踏みにじり、扇動的な言葉で大衆を味方につけようとする卑しさの表れだ。

政治は学問的真理を尊重し、それによって導かれなければならない。その真理を実現するために努力するのが政治家ではないか。

新聞を開いて驚いていた南原のもとへ、森戸と大内が駆け込んで来た。

「あの男爵議員と違って、わが首相はもう少し学問をしていると思っていたがね。よりにもよって曲学阿世とは、あれから日本がどうなっていったか、首相はもう忘れたのか」

烈火のごとく怒っている森戸も、念頭にあるのはやはり天皇機関説の一件だった。あれが当時、瀬戸際で保たれていた日本の言論の自由をいっきに奈落の底へ突き落とし、そこから堰を切ったように国民の権利が奪われていったのだ。

「吉田茂ほどの政治家が、なぜ冷静に理論でもって国民に語らんのだ。いくら言い返せんからといってあんな言葉を持ち出すようでは、それこそ大衆に阿った戦前のろくでなしと変わらんじゃないか」

大内たちは怒濤の勢いで、南原が記者発表の原稿を書くのを手伝ってくれた。

――全面講和を論じた者を曲学阿世の徒と呼ぶのは、権力を用いた学者への弾圧、学問の冒瀆だ。私が国際情勢を知らないと首相は言うが、それこそ官僚的独善だろう。全面講和を理論づけ、その覚悟を国民に迫ることは政治学者の責務である。

南原の声明が新聞に載った翌日、吉田首相は記者会見を開き、アメリカなどとの単独講和はすでに筋道のついたことだと苛立たしげに述べた。今はそれを条約の形に進める段階だというのである。

吉田はマッカーサーの中立論についても、戦略的に価値のある場所では中立条約など一瞬で破られると反論した。スイスが中立を維持できたのは地理的な要因によるもので、ソ連の満州侵攻を見てもそれは明らかだとした。吉田は全面講和も永世中立論も、現実から乖離した、共産党につけ入られるだけの危険な思想だと考えていたのだ。

それでも南原は信念を持っている。カントも言ったように「理論的根拠から理論において妥当することは、また実際においても妥当する」のである。

それにひきかえ単独講和は先にどんな理想も見据えておらず、目の前の現実に対応しているにすぎない。このような姿勢は現実に引きずられて妥協に妥協を重ねていくだけの脆いものだ。

国際秩序というものは、現状で釘づけにして考えるものではない。かつての国際連盟の失敗も、現状維持で平和を考えたからだ。

しかし吉田が南原の論説を再批判することはなく、六月の下旬に朝鮮戦争が始まった。激しい現実の前に、全面講和と非武装中立の可能性は吹き飛ばされた。

そうして七月、マッカーサーは警察予備隊の創設を指令した。

朝鮮戦争はソ連と中国から支持された北朝鮮が、とつぜん北緯三八度線を越えたことから始まった。ふいをつかれた韓国はまたたく間に半島南部へ押しやられ、政庁も釜山(プサン)へ移さざるを得なくなった。

だがアメリカは、ソ連が国連安全保障理事会を欠席していることを利用して国連軍の派遣を決議し、いっきに戦局を逆転させた。日本は戦争特需で経済復興を軌道に乗せ、鉱工業生産はすぐに戦前の水準を突破した。

その一方で吉田首相がレッドパージの方針を鮮明にしたため、学生たちは大学で抗議運動を展開した。

東大でもストを主導した学生たちが退学処分になり、九月の末には決起集会に三千人近くが集まって前期試験をボイコットした。朝鮮半島では十月になって中国人民義勇軍が参戦し、戦争の広がりとともに学生闘争も全国へ波及していった。

それでもまだ学生たちのあいだには、過激な闘争は教授との統一戦線を破壊するという考えがあった。学生たちが待望するのは南原であり、南原も闘争という実際行動を除けば、主張としては学生たちを理解できた。ほんの数年をさかのぼる戦争前、学生たちの背後に軍隊や殺人思想が見え隠れしていた禍々(まがまが)しさにくらべれば、学生闘争にも一定の節度があった。

ただ、真に自由を愛し真理を求めるなら、あらゆる暴力からは背を向けなければならない。大学の秩序を壊してまで叫ぶ民主主義は偽りのものだ。

南原は学生の逸脱した行為には粛々と処分を下しつつ、この現実の中で永遠平和を追求する道を模索し続けた。

憲法で戦争放棄を宣言した以上、日本のとる道は全面講和でしかあり得ない。だが目の前の対岸にすら戦争をする国が存在する今、全方面の国と平和条約を結ぼうとすれば、それだけ日本の独立回復は遅れてしまう。

しかし単独講和の先に世界の永遠平和という真理はない。吉田首相は全面講和につながるから単独講和をするというが、一方の陣営に入ることは世界の対立を助長することでしかない。

朝鮮戦争が膠着（こうちゃく）状態に陥っていた昭和二十六年春、南原は特別な感慨を持って東大の卒業式に臨んだ。南原は今年の十二月に総長を退任するので、これが総長として送り出す最後の卒業生たちになる。

かつてないほど大学が闘争に荒れた年だったが、これはきっと予兆にすぎない。それでも戦前戦中と軍部に対峙（たいじ）し、学生たちを戦場に送り出さねばならなかった南原にしてみれば大した困難ではない。

南原は卒業生たちに向かって、厳しい現実に直面しても全面講和を諦めてはならないと述べた。

「目の前に東西両陣営の戦争がある現状、単独講和はますますもって世界の永遠平和を遠ざける。最終的に全面講和へ至るため、単独講和ではなく終結宣言を行うことが唯一残された道である」

これが全面講和を模索し続けた南原の導き出した新たな解決策だった。正式な終戦とするために、講和条約を結ぶのではなく、交戦国の一方として戦争終了の意思表明をするのである。

それから間もなく、南原が総長として最後の新入生を迎えた頃、マッカーサーが突如、解任された。対日政策について本国政府とのあいだに深い溝ができていたと言われ、個人的に面識のあった南原は羽田空港まで見送りに行った。

マッカーサーの乗る特別機が離陸したとき、南原は自分にも大学を去るときが近づいていることを肌で感じた。

九月、吉田首相は全権としてサンフランシスコ会議に臨み、四十八の旧連合国と対日講和条約を締結した。ソ連は調印を拒否し、インドやビルマは講和内容に不服だとして会議に参加しなかった。中国は代表権に折り合いがつかず、また韓国は交戦国ではなかったとして会議自体に招待されなかった。

続けて日米両国は安全保障条約にも調印し、アメリカ軍は駐留軍と名を変えて今後も日本に配備されることになった。

安保条約の前文には、アメリカが日本の自衛のための軍備漸増を期待するとあった。日本は明確に西側諸国の一つとして国連加盟を目指して再軍備を推し進めることになったのだ。

「プラトンやアリストテレスが非現実的に聞こえるのは私も分かっている。神だ真理だと言ったところで現実は堂々と横たわっているんだからな。だがここまで国会がオールマイティーでいいのか」

「その道の学識者の意見を反映する仕組みがないのは心許ないことですね」

博子もはっきりと言った。

「憲法にあれほど書かれていても、政治家の思惑でどうとでも解釈されるんですね」

眉を曇らせている博子に南原は上手く応えることができなかった。

＊

法学部の二十五番教室は七百人あまりが座れる学部最大の教室だった。南原もこれまで幾度となく講義をしてきたが、昭和二十六年のその日は三階にまたがる教室の全てのドアが開き、三千人近い学生が外にまで溢れていた。

音楽部の演奏が終わって南原が入って行くと、割れんばかりの拍手が湧き起こった。

南原は講壇に立ち、学生たちの真剣な眼差しに一つひとつうなずいていった。

総長に再選されたとき新規着工した富山の射水平野の排水事業も、無事に完成したところだった。終戦の年から総長を務めて六年、学問の自由と大学の自治を守り、確立することに専心した日々だった。

「今日は送別会を催してくれてありがとう。こうして全学の学生諸君の名において送られることは、長年、師と呼ばれた者にとってこの上もない幸福だ」

南原はときおり言葉を切って涙をこらえた。痛切に思うのは、戦場へ学生たちを送り出したことをこの先も自らの罪として背負わねばならないということだ。

本来ここにあるはずの、あの顔やこの顔がなかった。ゼミでともに旅をした教え子も、この教室で決まって最前列に座っていた学生も死んでいた。

出陣学徒壮行会の日の学生たちが瞼（まぶた）に浮かぶ。戦争を止められなかった無力な大人を責めようともせず、ただ黙って生きることも学ぶことも諦めた。自らの人生を振り返っても、南原はあのときの学生たちほどの無念を味わったことはない。

今、震える拳を支えているこの演台は、戦争へ向かう学生たちを止めなかった南原の罪をはっきりと刻みつけている。

あんな時代に教壇には立ちたくなかった。だが学生たちはそれでも南原を惜しんでくれている。

南原は瞑目して天井に顔を向けた。

あの狂気の時代が去り、総長として最も苦悩したのは半年前だ。全面講和を叫んで反レッドパージ闘争を繰り広げた学生たちを、南原は退学させた。そして総長でいる間、ついに彼らを大学へ呼び戻すことができなかった。

「ここに退学生たちの友人がいるならば伝えてほしい。大学を去っても、私の家の門はいつでも開いていると」

講義を始める前、南原が教室に入ると学生たちはぴたりと口を閉じてこちらを向いたものだった。

そして今がその最後の静寂のときだ。

「新総長のもとに全学一致して大学を守り、真理の炬火(たいまつ)を燃やし続けよ。さらば、諸君の健闘を望む！」

わっと拍手が起こり、東大初の女子学生たちが大きな花束を贈ってくれた。教室の奥から「蛍の光」が聞こえ、やがてそれは教室中の大合唱になった。

南原は目頭を押さえて最前列に座る矢内原たちに目をやった。教授たちは皆、心からの拍手を送ってくれている。

こうして総長を全うすることができたのも、彼らが南原を支持し、協力を惜しまなかったからだ。彼らの助力のおかげで南原は教壇に立つ者として、これ以上はない形で幕を引くことができる。

南原はこれを矢内原に引き渡すつもりだった。矢内原は沸き立った教室の中で、ひとり静かとも思える拍手を送り、しっかりと南原にうなずいてくれている。講壇を降りた南原のもとへ学生たちが駆け寄ってきた。南原は花束ごともみくちゃにされ、その一人ひとりにありがとうと言うので精一杯だった。

昭和二十六年十二月十四日、南原は任期満了で東大総長の職を辞した。大正十年に助教授として戻ってから三十年の歳月が流れていた。

南原が退官して半年も経たない春、対日講和条約と日米安保条約が発効し、GHQは廃止された。日本は七年ぶりに主権を回復することになったのだ。

だがそれは南原が望んだ全面講和からはほど遠く、日本には米軍が引き続き駐留した。ソ連や中国などとは領土問題も未解決で国交もなく、とくに中国とは賠償についても結論が出ていなかった。

そのことを考えても日本はこれからも全面講和への努力をやめてはならず、平和と民主主義をかかげた憲法にはいよいよ重みが増す。日本が憲法の前文でうたった理念は現実から遠いように見えても、世界がいずれ到達しなければならない究極の理想であることには変わりがない。

八月になると南原は世界政治学会議に出席するため、ヨーロッパへ出発した。会議には世界各国から数百人が集まり、南原は日本唯一の参加者として演述も行った。

会議を終え、かつてカントが暮らした場所を訪ねようとしたが、ソ連領だったため叶わなかった。これが単独講和をした現実の一つなのだ。

それでも留学時代を過ごした西ドイツでハイデガーに会うことができた。

——私はもう、哲学のみに没頭しているのですよ。

南原と同年の大哲学者は言葉少なにそう語った。

戦争中、ハイデガーはフライブルク大学の総長としてナチスの原理を積極的に擁護した。そのときは南原も、決して彼のような過ちは犯すまいと思ったものだ。

だがハイデガーは直後に自身の誤りに気づき、以来ずっと沈黙を守ってきた。老哲学者が今もフライブルクに留まっているのは、自らの罪を直視する勇敢さの表れだろう。

そのあと南原はスイスに入り、ヤスパースの屋敷を訪ねた。

ヤスパースは実存主義の創唱者の一人で、ハイデガーの長年の友人であり論敵だった。ナチスに追われてハイデルベルク大学の教授を辞し、終戦後に復帰が叶ったのだ。

——ナチに迎合しなかったと英雄視しないでください。私は反ナチとして何一つ勇敢な振る舞いはできませんでした。

穏やかな、風格のただよう美しいドイツ語だった。

ナチスがドイツに残した爪痕はあまりにも深く、傷ついたのは二人の老哲学者ばかりではなかった。日本でも沈黙さえ消極的抵抗とみなされる時代があったが、南原もまた出陣学徒を腕ずくで止めることのできなかった一人だ。

思いの尽きないドイツやイギリスを回り、最後に南原はインドに立ち寄った。五年前にパキスタンと分かれてイギリスから独立し、そのイギリスに留学経験のあった弁護士のネルーが初代首相に就いていた。

ネルーはガンジーとともにインドの独立運動に半生をささげ、独立前は十年近くも獄中にあった。それが今では首相兼外相として世界から注目を浴び、いかなる軍事同盟にもブロックにも属さず、外国軍の駐留も基地も認めないという非同盟主義を提唱している。

インドは対日講和条約が調印されるとき、アメリカが日本に基地を持ち続けることに反対して会議に参加しなかった。ネルーの非同盟主義は積極的中立主義とも呼ばれ、軍事同盟と名のつくものには背を向け、紛争拡大を阻止しようとしていた。

東西両陣営に参加せず平和の維持に努めるこうした国々は第三世界と称されている。共産主義とも資本主義とも異なる混合した社会民主主義をとることが多く、ネルーも公共による計画経済を推し進め、五年がかりの経済開発にとりかかっていた。

南原はそのネルーと語り合った。ネルーがインドを率いて世界へ踏み出した一歩は、まさしく真理への道だった。

「あなたが第三世界という道を示されたことに心からの敬意を表します。日本国民もまた政治的な独立と自由を欲し、それとともにアジア諸民族の自由と独立を望んでいるのです」

日本は東亜を制覇しようとしてかえって没落したが、それによってアジアの諸民族は長年望み続けた独立と勝利を獲得することができた。その歴史の意味を、日本国民は心にとどめなければならない。

ネルーは注意深く南原の言葉を聞いていた。そして民衆を魅了してやまないという笑みを浮かべて南原の手を握りしめた。

「日本からアメリカの軍隊と基地がなくなることを切に祈っています」

「ありがとうございます。日本を真に民主化し、平和な文化国家にするためには、まず私たち一人ひとりが自立と尊厳を自覚しなければならない。新しい人間性の理念、すなわち人間革命が必要だと考えています」

ネルーは目を閉じてうなずき、さらに手に力をこめた。

南原とネルーはともに六十三歳だった。インドはこれからイギリスの被支配という過去を断ち切らねばならず、日本は戦争という過ちを見据えつつ国際復帰を果たさなければならない。互いの国がどの道を行けば真理へ辿り着くのか、二人の国はまだ生まれたばかりなのだ。

南原が地球を半周する長い旅から戻って間もなく、日本の警察予備隊は保安隊と改称された。七万五千人の人員はほぼ五割増となり、大半が元軍属という海上警備隊も発足していた。

富山での講演を終えて戻ると、博子は玄関でぱっと明るい顔になった。

「良かった。今回はあまりお疲れではないようですね」

この一年、南原は地方での講演を続け、東京を留守にすることが多かった。大学にいる間はとてものこと忙しくてできなかったので退官してから受けるようになったのだが、なかでも高校での演述は同年代のときに自分が新渡戸たちから豊かな教養を与えられたという自負があり、準備に時間がかかった。

「射水の辺りは見違えるようだった。泥濘(ぬかるみ)なぞ一つもないんだ。どこも豊かな平野でなあ、あんな嬉しいことはなかったよ」

南原はコートを脱ぐのも忘れて上がり框(がまち)に座り込んだ。心地よい疲れで瞼が重くなってきた。

今回訪れた射水郡の小杉(こすぎ)高校は、南原が郡長として赴任したとき、企画することから始めて設立した学校だった。

人は自らの生まれた国の運命を引き受けなければならないというのが南原の信念の一つだが、それを射水に当てはめれば、あの土地を干拓するのは、そこに生まれた人々がなすべきことだった。とはいえ干潟は広大だから、農地に変えるには幾世代もかかる。なにより志のある次の世代がなければ不可能なのだ。

そのために南原は世界の課題について知識も教養も得られる、都会と比べても遜色のない学校を作ろうとした。

そうして射水の灌漑事業とともに創立三十周年を迎えた当の学校を訪ねてみると、新学制とも相まって、まるで大学のような高校に変貌を遂げていた。

もちろんあの戦争と、そして小杉高校の場合は郡制の廃止という試練もあった。

「日本は刻々と生まれ変わっているんだな。どうだ博子、秋の香川は一緒に行こうか」

「三本松高校の講演ですか？　たしか創立五十周年でしたね」

こちらは南原の卒業した大川中学が新学制で誕生した高校だ。

「もう鉄道は通ったんですね」

「鉄道？」

「村に線路が敷かれることになって、杭が立ったのを皆で見に行かれたんでしょう？

それきり、いつまでたっても鉄道は来なかったとおっしゃっていましたけれど」

「ああ、そうだったなあ」

幼い頃の村の風景が浮かんできた。今は海岸沿いに立派な鉄道があるが、実現にはずいぶん時間がかかったものだ。

日露戦争が終わった戦勝祝いのとき、幼い南原は日の丸を持って、村の神社まで提灯行列をした。地元の部隊が活躍したのが誇らしくて、駆け出したいほどの嬉しさだった。

「あの頃は世界がここまで来るとは思いもしなかったな」

南原は靴を脱いで立ち上がると、ネクタイをゆるめながら居間へ入った。

結局、南原のように学問をやってきた人間にはある種の楽観主義があるのかもしれない。たとえ目の前の現実がどうであれ、真理は時と条件が揃えば必ずいつかは妥当する。そう勝手に確信して、どっしりと構えて待ってしまうのだ。

実際のところ南原のかかげた全面講和論は現状肯定派に敗北したのだが、最近の南原には妙に未来への信頼がある。

「勝ち負けではありませんもの。外交面では現実的でなかったとしても、突きつめれば、人間として正しいかどうかですから」

博子は明るく微笑んでいる。現実を正していくのは理想であって、現実ではない。

「これからはいよいよ哲学が政治を主導しなければならない時代ですよ」

博子には迷いがなかった。

南原はそれからも講演で各地へ出かけた。戦時中に東大の図書を疎開させてくれた長野では感謝を伝え、冬にはついに香川の三本松高校で演述を行った。

南原にとって故郷はどうにも特別で、同郷というだけで一人残らずひいきにできた。学生のとき細々と旅費をためて休みに戻った幸せは今も忘れられない。船が港に近づいて故郷の山が目に入ると、きまって涙をすすり上げていたものだ。

そして故郷はいつも南原を大きな感動で満たしてくれた。母校の立派な講堂に大勢が集まっているのを見たとき、南原はこれまでの自分のすべてが何か大きなものに赦（ゆる）されたような気がした。

六十四歳になった南原が母校の後輩たちに望むのは、大学に入って学者になることでも、著名な政治家や実業家になることでもない。故郷を出ようと出まいと一人の人間として真理を愛し、自由を尊び、いついかなるときもそれに味方する人格へと成長することだ。それぞれの地方がそんな人々で満ちれば、そのときこそ日本は真に平和で文化的な国になる。

あの戦争と敗北が日本にもたらした疵（きず）は、世代を懸け世紀を懸けても消し去ることは難しいだろう。だがその中で戦争がもし一つだけ善を与えたとすれば、それは日本民族が真理と自由の尊さを知ったことだ。

真理と自由こそ、国家がその存在を賭けても守らなければならない理想だ。そしてそれらが真に民族のものになるかどうかは、これからの教育にかかっている。

そのことだけは南原は伝え続けるつもりだ。

「あなたはようやく二足のわらじを脱いで、教育者として歩かれるときが来たんですね」

故郷の道を並んで歩いているとき、博子は心から誇らしそうだった。

教育とは人が人にぶつかっていくものだ。これからの後半生、南原は自分が与えられたものを次の世代へ返す生き方をしようと思っていた。

昭和二十九年三月、静岡の焼津港に一隻のマグロ漁船が帰り着いた。甲板は太平洋の波風でも落ちなかった煤けた粉で覆われ、船員たちは皆、原因不明の体調不良を訴えていた。マーシャル諸島で操業中にアメリカの水爆実験に遭遇した第五福龍丸だった。

日本は広島と長崎の原爆投下に続き、三度目の被爆をしたのだった。焼津市議会はすぐに原子兵器禁止の決議を行い、衆参両議院でも同様の決議が下された。広島では婦人たちが先頭に立って市民大会を開き、東京でも女性たちが署名運動を始めた。

八月六日に広島で原水爆禁止大会が開かれると決まったとき、南原は書斎で論文の草稿を書いていた。『世界』の新年号、巻頭を飾る予定のものだった。

梅雨明けが近づき、中落合では辺りの緑が濃くなっていた。今年もまた、九年前の終戦を思い出す季節がやって来る。陰鬱な冷たい雨の日が学徒出陣の壮行会を思わせるとすれば、夏というのは南原が永久に忘れることのできない、ふたたび還らなかった学生たちを間近に感じるときだ。

一高在学中に南原の論文を熱心に読み、戦地から手紙をくれた医学部の堀田浩平もそんな戻らなかった教え子の一人だ。軍医として郷里の広島に赴任したことは聞いていたが、その後の消息を伝えてくれたのは戦後、同じく軍医として江田島で救護活動をしたのち大学に戻った同級生だった。

堀田とは原爆投下後の爆心地で偶然に会ったそうで、焼け焦げた軍服を着て懸命に負傷者の手当をしていたという。

堀田は左腕にひどい熱傷を受け、上腕部は肉がそげて骨まで露出していた。満足な薬もないなか、堀田は黙々と負傷者の皮膚に食用油を塗っていた。

――軍医殿、痛くはありませんか。

患者が苦しげな息の下から尋ねたが、堀田は小さく首を振って治療の手を休めなかった。ひとたび口に出せば際限がなくなることは本人が一番よく分かっていたのだろう。

平時に病院にいれば意識もなく眠っていたに違いない重傷だった。万全の治療を受けても助かったかは分からず、どれほどの痛みだったかを思えば、よく人の世話などできたものだと同級生は泣いて話していた。そして明くる日に同じところへ行くと、もう姿はなかったという。

あのとき広島と長崎では、東大からだけで二十人を超す医師が犠牲になっている。当時はまだ新型爆弾としか伝えられなかった攻撃を、たぶん堀田たちは核兵器と見抜いていたのではないだろうか。だから爆心地へ入ることがどれほど危険かを知りながら、それでも目の前の人を助けようとした。

堀田の最期を聞かせてくれた同級生もそれから間もなく亡くなった。戦時中は医学部でも講義が短縮され、学業半ばの者が多かったから、彼もようやく希望をもって大学へ還った矢先だったのだ。

南原は目頭を押さえ、机の上の六法全書と国連憲章の写しを開いた。一昨年の初冬、人類は水爆を持った。これからの人類は、そんな兵器を用いれば世界がどうなるか、しっかりと想像をめぐらせてから行動しなければならない。

水爆まで開発された世界ではもはや戦争をすることはできない。

どんな大国にとっても戦争という究極の手段がないとなれば、あとは国際連合のような政治秩序を急いで完成させる他はない。各国の兵力を警察力という形態で捉え直すのである。

このことは歴史がついに世界的秩序を建設すべき方向へ踏み出したと言うこともできる。そして人類が人類を滅ぼしうる兵器を持った以上、必然的に日本の憲法九条には新しい意味も生まれる。

日本民族が考えるべきは、何のための敗戦と苦悩だったかということだ。日本が凄惨な戦争を引き起こし、自国を含むアジアに壊滅的な被害をもたらしたのは紛れもない事実だ。だがその中から日本民族は、祖国を再建するために戦争放棄という決意を世界へまっさきに宣言したのである。

日本が憲法に記した平和国家の理想こそ国家百年の使命だ。憲法は世界情勢が変わったからといって書き換えるにはあまりにも根源的なものだ。

あの戦争と敗戦をくぐり抜けた日本は、憲法の理念をなにがあろうと貫き通さなければならない。歴史を振り返れば国民主権も基本的人権も、欧米が悲惨な革命を通して勝ち得た宝なのだ。

今や日本国憲法は敗戦がもたらした唯一の代償といってもいい。日本は戦争に敗れたが、理想はときに最大の苦難を通してしか得られない。誤った軍国主義に席巻された近代日本は、世界で生き残るために自らを清算しなければならなかった。そして日本はあの戦争での尊い犠牲を通して、それをしたのである。

　そのとき書斎の扉をノックして悦子が入って来た。

「お父様、教え子さんがおみえです。たしか、お正月にいらした方たちですよ」

　南原はペンを置いて立ち上がった。総長を退官してから中落合の家には学生たちがたびたび訪れるようになっていた。

　応接間で待っていたのは全学連ストで南原が退学させた安東仁兵衛と斎藤浩二だった。

「総長の取りなしで無事に卒業できました。今日はそのお礼を言いに参りました」

　まず斎藤が立って深々と頭を下げた。斎藤はこの六月、最後の旧制東大生として卒業を果たしていた。

　ちょうど茶を持って入って来た悦子にも二人は丁寧に挨拶をした。

「悦子さん、総長は本当に頼もしかったのですよ。〝諸君、静まりたまえ。大学の意志を代表するのはこの私だ。敵に不要な口実を与えてはならない〟」

　安東は演台の南原でも真似たつもりか、うっとりと天井を見上げて目を閉じた。もちろん南原はそんなことは口にしていない。

「総長はご家庭では自衛隊法について何とおっしゃっていますか」

　相変わらず大学紛争が激しいことに遠慮があるとみえて、斎藤は遠回しに悦子に尋ねた。先ごろ保安隊と警備隊が改編されて自衛隊となり、同時にその管理にあたる防衛庁が新設されていた。

「さあどうでしょう。兄たちとはよく話しているようですが」

悦子はちらりと南原に目をやった。南原の長男、実は東大の独文科を出て大学院に通い、次男の晃は法学部に在学中だ。

「では平和五原則についてはどうです」

インドのネルーが中国の周恩来とともに、互いの主権や内政の不干渉、領土不可侵などを宣言したものだ。

「はい。たいそうすばらしいと繰り返しています」

「悦子さん、僕らはたしかに退学処分の反対闘争はしたが、総長には恨みのかけらもありません。だから安心してください。あんなことをすれば退学になるのは最初から分かっていたからね」

悦子はくすりと笑って早々に退散した。学生運動の旗手に論争を吹っかけられてはたまらないと思ったのだろう。

「しかし総長ほど僕らの主張を聞いてくれた先生はいませんでした。むろん毎回、論すように論駁されたんだが」

「当たり前だ。たしかに共産主義は歴史必然の産物だがね。私もその意義は否定せんが、同じことは資本主義についても言えるだろう？」

南原が応じると、二人は恥ずかしそうに顔を見合わせた。

「歴史上、異なるイデオロギーはこれまでもずっと共存してきたんだ。共産主義だけをその完成者だと考えるのはいかんことだ」

安東がにやりとした。

「総長はやはり今もサンフランシスコ条約を念頭に置いておられるんですね」

「ああ、そうだ。だがこれからは君らの時代だ。いつかは全面講和だぞ」

二人はまっすぐな目でうなずいた。

日本はふたたび戦争を起こさないようにどこまでも努力し続けなければならない。その日本に味方するのは歴史の真理と、今、南原の目の前にいる日本の若者たちだ。

＊

雲に手が届くような空が広がり、荒涼とした道が地平線に向かって伸びていた。南原は日本の学術視察団の一員としてソ連に招かれ、モスクワに滞在したあと、北東の小さな町に向かっていた。車中で一昼夜を過ごし、ツェーレンツー収容所に着いたのは夕暮れも迫るときだった。

その収容所にはもう十年ものあいだ抑留されている旧日本兵たちがいた。南原は彼らに日本の現状を伝えるため、中国へ向かう視察団の一行と分かれてやって来た。

いわゆるシベリア抑留では昭和二十五年の春までに大半が帰国していたが、ソ連や中国とは国交がなかったため、残る抑留者の引揚げは進んでいなかった。収容所の中には北極圏で鉱山労働に従事させられた過酷な例もあり、すでに抑留者の一割が命を落としていた。

しかしようやくイギリスで日ソ交渉が開始され、彼らの帰国が現実味を帯びてきた。南原はそのことだけでも伝えたいと思っていた。

「先生の『国家と宗教』を持っている者がおりました。何冊にも分けて、皆で回し読みをしているんです」

壮年の元関東軍司令官は、そう言って南原の来訪を喜んでくれた。日本がいち早く高度成長期を迎えているなか、彼らは今も母国が民族として犯した過ちをその人生で償ってくれている。

――県民ニ対シ、後世特別ノ御高配ヲ賜ランコトヲ。

沖縄でそう打電して自決した海軍司令官の言葉が、道中で何度も南原の胸によみがえってきた。一部を切り捨てるようにして進む戦後復興とは何なのだろう。抑留者はまだ海外に取り残され、米軍の沖縄占領は続いている。

ほんの数時間の面会だったが、南原は彼らの故郷への手紙を預かり、ふたたび一昼夜を費やして視察団に追いついた。

中国でも考えなければならないのは日本が犯した過ちだった。中国の主権を踏みにじり、満州国などを建てて多くの命と尊厳を奪い去ったことは日本が目をそらしてはならない真実だ。

あのとき大人だった以上、南原は戦争に加担しなかったと言い逃れはできない。一つひとつの事象に、これはやった、あれは違うと反論することもできない。日本には民族として戦争から応分の報いを受けた側面も、償い以上のものを被った面もある。だがそのすべてを、誤った天皇制ファシズムの結果として受け入れざるを得ないのだ。

会談した周恩来首相は南原たちの意を十分に汲んでいた。周は大正時代に日本に留学した知日派で、さきの戦争は少数の帝国主義者が企てたことで、多くの民衆に罪はないと深くうなずいてくれた。

「両国の二千年という交流の歴史からみれば、ほんの六十年の抗争にすぎないことですから」

その六十年にどれほどの悲劇があったか、周も南原も自覚している。だが日本と中国はこのままその六十年を引きずって生きるのか、それとももう一度手を携えあい、真理への道を歩き出すのか。

日本の将来にとって中国ほど大切な国はない。日本と中国が真に提携できればアジアは平和を保ち、それが世界秩序の一つともなることができる。

――私はあの時代の日本だけ、歴史が途切れている気がしてなりません。

中国での南原を支えていたのは津田の言葉だった。

日本と中国、そしてソ連の国交が回復するにはあと何年かかるのだろう。南原の感触ではソ連とは近いと思う。だが日本はすでに戦後すぐに台湾とのあいだに国交を結んでいるから、中国との国交回復は難しいのではないか。

日本と中国が国交を回復するのにこれからさらに十七年もの歳月がかかるとは、さすがにまだそのときは誰も思っていなかった。日中共同声明が周恩来と田中角栄首相によって出されるのは昭和四十七年九月、南原が八十三歳のときである。

南原は久しぶりに安田講堂の総長室に矢内原を訪ねていた。十月にソ連とは国交が回復し、年内に抑留者の引揚げも完了する見込みだった。そして先般ついに日本は国連加盟を認められ、国際社会での日本の戦後復興は確実に前進していると言ってよかった。

戦争が終わって一区切りの十年も経ち、誤った戦争へ教え子たちを送り出さなければならなかったことを思えば、今の南原の不安など一笑に付されてしまうだろう。だが戦争を歯を食いしばって歩いた自分、早くに旅立った友、そして理不尽な死に追いやられた学生たち、その皆の思いの分だけ、今は今でまた責任の重い困難に直面しているのはたしかだった。

矢内原は南原の次に東大総長になってもう五年だが、互いにこの一年は多分もっとも頻繁に会っていた。このところ文教政策の改変の気配が強く、教育基本法を揺るがしかねない風潮が広がって、南原たちは声明を出したり公聴会で演述をしたりと、にわかに忙しい日々を送る羽目になっていた。南原たちは改変に反対したのだが、すでに教育委員会法は今年、改正されてしまった。

「私はいまだに南原先生がそちらに座っておられると落ち着きません」

矢内原が微笑んでソファのほうへやって来た。そういえば南原が訪れるとき、矢内原はたいてい奥の椅子には座っていない。

「とんでもないね、矢内原総長。どうだね、少し早く出られそうなら、まとめて墓参りにでも行っておこうか。今年も最後になるかもしれん」

多磨（たま）霊園には新渡戸や内村、三谷の墓があり、南原たちはたまに揃って墓参をしていた。戦後間もなく亡くなった美濃部もそこで眠っている。

矢内原は手際よく帰る支度をして、二人で総長室を出た。

昭和二十六年の暮れに占領下に制定された法令の見直しが提言されてから、教育関連法の改正が相次いでいた。六・三・三・四制や義務教育については実際に始動して不備があれば改正してもらうつもりだったからかまわないが、南原たちが危惧しているのは不変たるべき教育基本法の精神、それが改正の最終目標ではないかということだった。

先ごろ改正された教育委員会法は、その委員を自治体の首長による任命制に改めていた。教育委員会は国民の意見を反映させるために公選制にしてあったので矢内原たちは十大学の学長名で反対の声明を出したのだが、法案は結局、可決された。あのときは国会に五百人もの警官が動員され、一種異様な審議だった。南原たちは教育の制度や方針がときの政治で左右されるのを見せつけられた気がした。

道徳教育をめぐって「社会科」をどう扱うか。「国家道徳」や「愛国精神」を強調することは、憲法や教育基本法でうたった新しい理念にどんな影響を及ぼすか。まさにこれから教育について考えなければならない課題は多いが、かつての天皇中心主義を前面に押し立てることでは真の愛国心は作られない。

日本民族は人間天皇と南原たち国民一人ひとりの自覚によって人間性を回復し、それぞれの仕事を通して文化共同体を形成していかなければならない。そのための教育基本法であり、教育関連法だ。

「教育に携わる人たちは、教育基本法の理念をもっと信頼してくれて大丈夫なんだがね」

「まったくです。錚々たるメンバーが議論を尽くして定めたんですから」

任命制への変更は、一見、単なる手続き上の問題に思えるが、実は戦後教育の根本精神に大きく関わっている。あれは戦前のような教育の中央集権、官僚による統制の第一歩ともなりかねない。

「こう言っては何ですが、国会がいくら国民の代表だといっても、素人には掬い取れない論点というのがありますからね。やはりその道の専門家から一致した反対意見が出たときは、それに信頼して任せるという姿勢が必要ではないでしょうか」

最高学府の長であるだけに矢内原の責任は重い。

この国に生まれて教育と無縁な人間など一人もないが、多少の経験なり知識なりがあるというのと、生涯その道で研究研鑽を積んできた専門家とでは考慮している項目数があまりにも違う。国会が国民の代表だからといって専門家の意見が無視されては、真に国のためにはならない。

まさか一足飛びに戦前のような時代に戻るとは思わないが、二人には共通して漠然とした恐れのようなものがあった。世の中は、政治は、大半の国民が気づきもしないところで少しずつ、自らの望む方向へ国民を誘導しているのではないだろうか。

いくつかの教育関連法で守られた「教育」という城があるとすれば、かなめの本丸は教育基本法だ。そして「教育」の城は「憲法」の城とともに、国民の最強の守りである。

「大勢の警官が参議院で睨みをきかせるなかで法案が通ったというのは、なんとも禍々しかったですね」

「うん。これからも、ああいうことはあるのかもしれんね。少なくとも次はそう驚かんようになる。慣れさせるのも布石の一つだろうな」

南原も矢内原も、戦前の議会が一握りの大きな声に牛耳られていくのを同時代で見てきている。議会政治は本来的に多数派が支配する仕組みだが、未熟な議会政治では少数派の声はかき消されてしまう。

「学者が説得的にものを言う術を学ばねばならん時代が来るのかもしれんね」

「それは、政治家のように、ということですか」

学者は言い負かされはしないが、国民に力強く訴え、理解される力となるとやはり政治家には劣る。

「ジャーナリズムがどう伝えるかにもよるでしょうね」

「ああ。それが狂えば最後だな」

南原は戦前、つとめてジャーナリズムと関わらないようにしてきたが、正しい少数派の声を伝えることこそ、これからのジャーナリズムに必須のことだと思うようになった。

話せば分かるという国民、冷静に聞く耳を持つ大人、巧みな言葉の後ろに隠された嘘を見抜く力、これらはどれも教育にかかっていると言ってもいい。そして戦前と戦中のことを思うと、すべてはジャーナリズムと政治の煽り方ひとつだという気もする。

「政治家というのは日本をどんな国にしたいのでしょう」

「もう一度、戦争に突き進んでいった強い国でも作るかね」

「とにかく再軍備について考えるのは、国民全体が真理を見据えられるようになってからですよ」

矢内原も南原もあえて政治家の名は出さなかったが、先日、自民党が初の総裁選を実施し、石橋湛山が瀬戸際で岸信介を破って組閣したばかりだった。

石橋はかつて蔵相時代、戦後経済を立て直すために南原たちの教育施策にことごとく待ったをかけたが、もともとは大正デモクラシー期に活躍したジャーナリストだ。戦前には経済理論をもって日本の帝国主義を批判したし、侵略戦争にも確固たる反対路線を貫いていた。

その一方で、岸は戦時下の東条内閣で商工大臣を務めていた元A級戦犯だ。結局は不起訴になったが、長く満州の開発に携わり、東条に寄り添うようにして日中戦争を遂行してきた豪腕の政治家である。

「とりあえずは石橋内閣がどんな道筋を引くかにかかっているんだろうな」

還暦の岸と、その一回り上の石橋である。ドイツでナチス幹部の激しい追及が続けられていることなど、日本では対岸の火事とさえも思われていないようだった。

南原は学生の頃、いつもたくさんの本を下げて歩いていた。とくに夏、坂道にさしかかったようなときはいっきに汗が噴き出して閉口したが、そこに終戦の年からは、胸苦しさとともに新たな空想まで加わるようになった。

広島と長崎に原爆が投下されたとき、敵機は雲と風のない晴れた日を選んだから、空は誰もが飛来する機影をふと見上げてしまうほど澄んで美しかった。

そのあとの地獄は南原には想像することしかできないが、なぜせめて敗戦のときが半年早く、なぜ灼熱地獄が明くる日からは寒さで和らぐ真冬に原爆は使われなかったのだろう。

だがあの日広島と長崎にいた人々の苦しみは、たとえ厳冬の寒さがあろうとほんのわずかも和らがなかったのに違いない。それなら、せめて後世の人があの惨禍をそれでわずかでも思い起こせるように、あの日は真夏のなかの真夏よりも暑く、空は地上の地獄が際立つように美しいほうがいいのかもしれない。

――安らかに眠って下さい　過ちは繰返しませぬから

昭和三十二年八月十二日の朝、南原は広島でその碑に手を合わせ、元安川(もとやすがわ)と太田川(おおたがわ)をゆっくりと渡った。この地で原水爆禁止世界大会が開催されることになり、演説をするために広島に招かれたのだった。

この碑に刻まれた言葉に今、激しい論争があることを人々はいったい何年先まで覚えているだろう。それとも何年先までも、この言葉には争いがあるのだろうか。

この碑文を初めて知ったとき、南原はただ憐れで弱い無名の人々の声のように思えて、原爆への憤りを表しきれていないのではないかと疑問を持った。そしてすぐに同じ疑いを持つ人が大勢いることを知った。

あんな酷(むご)い爆弾を落としたのはアメリカではないか。過ちは繰り返さない？　アメリカがそうとでも言ったのか――

だが南原はすぐ、ほんの一瞬でもその言葉を疑った自分を恥じた。

あの戦争になんの責任もなかった人々が死んだのだ。人が死に、自らは生きている、そこにどんな必然もないならば、今生きている南原たちはそのことを申し訳ないと思わずにはいられないではないか。ならば二度と戦争など起こさないと、去って行った人々の背に誓うしかないではないか。

あの不幸な戦争で命を落とした人々は、南原より先に坂道を上って行った。その坂は真理に輝き、まだ途上の南原には光に吸い込まれていく人々の後ろ姿しか見ることができない。

もう二度と戦争は起こさない。二度と原爆は使わない。それはこの地上に残された人類全員の決意でなければならない。

あの日、爆心地ではいくつもの学校で学徒動員の生徒たちが作業をしていた。もっと幼い子らは大人たちが戦争をしていることも知らず、貧しい暮らしの中で無邪気に駆け回っていたのだろう。その子らのかわりに南原が生きているのは、南原が讃岐（さぬき）にいた幼い日々に原爆が落ちなかったという偶然にすぎない。

演述の登壇を待つあいだ、炎のような太陽が頭上から照りつけていた。息が上がり手足が痺（しび）れ、六十七の南原の体には正直きつい。だが辺りの厳粛な空気が頭を冴え返らせている。

一つの国、民族の中でさえイデオロギーの対立があることを思えば、歴史も諸条件も異なる国と国に相違があるのはこれから先も仕方のないことだ。だがたとえば民主主義と共産主義のあいだには、人が考えるほど本質的な違いはない。原水爆のような人類を滅ぼしかねない兵器を持ってしまった以上、人間はイデオロギーも宗教的信条の差異も乗り越えて共存の道を探るほかはないのだ。

やがて南原の名が呼ばれた。

南原は静かに立ち上がった。原水爆を禁止するために、人類は熱意と勇気を失わずに進んで行かねばならない。そのことをしっかりと演述しようと思っていた。

昭和三十二年もあとひと月余りになっていた。南原は十一月から講演旅行に出て、最後の仕上げに故郷の香川へ入ることになった。

振り返ると忙しい年だった。五月に『文化と国家』を、十月には『現代の政治と思想』を出版し、その間、教育と原爆について二度の大きな講演を行った。講演は論文を書くのと同じことなので時間がかかり、それ以外にもさまざまな先から意見を求められてほとんど休息できる日がなかった。

そうは言っても、これまでと比べて際だって忙しかったわけではない。故郷が近づいて来たとき、南原はどうにも体の疲れが抜けない気がして、やはり年を取ったのだろうなとぼんやり考えていた。

今年は二月に石橋首相が体調不良から医師の進言を容れて辞職していた。石橋とは五つ違いなので、南原もその話が伝わったときは年齢に向き合うということを考えたが、その後を引き取って組閣したのが岸だったから、南原も静かに本を読んではかりはいられなかった。岸は組閣半年で憲法調査会を設置し、以来、改憲の動きが目に見えて活発になったのである。

もともと改憲が叫ばれだしたのは朝鮮戦争がきっかけだったといえるだろう。その頃から矢内原たちは憲法問題研究会を立ち上げる準備に入り、法学ばかりではなく諸分野の知識人を結集するつもりで取り組んできた。発起人には矢内原のほか、大内や我妻、宮沢俊義、湯川秀樹らが名を連ねるまでにこぎ着けた。

むろん南原も、高木や丸山、務台らとともに会員になるつもりだった。政府の憲法調査会が調査とは名ばかりの改憲ありきのものであることを懸念して、とにかく憲法の理念を広く国民に知ってもらうことから始めるつもりだった。

やはり教育、わけても南原は講演をこなして憲法の理念を伝えていくことが改憲の阻止につながると考えていた。そのため今回は各地からの講演依頼をまとめて、岡山から香川、徳島と強行軍で回ることにしたのである。

まず本州での講演をすませ、車や連絡船での移動にも時間がかかって、高松から大川郡へ入ったのは十二月の九日だった。大川郡は南原が中学まで過ごした故郷で、出身の大川中学は戦後の教育新制にあわせて三本松高校と改称されている。

南原の故郷への愛着は自他ともに認めるところで、人が生まれた土地の運命を引き受けるべきだという南原の考え方は、理屈というよりは持って生まれた信念として形成されてきた。ところが南原自身は東京へ出ることになり、いわば信念に反するような生き方をすることになった。そうなれば外から故郷を応援するしかないので、これがますます強烈な故郷愛になっていた。

その日、南原は母校で講演する前に中学時代の恩師、福家幾太郎の見舞いに行った。そのあと母校で講演し、夜はそのまま同窓会だった。そして翌日、故郷の旧友や親戚たちを訪ね、夜に高松に戻ると福家の逝去の知らせが待っていた。

予期しなかったわけではないが、あまりにも運命的に恩師と再会し、別れたのだった。

――先生は私を待っていてくださったんだろうかな、博子。

十年前、東大総長のときに南原は故郷へ講演に来て福家と会った。そのときの南原の福家への振る舞いを見た当時の校長が教育者として生きる決意をいよいよ強めたと言ってくれたそうで、福家がとても喜んでくれた。昨日のことのように思い出されたのは、そのときの師の笑顔だった。

宿に帰って夜遅くまで弔辞を書いていると、傍らに母のきくが座っているような錯覚をおぼえた。いつか地元の学校で教鞭を執ってほしいと願っていた母は、きっと南原に福家のような教師になってほしかったのだろう。

南原は書き終えた弔辞に封をし、そっと手を合わせた。

その明くる日はまた講演で、夜には知事らとの会食があった。

翌十二月十二日、南原は早朝に高松を出て、母校の相生小学校へ入った。さすがに疲れが背中からのしかかるようで、運動場で生徒たちに短い話をするとき、わずか数段の朝礼台を上るのがとてつもなく大仕事に思えた。

それでもこの旅は南原にかけがえのない多くのことを思い出させてくれた。故郷のこと、母のこと、学問を積み、いつか国のためになろうと決意したときのこと。

南原は自分では忘れていたが、九歳のとき「我ガ望」と題して人生の覚悟を書いていた。

学を修め、教育の法を進歩せしめ、それによって国益を広めること――

南原は懸命に学んできた。生涯の大半は学者として生きることに費やしたかもしれないが、少なくともあの戦争が始まってからは教育者たることに軸足を置いてやってきた。教育者としてどれほどの働きができたかは分からないが、教育基本法を作り上げたことだけは、九歳のときの自分に自信を持って成し遂げたと言ってやることができるだろう。

運動場に並んでいる生徒たちは、その頃の自分と同じ背格好だった。そこに、あのときの自分もいるような気がした。

控え室に戻ると、校長たちがねぎらってくれた。

「生徒たちにすばらしいお話をいただきまして」

「ありがとう。子供たちが靴を履いているのは嬉しいことだね」

南原の言葉に校長たちはきょとんとした。

戦前、学校に来る子供たちは皆、靴を履いていた。靴下を履き、鞄に教科書を入れ、屋根のある教室で机と椅子を使って勉強をしていた。

それが戦後、子供たちは裸足(はだし)で町をさまよい、黒板も屋根もない学校で地べたに座って勉強を教わった。日本が戦争などをしたために、国はそこまでの貧困に突き落とされたのだ。

だが今、首都でも県庁所在地でもない四国の小さな町の小学校で、子供たちは揃って靴を履き、鞄を下げ、セーターに上着を羽織って勉強にやって来る。

「ちょっと失礼してネクタイをゆるめさせてもらうよ」

南原はソファに深く沈みこんで、窓の外を眺めた。

満月のように丸い太陽が鈍色(にびいろ)の光を放っていた。

「いつだったかなあ。お母さんの背中でこうして月を見たんだ、博子」

「え？　南原先生？」

南原は目を閉じた。

目の前に現れた幻の母は、涙をこらえて一生懸命に歩いていた。

——お母さん、あのね。お月様がついて来るよ。さっきからずっとお母さんを照らしている。

——そうですよ、繁さん。お月様はいつもごらんになっていますよ。だから繁さんも立派な大人にならなければね。

幼い南原が母の背でうなずいている。

「なあ、博子。お母さんは私を、赦してくださるかな」

南原は、母が望んだような教育者になることができただろうか。ここまで来た南原を見て、母は、よく頑張ったと褒めてくれるだろうか。

「南原先生？」

そばで誰かが呼ぶのがぼんやりと聞こえた。

「南原先生！　おい、医者だ」

なぜか周りがざわめいている。

ふいに母の声も博子の声も途絶え、南原はただ深い眠りの中へ落ちていった。

＊

その日、南原は博子とテレビに釘付けになっていた。皇太子ご成婚の日で、馬車に乗る二人の姿が生中継されていた。

沿道にはパレードを見るために五十万人以上が繰り出しているという。アナウンサーの明るい声と人々の熱気は、南原にとっては隔世の感だった。

「日本にはこんなに清楚できれいな方がいらしたんですね」

博子がうっとりとため息をついた。

馬車は二重橋を渡り、皇居前広場から東宮仮御所へと進んで行く。

正面にある第一生命ビルはかつて占領軍に接収され、ＧＨＱ本部が置かれていた場所だ。そのそばの帝国ホテルは高官用の宿舎にされ、従業員は無報酬で働いた。だからそれらの施設はまっさきに空襲被害が復旧されたが、誰もが自分たちの住まいもないなか従事したものだ。

そんな戦後をくっきりと過去へ線引きするように、パレードを見守る人だかりは内堀通りに詰めかけている。

「どれほどの決意で嫁がれるんだろうな」

「本当に。初の民間からのお妃様ですものね」

空は見事な日本晴れだった。学徒出陣を思わせる濡れそぼつ雨でもなく、真珠湾攻撃を思わせる冬でも、終戦と重なる夏でもない。若い二人の姿に皆が日本のこれからを手放しで重ねることができるのだ。

一昨年、郷里で心筋梗塞に倒れた南原はそのまま一月余り静養し、翌年の一月末に帰京を果たしていた。古稀を迎える南原にさすがに博子がもうそれ以上の多忙を許さず、あれからは南原も論文や原稿の執筆を中心に置く生活へと切り替えていた。とはいえ中落合の自宅には訪問者が引きもきらず、さまざまな依頼も跡を絶たない。自重を心がけてはいたが、南原自身、まだ書いておきたいことがたくさんあった。

　南原が東京へ戻った頃から、いったんは静かになりかけていた憲法改正がまた声高に叫ばれるようになっていた。岸首相が安保条約改定を目指して協議を始め、憲法九条廃止のときが来たと発言していたのである。

「こんなすばらしいパレードを見ていらしても、あなたは心配事のほうが大きいんですか」

「いいや、そうでもないぞ。お二人を見ていると、紀元節の復活ぐらい難なく乗り越えていけると思い直していたところだ」

　南原が明るく応えると、博子も少しはほっとしたように微笑んだ。

　皇国日本を象徴する祝日だった紀元節は戦後まもなく新憲法の理念にふさわしくないとして廃止された。それが数年後には復活の声が上がり、当時の吉田首相が日本も独立を回復した以上は復活させるべきだと言ってから、あちこちで集会のたぐいが開かれていた。

　だが南原は今はまだ紀元節は復活されるべきではないと考えている。もちろん父祖の築いてきた長い歴史と文化があってこその日本だから、祖国を愛さない者はないという大前提があった上でのことだ。

終戦後、誰もが日の丸にさえ過敏になっていたときに堂々と東大の正門に国旗をかかげた南原である。愛国心や民族の誇りが日本を支え、世界へ漕ぎ出していける船であり櫂であることは十分に分かっているし、南原自身がそれらを土台に据えることを望んでもいる。

だが人間革命もできていないうちから民族を神聖化することは、戦前の日本がやったのと同じ過ちだ。日本はそれに気づいて生まれ変わったばかりで、今の復活はまだ早すぎる。

なんのために天皇が人間宣言をしたか、日本民族は考えなければならない。あれはいたずらな天皇の神格化を廃し、平和に至る民主日本を再建するためだったはずだ。

「紀元節だなんて。やっぱりあなたはその辺りのことばかり考えていらっしゃるんですねえ」

南原はぽつぽつとつぶやくだけなのに、博子はすべてお見通しだった。

「もっと日本を信頼なさったらどうですか。今日ぐらいは手放しで喜んでいらっしゃればいいんですよ」

博子は呆れて、こちらを振り向きもしなかった。

だが南原は病で死線をさまよったせいか、日本の行く末が気になって仕方がない。南原はあのとき初めて老いを痛感したのだ。

「そうだな、日本はすばらしい国になるに決まっているな」

「ええ。少なくともこれだけの人が平和な時代を喜んで、皇室がある民主主義を愛しているんですから」

若い二人と、その未来を祝福する人々には真も善も美も正義もある。

ただ真理へ至るには信仰が不可欠だ。敗戦したときに国家宗教としての神道を失った日本は、その魂の空虚をこれから真実の信仰で充たさなければならない。

それでもきっと案じることはないのだろう。喜びに沸いてパレードを見守っているこの人々は、二度とふたたび戦争という悪を選びはしない。

南原はこの国に暮らす人々が、世界の平和と文化に寄与する偉大な国民になると信じなければならない。きっとそう信じることが真の祖国愛なのだ。


昭和三十五年六月、新安保条約が自然成立となった。岸首相が衆議院に警官隊を入れ、本会議の討議を省略して強行可決、それが一月を経て発効したのである。

日本の民主主義とモラルにとって、なんという汚点かと南原は思った。国会は決議に反対する三十万の人々の包囲で機能停止をきたし、全国で五百六十万人がデモに参加した。デモはさらにふくれ上がって全学連主流派が国会への突入を図り、女子東大生が亡くなるという事態にまでなった。

矢内原の後に東大総長を務めていた茅誠司も政府を批判したし、新聞社は「暴力を排し議会主義を守れ」と共同宣言を出した。アイゼンハワー大統領の訪日は中止、デモ隊が国会を徹夜で包囲したのだが、参議院未議決のままで成立となった。

批准書が交換され、条約が発効するのを待って、岸首相は事態の責任を取って辞任した。予期しない不穏を招いたための引責ではなく、織り込み済みの騒乱が現実になったところで、それに用意周到な辞任で蓋をしてみせるという、行政府の長にあるまじき姑息な反対意見の封じ込めだった。

「こんなことがまかり通っていいんでしょうか」

温和な博子もさすがに眉を曇らせていた。国会議事堂の喧騒は、議場というよりは何かの運動広場のようだった。

新安保条約は表面的には旧条約よりも日米対等という形式を整えているが、日本の軍事力強化をうたい、米軍基地の共同防衛、アメリカの極東での軍事行動に協力するという文言が明記されている。対米従属の義務を帯びるばかりでなく、はっきりと日本が西側陣営の一国として再軍備へ踏み出すことを示しているのである。

「日本の議会政治はまだまだだな。国会は多数決をするところじゃない。議論をするところなんだ」

これだけの国民が反対するということは、まだ時節は到来していないと政治家は肝に銘じなければならない。自分たちだけに先見性があると言って、安保改定が必要だと結論を出しても、本分である話し合い、意見のすり合わせをすっぽ抜かしての強行採決などは民主主義精神をないがしろにするものだ。

そもそも多数派は本当に多数なのか。選挙に勝った、その数が多かっただけではないのか。なにより、多数者たちの考えがつねに正しく、突っ走っていいなどということがあり得るのか。

今回の強行採決は日本の民主政治がまだ成熟していないことを露呈した。とてものこと国民全体の意見を公平に代表したとはいえず、議論が尽くされた後に国の方向性が決まるというのからかり離れている。

世界に先駆けたあれほどの憲法を持ちながら、日本はまた公然と再武装を始めたのである。

矢内原らが発起人となって立ち上げた憲法問題研究会で、南原はこのところ考えてきたことを報告した。

岸らの調査会が憲法改正をどう提言しようと、この研究会では反対の態度を取るべきだ。そもそも岸らの調査会は野党を全く含んでおらず、国民全体の意見を反映しているとは言えない。ならば南原たちの考えがもとから憲法改正に反対であることは措くとしても、国民の総意を俎上に載せるためには研究会は改正反対で進まなければならない。

なによりもまず日本が憲法を改正するのは、国土から外国の基地と軍隊が去り、完全に自由独立となったときでなければならないだろう。駐留米軍がある今、憲法を新しくしても、それはＧＨＱの占領下で作られた現憲法が成立に瑕疵を持つとされたのと何も変わらない。

だから憲法を改正するとすれば、それは日本が東西いずれの陣営にもよらず全面講和を成し遂げ、特定の国への忖度が不要になったときである。現憲法がＧＨＱの顔色を窺って作られたというなら、改正憲法は現に日本国土に基地を置く米軍のことはどう考えるというのか。

あの戦争に関して日本は、世界とわが日本民族自体に贖罪しなければならない。だから日本という国は、現憲法の理念にもとづいて率先して世界平和の実現に努力する責務を持つのである。

そして憲法の理念と軍備廃止の精神を維持しつつ、自衛のための最小限の武力保持を警察権の範囲で認めるべきだ。南原のこの考えは憲法が制定される以前から、実際に運用されている今に至るまで全く変わっていない。

どれほど平和を愛する法治国家であろうと犯罪が起こるように、世界諸国が戦争を放棄し平和の秩序を作ったとしても、それを破壊する行為はときに出現するだろう。だからそれを抑止する国際共同の武力はあってもいい。

だがそれはこれまでの各国の軍備とは完全に異なる観点に立っていなければならない。それがすなわち世界の秩序違反を抑止する国際警察行為である。

政府はそのことを堂々と国民に説得するべきなのだ。

人類が水爆を生み出し、もはや戦争が不可能となった今、警察という概念を超える軍備は不要である。人類の戦争はたった一発の水爆でケリがついてしまうからだ。

そして自衛のための軍備にはおのずと程度と限界がある。日本では戦後間もなく作られた警察予備隊が保安隊へと発展し、現在は自衛隊となっているが、保安隊のレベルでとどめておくべきだ。

その範囲でなら憲法には矛盾せず、したがって憲法を改正しなくても保持することができる。最も重要なことは、憲法の戦争放棄と非武装の宣言を決して変更しないということだ。

被爆国日本は、世界に率先して戦争放棄を訴える義務がある。これは先の戦争の責任をとる道であり、日本民族が世界から与えられた新しい使命でもある。

日本は憲法を改正して再軍備をする必要はない。自衛のための最小限度の武力は、現行規定のもとで可能だと南原は思っている。

「あれから二十年目の夏も行くか」

南原は博子と庭先に座り、蟬時雨（しぐれ）に耳を澄ませていた。

それほど広くはないが、庭には博子の希望で中央に小径（こみち）を作り、池も掘ってあった。博子は花や木を上手に育てるので、いつ見ても色とりどりの花が咲いている。

この九月で南原は七十五歳になった。博子は七歳下だが、昔から質素な食事を好むので体は一回り小さくなっている。だが生来朗らかで世話焼きで、働き者なのはより一層で、南原はつくづく妻に恵まれたと思っていた。

――お父様のお目は正しく、そのお言葉に信頼していれば間違いはありません。

結婚してアメリカで暮らす三女の恵子（けいこ）へ、博子がそう書いてくれたことが南原の自信になっていた。博子は文才も豊かで、南原のぶんも代筆をよくしてくれた。

今年、日本はオリンピックの開催国となり、秋には東海道新幹線が開通することになっていた。南原は鉄道というものが好きなので、新幹線と聞くだけで子供のように胸が躍る。オリンピックが終われば、博子と新幹線で行けるところまで行ってみたいと思っていた。

だが楽しもうとするたび、南原はあの戦争を思い出す。非情にも教え子たちに、人は生まれた国と運命を共にしなければならないと言い、戦地に赴かせた自らの罪の重さに直面する。

しかも日本の真理への歩みは遅く、最近とみに揺らいでいる。戦争で命を差し出させた彼らに顔向けのできない事態へ、日本はまた近づいているのだ。

昨年アメリカは新安保条約を盾に、日本に原子力潜水艦の寄港を迫っていた。今年八月になってついに政府は受諾したのだが、三度もの被爆をした日本が、原子力を積む外国船の基地になってしまった。

アメリカはといえばベトナムの内乱に全面介入すると決め、北ベトナムへの空爆を始める気配だ。新安保条約がある以上、日本が米軍機の出撃基地とされるのは拒みようのない現実だろう。

「もうお忘れになってもいいのではありませんか」

南原がつい物思いに沈んでいると、博子が団扇(うちわ)で風を送りながら言った。

「私ですらあの戦争が忘れられずに、今の日本は幻かと思うことがあります。ですからあなたが学生さんの出陣を悔やんで悲しんで、ご自分のことを怯懦(きょうだ)だったとおっしゃる気持ちも分からないではないんですよ」

互いに顔は見ず、南原は庭のゆすら梅にぼんやりと目をやっていた。母のきくが手ずから植え大切に育てていたもので、博子はその周りに球根を植えて自然の野山のようにしている。

南原はよく知らないのだが、そこには七年に一度だけ咲く花があるそうだ。博子ときくは七年ごとに手を取り合って喜んで、花がいくつ咲いたと言って南原に得意げに知らせてくれたものだ。

博子は穏やかな目で池の水面を見ている。いつだったか皆で小さな金魚を放ち、それが今では手のひらほどの大きさに育っている。

「あなたは陛下に退位をお勧めになりましたでしょう。それは天皇の名の下に大勢の国民が死んだことを陛下がどれほど悩んでいらっしゃるか、それを慮って、その荷を下ろして差し上げたいとお考えになったからでしょう？」

博子はあのときの南原の気持ちと同じだと言った。

「だって、もう総長もお辞めになったのですから」

博子はまるで母のように笑いかけていた。

南原は学徒出陣二十周年の集いで、国の命令を拒んでも良心に従えと言わなかったことが果たして正しかったのかどうか分からないと演述した。あのとき祖国と運命を共にすべきだと言ったのは本当に間違っていなかったのか、南原は今も自分に確信が持てない。

学徒たちのある者は日本がしたことのために死ぬと言って去り、日本軍隊の犠牲になったと思えば死にきれないが、日本国民の罪のためにならば笑って死ねると遺書を残した。南原が民族を運命共同体だと考えていたばかりに、罪もない若者たちにそんな死を強いることになったのかもしれない。

「戦地から帰った学徒兵が言っていたよ。自分たちが二度と戦争の悲劇を繰り返させるまいという誓いは、死んだ学友のために自分たちが果たす復讐なんだと」

博子なら分かってくれるだろうか。これはもう執念なのだ。清らかに死んでしまった彼らのために、残された者は執念で平和を守り、真理を目指さなければならないのだ。

悲劇を繰り返さないとは、執念でどんな戦争にも加勢しないということだ。どんな戦いを挑まれても自らは執念で拳を振り上げず、歯をくいしばって堪えるということだ。

「平和ボケだの、きれいごとだの建前だの、好きに言わせておけばいい。今度は私ら生き残った者が、彼らの命と引き換えに生まれた憲法の理念を命がけで守っていく番だ。たとえ世界からどんな不当な扱いを受けても、日本は執念で一人も戦場には送らないということだ」

東亜新秩序を打ち立てるなどと言い、鬼畜米英と叫んで、日本はアジアにあれほどの暴虐を働いたのだ。あれは日本民族の過ちであり、日本人をも含む人類全体に対する罪だった。他国にも罪はあったかもしれないが、日本に罪がなかったとは決して言えない。

そのとき博子がそっと南原の背に手を置いた。目が涙でうるんでいた。

「きっと陛下も先の戦争のことではお苦しみですよ。ですからあなたは、その荷を軽くして差し上げたいとお考えになったのでしょう？」

玉音放送のあの悲壮な声が南原の耳から離れない。

「あなたに石を投げられる人はおりません。でも誰がそう言っても、あなたは自らの罪だと言ってご自身を苛（さいな）まれるのですから」

堂々巡りという意味では南原も天皇も変わらない。だが天皇が苦しんでいるのを見れば、やはり南原はどうにかして慰めようとするだろう。

人としての天皇にあの戦争の罪はない。そしてそう思うことが南原の罪悪感も軽くしてくれる。

出陣していく学生を止められなかった南原には教職者だったがゆえの罪がある。だが一個人に戻れば、南原は己（おのれ）の学説を曲げず、戦争には終始一貫して反対した。

そのとき南原はとつぜん前が開けたような気がした。

「ああ、これこそが天皇のおわすということなのかもしれないな」

天皇に罪がないと思うとき、南原は自分にも罪がないと、自分で自分を鞭打つ手を止めることができる。

南原は博子の胸に顔を埋めた。声もなく、ただ涙が落ちた。傍らに博子のような妻がいて他に何を望むというのか。

そう思うと南原はいよいよ涙が止まらなくなった。ひぐらしの声は鎮魂のための慈雨だった。

「この庭は終戦前の大空襲のとき、焼夷弾が落ちたんでしたね」

「うん、あれは僕もさすがに覚えているよ」

実は南原に話しかけたのだが、弟の晃がかわりに応えていた。終戦のとき十五と十二だった兄弟も、もう三十を過ぎている。

元旦を明後日に控えた庭は花もなく、静かな森の奥にいるようで、南原は落ち葉が作る暖かそうなふくらみをぼんやりと眺めていた。

末の悦子がそっと南原の左手を握ってきた。

この子は幼いときから、どこで賛美歌を歌っても声が抜きん出ていた。大人になっても歌を続けてほしいと、よく博子と話したものだ。

そんなことを思いながら振り向いてはっとした。そこにいたのは悦子ではなく、悦子の子供だった。

南原は自分を励ますために微笑んだ。

「お祖母(ばあ)様は終戦のとき、モンペにリュックという出で立ちでお芋の買い出しに行ったんだぞ」

「それは私もよく覚えています、お父様。お玄関に重そうなリュックを下ろして、嬉しそうににっこりとお芋をお見せになって。お父様にはちゃんと茶托(ちゃたく)にのせてお茶を出しましたかと真っ先にお尋ねになるんですもの」

横から悦子がからかうように言って、南原も頬がほころんだ。

秋ぐちに南原は博子と信州を旅行したばかりだった。実が青木湖畔に山荘を建てたので合流して白馬山に登り、黒部の紅葉を楽しんできた。そのときまだ博子の健康には陰りもなかったが、本人は感じるものがあったのかもしれない。

いつも自分のことは二の次だった博子に冲中(おきなか)教授の診察を受けさせたときは十一月も末になっていた。なんとか説き伏せて入院が決まり、ほっと胸を撫で下ろしたのはまだついこの間だ。

少しずつ食が細くなっていく博子を見て、南原は幾度かその病名を尋ねようかと迷った。だが何か宣告されるのは恐ろしく、本人を抜きに周囲だけが知るのもいけない気がして結局は口にしなかった。

「早く帰ってお父様のお世話をしたいと。病気なのに、横になっているのが申し訳ないと言うんだものな」

「お義母様はどんな隅に咲く花もご存じで、ぽつんとあるのが可哀想だからと別の場所へ植え替えておられました。本当に草花を愛しておいでででしたね」

「それも、名もない小さな花だ」

晃が妻にうなずいている。

庭の池の睡蓮が初めて花を咲かせたときは、実の家までわざわざ走って知らせに行ったのだという。

「一昨日、写真はありましたかと聞かれたんだよ」

今度は実が晃に話している。

夏からこちら、南原は三谷の全集の編纂に携わっており、博子もそれを手伝ってくれていた。入院する少し前に写真の束が見つからないと南原が言ったのを覚えていたらしい。

「本当にお母様は、家族のために自分の時間を全部費やしてくださったんだな」

「お父様をそりゃあ尊敬しておられたから」

誰の言葉も長くは続かなかった。涙でむせんで話すことができなくなった。

愛とはかけがえのない自分の時間を人のために使うことだ。博子が自らの時間を与えてくれたから、南原は二人分の、学者と教育者という人生を歩くことができたのだ。

博子のおかげで南原は愛情に満ちた家族まで得ることができた。今、南原は博子に与えられたものの中で息をしている。

「お母様らしい旅立ちですね。葬儀を終えたらすぐに新しい年だ。皆で気持ちを切り替えて、早く日常にお戻りなさいと言われているようですよ」

実の言葉にそれぞれがうなずいて目尻をぬぐった。

「さあ、お母様を大好きだった庭へ連れて行こうか」

皆でそっと博子の棺（ひつぎ）を持ち上げた。

南原は博子の胸があるあたりに手のひらを置き、ゆっくりと庭を一巡りした。

私も、すぐに行くからな——

心の中でそう話しかけて棺に目をやったとき、腕に庭木の枝が触れた。

赤黄色の木の実が微笑むように南原の傍らで揺れていた。

「ああ、梔（くちなし）の実か、博子」

棋士の使う将棋盤の脚はこの実の形をしている。口出し助言、一切無用を表したものだそうで、南原は最後の最後で博子に叱られたような気がした。

——すぐ来るなんておっしゃらないでください。あなたはニアレスト・デューティでここまでいらしたんじゃありませんか。

梔の実の向こうに咲き残りの白い花が一つ付いていた。まだ少し、南原にはしなければならないことが残っているのかもしれなかった。

＊

坂から風が吹き下ろしてきて目の前の白いワイシャツがふくらんだ。

「南原は相変わらず大きな風呂敷包みだねえ。君はそんな重いのを下げて、この坂を登るのかい」

三谷が清々（すがすが）しい笑みを浮かべてこちらを向いた。ずいぶん久しぶりに会ったような気もするし、昨日の続きの今日のようでもあった。

南原は手を挙げて駆け寄った。厚い本を持っているのに両手は軽かった。

「それにしても三谷は若いなあ。俺はこのところ、歩くと息が切れてかなわんよ」

「そりゃあ仕方ないよ。君はもう七十八だ。あまり無理をしちゃいけない」

三谷はいつ会っても変わらない。つねに自分より人のことを案じて、南原の荷物を分け持ってくれようとする。一高の入学式で出会ってから終戦の前年に亡くなるまで、どんなときも三谷はつねに南原に寄り添い、助けてくれた。

そういえばあの戦争も終わったのだと南原はぼんやりと考えていた。終戦のときから二期にわたって東大総長を務めたが、東大を去って十五年以上になる。

「博子さんが亡くなってもうすぐ丸三年か。それなのに南原はよく一人で頑張っているよ」

「まったく、博子に先に逝かれるとは思わなかったな」

「贅沢を言うなよ。僕なんか、妻とはたった二年だぞ」

――それに妻が逝くとき、僕は手を握ってやることもできなかったんだ。三谷が寂しそうに微笑んだ。妻の棺が出て行くのを、三谷は妻が旅立つとき、自身も重病で体を起こすこともできなかった。なすすべもなく隣の床で見送ったのだ。

――だが君はずっと真理を求めて歩いて来た。僕は君を誇りに思うよ。

とつぜん三谷の姿が光に包まれてよく見えなくなった。

三谷が腕を差し上げた先に一高の護国旗がひるがえっていた。金糸の〝國〟の字がなんと気持ちよさそうに風にふくらんでいるのだろう。

――なあ三谷。俺は、もらった分を返すことができたんだろうか。

そのとき寝室のドアが遠慮がちにノックされるのが聞こえた。

「お父さん。そろそろお時間です」

ともに暮らしている長男の実だった。

「ああ、ありがとう。ちょうど目が覚めたよ。すまんな」

「いいえ。じゃあ食堂で待っていますから」

ドア越しにも微笑んでいるのが伝わってくるような声だった。博子はいないが、実夫妻とその子供たちは心が細やかで全く申し分がない。

南原はゆっくりと起き上がると、しばらくぶりでネクタイを締めた。今日はこれから裁判がある。

昭和四十二年、世間はいわゆる教科書裁判で騒がしかった。南原はその原告側証人として戦後教育改革について証言するのである。

教科書裁判は長く高校の日本史教科書を執筆してきた歴史学者の家永三郎（いえながさぶろう）が、自身の教科書が検定不合格となった処分の取消を求め、文部省の検定は憲法の検閲禁止に反すると訴えたものだった。家永が他学部ながら南原の東大での教え子であり、矢内原らが結成した憲法問題研究会の会員でもあったため、南原も証人を引き受けることになったのだ。

このところ南原ははっきりと教育界に行政の締め付けが及び始めていると感じていた。たとえば南原たちが教育委員会を作ったとき委員は住民の中から公選で選ぶとしたが、施行から八年で覆（くつがえ）されていた。

これは中央官僚による思想、学問の統制につながっている。あの当時、田中耕太郎が学区庁構想を立ち上げたのは教育行政を一般の行政から独立させる狙いがあったが、最近の教育統制にはそんな高邁（こうまい）な考えはない。ときの政治が教育を支配しようと画策し、教育的配慮という美名をかざして思想や学説を検閲しようとしているだけだ。

戦後、南原たちが公選制の教育委員会を作って教育基本法を定めたのは、あの戦争を痛切に反省し、祖国再興の礎を築くためだった。教育は十年や二十年では成果は出ないから、少しずつ方針が歪めばやがて結果は大きく変わってしまう。政治や行政というのは実に巧みに国論を操ると言わざるを得なかった。

教科書裁判については、次代を担う若者に指針もなくあらゆる学説を吹き込んでいいかといえばそれは間違っている。だからある程度の検定は必要で、国側の主張も理解はできる。

だが戦前戦中と生き、世の中がどう戦争へ向かっていったかを経験した一人として、南原はやはり思想、学問への検閲の恐ろしさを肌で知っている。だからその最初の一手を見逃せば政治がどこまで際限なくのさばっていくか、一度経験した以上はしっかり見抜いて防ぐ責務がある。ましてやこれからの世の中は戦争を知らない者ばかりになるのだから、検定という言葉が隠し持つ恐ろしさをはっきりと指摘しておかなければならない。

大人たちが次の世代が使う教科書さえ決められずに裁判で争っている、そんな姿を子供に見せていいのだろうか。この裁判では南原はずっとそのことを憂えている。

だが政治は少しずつ戦前の帝国主義へ立ち返ろうとしている。教科書裁判もその流れにあることを世間はなかなか気づかない。紀元節にしても、建国記念の日と名称を変えてすでに昨年復活されている。

彼らの狙いは、八紘一宇と叫んだ頃の強権日本を再び作ることだろう。要は日本を再軍備させ、アジアの中心となり、世界で冠たる地位を占めることなのだ。そのために政治は戦前、皇室を利用したし、これからもするだろう。

そして再軍備をするためには憲法九条の改正だ。とはいえ戦争放棄、戦力不保持をうたう条文を変更するのはあまりにも目的が明瞭になりすぎる。だからその制定に瑕疵があると言って憲法全体の改正をうったえ、そのための手段の一つに今回の教科書問題を選んでいる。

憲法に制定にまつわる瑕疵があるとする考えは、現憲法が主権のないときＧＨＱによって作られたことを土台にしているが、その確たる反証になるのが教育基本法だ。その前文を見れば、現憲法は日本によって自主的に定められたものだと言うことができる。だから教育基本法は憲法を守る最大の盾といってもいい。

南原はネクタイを締める手に力をこめ、一つ息を吐いた。

いつか為政者が憲法九条を変えようとするとき、真っ先に改正されるのは教育基本法だろう。そして教育基本法をいじるとき、政治は憲法九条のことなどおくびにも出さないはずだ。

それを人々は気づくことができるだろうか。事はやがて再軍備へ至ると学者たちが残らず指摘するとして、その声は広く世間に伝わるだろうか。

鏡に映る七十八歳の南原はひどく沈痛な顔をしている。教育基本法の前文が皆の気づかないうちに改正されてしまうと恐れている顔だ。戦前、軍部大臣現役武官制がそっと復活されたように、それは忍び足でやって来るのではないだろうか。

南原は頰を叩いて活を入れた。

教育基本法がたとえいつか書き換えられたとしても、憲法と同時期に純粋に日本人だけの手で書かれたという事実は残る。だとすれば、最後の帝国議会が新しい日本へはなむけに贈った教育基本法の理念は決して色あせることはない。

日本は国連憲章に信頼して憲法を定めた。その憲法の精神は誰も書き換えることはできない。なぜならそれは真理であり、それを否定するのは歴史の流れに逆らうことだからだ。

日本は再軍備で世界一の強国になる必要はない。世界に先駆けて平和の理念を憲法として宣言した、そのことですでに一番なのだ。

あとはこの憲法を石にかじりついても守り通す。それがあの戦争で失われた多くの命に対する、日本民族の日本民族に対する償いだ。

「行って来るよ、博子」

南原が写真立ての前に線香を灯すと、博子は朗らかに微笑んだ。

明くる年は全国で大学紛争が吹き荒れた。発端は東大医学部の学生自治会が登録医師制に反対してストに入ったことだったが、背景には沖縄返還問題やベトナム反戦など、全世界的な学生運動の盛り上がりがあった。新安保条約は締結から十年後に見直されることになっていたが、その期限も再来年に迫っていた。

六月になると東大青医連が安田講堂を占拠し、学生たちが全共闘と称する組織を結集して東大紛争へと発展していった。

そのころ南原は学士会理事長を務めていたので、安田講堂の総長室を封鎖されてしまった加藤一郎（かとういちろう）総長に学士会館の一室を総長室として譲っていた。

加藤はときおり理事長室に南原を訪ねて来たが、南原はすでに退官した自分が今の学生運動について口を挟むべきではないと考えていた。ただ全共闘が東大の図書館まで封鎖したと聞いてからは、さすがに腹に据えかねるものがあった。

図書館が封鎖されたのは、闘争に関わらずに勉強する学生を闘争学生たちが敵視したためだった。だが大学は本来、学問をするための場所だ。主義主張に共鳴せず、ただ学びたいという学生を邪魔するために実力行為に及ぶなど、愚かしいにもほどがある。

ほんの二十数年前の学生たちがどれほど勉強を続けたいと願って逝ったか、それを思うだけで南原はとてもじっとしていられなかった。図書館にせよ講堂にせよ、本来の使い方を封じるのは一般学生の権利を侵害することで、大学の自治とは質が異なる。学問の自由を脅かす、実力行使の検閲と言っても過言ではない。

そんなことを南原がぽつぽつと口にするたび、加藤は苦悩の表情を浮かべてうなずいた。どんな時代にもそのとき特有の難題はあるが、最近の東大紛争には六十年安保のときのような血の通った主義主張がない。戦前には右翼団体と結託した一部が学生という仮面を被っている忌まわしさがあったが、図書館や講堂の封鎖はどうもその記憶を呼び覚ますかのように論点をはき違えている。

「このまま封鎖が続けば、機動隊で排除してもらうしかありません。それが良くないことだというのは教授は皆、分かっていますよ。ですが子供たちはそうは思わんのでしょう」

教員たちは戦前の不穏な空気を体験してきたから、大学に国家権力が介入してはならないことは百も承知だ。だが学生たちがバリケードを組んで武装しているとなれば、大学側がしなければならないのは暴力行為の排除だ。

「在校生の学問の自由についてはもちろんですが、新しい学生をどう受け入れるかにも関わってきます」

南原もうなずいた。

「このままでは入試一つできんからね。安田講堂を占拠している連中は、友人や後輩の権利を奪うことには胸が痛まんのかね」

たしかに反戦も反安保も、沖縄返還も、本来は学生たちが深く考えてしかるべき問題だ。だが学生かどうかも分からない男たちが学内で堂々と徒党を組み、いつどんな暴発があるかもしれない目と鼻の先で、まともな入試や受験生の身の安全を保証することはできない。

年が明ければ入試は目前だが、新安保条約の期限切れも刻一刻と近づいている。紛争は終息するよりは激しさを増していくに違いない。

加藤が弱々しい笑顔を向けた。

「先生が裁判の反対尋問で即座に言い返されたのには胸がすっとしましたねえ。いや、すみません。近年あれほど気持ちの良かったこともないものですから」

加藤は疲れて寂しげで、どこか自棄気味（やけぎみ）だった。

教科書裁判では国側は、いつか憲法改正のときに生かすつもりで言質（げんち）を取ろうとしていた。だが南原は自分がいなくなってからその言葉だけが取り沙汰されないように、とくに注意を払って裁判に臨んでいた。

南原が証人に立ったとき国側の訟務検事は、教育基本法を作った南原たちの刷新委員会もＧＨＱの影響下にあったはずだと問うてきた。

――そんなケチな委員会ではないよ。メンバーを見たまえ。

南原が一蹴したので検事も二の句が継げず、それ以上の追及はなかった。

あの刷新委員会からは芦田均が首相になっていたし、直で教育に携わる文相にいたっては三人も出していた。あのとき南原の瞼には、森戸や安倍や、務台や河井たちの懸命な顔が浮かんでいた。

「さすがは南原先生だと思いました。あれこそ学者の気概を見せていただいたとでもいいますか……。やはり大学は学問の府でしょう。バリケードだの闘争だの、どれほど数が集まっても、力で押すのは厳に慎むべきです」

南原は心底同感だった。学生たちの紛争は学問の自由をはき違えているし、教員たちは大学の秩序を回復して社会への責任を明らかにしなければならない。

「ぎりぎりまで待つつもりですが、このままの状態が続けば、大学として機動隊の出動を要請するしかないと考えています」

「仕方ないだろうね。大学自治への干渉だと言うんだろうが」

今の学生紛争が、大学の自治や全面講和にまっすぐにつながっているとは思えない。反戦、反安保は方便にすぎず、大学の説得だけで歯止めがきくレベルでもない。

そして年が明けた昭和四十四年一月、東大は機動隊に学生の排除を要請した。封鎖は解除されたが、東大は正式にこの春の入試を中止することになった。

昭和四十五年六月、新安保条約の締結から十年が経ち、政府は自動延長をアメリカに通告した。日本中で反安保統一行動が起こり七十七万人が参加したが、デモは日増しに暴力的な学生闘争の色合いを強め、一般の人々からの支持は得られなくなっていった。

昭和四十六年、中国が国連復帰を果たし、その明くる年には沖縄が返還された。そして昭和四十八年、ベトナム和平協定が調印され、ついにアメリカ軍はベトナム撤兵を完了した。

南原が大学を去って二十二年が経っていた。八十四歳になった明くる月、南原は息切れがひどくなり、沖中が院長を務める虎の門病院で精密検査を受けた。だがこれといった病名はつかず、入院して体力を戻すことになった。

その年の夏、南原は著作集全十巻の刊行を終えた。それでもまだすべての仕事をやり遂げたとは思えず、ヒルティの言う〝人生の理想的な最後〟、すなわち生きてあるかぎり潑剌(はつらつ)とした精神を持って仕事のさなかに死ぬ、それをなんとか果たそうと念じて残りの道を歩く覚悟だった。

その一方で、次々に亡くなる同世代の友人たちの弔辞を頼まれることが増えていた。戦後、異なる立場で新しい日本の教育をともに立ち上げた田中耕太郎も旅立っていた。

南原は弔辞を読むたび、自分に残された時間もあと少しなのだと実感した。冲中は病名を告げなかったが、重い病であることは自分が一番よく分かっていた。

南原をキリスト教に導いてくれた内村は最期のとき気力で床の上に正座になり、人類の幸福と日本の隆盛を祈ると言い切って旅立った。ひるがえってわが身のことを考えれば、南原はあれほどの師や友、そして学問から豊かに与えられてきたものを、同じだけ世の中に返したかと考え込まざるを得なかった。

年が明け、三月になって南原は正式に退院した。

五月、春の叙勲で勲一等を受章したが、親授式には出席できず、十九日に家族だけで祝いを兼ねた食事会をすることになった。

南原は居間の隣室にベッドを置き、娘たちが食事の用意をするのを眺めていた。愉しそうな声を聞きながら南原はうとうととした。

「本当に、こんなに嬉しいことはありませんね」

娘たちの輪の中に博子の声が混じっているような気がした。不思議に思って顔を上げると、居間のテーブルの向こうで、博子が見慣れた帯をしめて食事の用意をしている。

「博子」

「あなた、もう少し待ってくださいね。それまで三谷さんとお話しなさっていて」

「三谷？　三谷が来ているのか」

博子が笑って振り向いて、こっくりとうなずいた。

「ほら、そこに」

博子が指し示した先に白いワイシャツを着た細身の青年が立っていた。

「すっかり遅くなってしまった。悪かったね、全部、君一人にやらせて」

南原は微笑んだ。一人でやったことなど何もなかった。南原はいつも皆に支えられていた。

「僕の全集のことも、ありがとう。それにしても君は働き過ぎだよ。ついこのあいだも建築委員会を主催したんだって？」

三谷が困った奴だと笑いながら南原を覗き込む。

南原は日本学士院院長になってから、滞っていた新しい学士院会館の建設に精魂を傾けていた。三月に完成予定だったのにずるずると先延ばしにされていたので、是が非でも今月末に完成させるよう決議したばかりだ。

「まだまだ俺は働きが足りなかったな。とても、もらった分を返せていない」

「何を言ってるんだ。君が十分に働いたから、本は安心して先に行ったんじゃないか」

三谷が南原の手を握りしめた。

懐かしいなと南原は思った。三谷は昔から南原の一番の理解者だった。

南原の自宅は昨年末に火事になり、これまでの蔵書がほぼすべて失われていた。

南原はそれがつくづく残念だった。本は一人で使っていいものではなく、次に残さなければならないのだ。

だが三谷は笑って大きく首を振った。

「いいんだよ。君はあの本を見事に使い切った。燃えたって全部、君の本の中に残っているじゃないか」

君は赦されたんだと三谷は言った。

「赦された？　私がかね」

──ええ、そうですよ。良かったですねえ、君。

三谷か博子か、誰が言ったのか分からなかった。

──君は、先に逝かせた教え子たちの分も働いたんだ。

どこかからはっきりと、そう聞こえた。

──真理はいつか必ず実現するよ。真理こそは最後の勝利者だろう？

南原は目を閉じてうなずいた。歴史の歯車は回転が遅いように見えても、一つずつ確実に真理へ近づいていく。

「さあお父様、そろそろおいでになってください」

娘たちが呼んでいる。

南原は静かにベッドから起き上がった。博子が駆け寄って南原を支えてくれる。隣には三谷もいる。

娘も息子たちも手を添えた。孫たちが笑って大人たちを見守っている。

「すまないね、ありがとう」

南原は安心して皆に体を預けた。

昭和四十九年五月二十五日、市ヶ谷の空は青く澄み渡っていた。女子学院の講堂には白い鳩がとまり、大勢の人が集まるのを眺めていた。南原と同世代では先に鬼籍に入ったほうが多かったが、それでも参列者は千人を超え、講堂はその死を惜しむ人々で満ちていた。

会場に人が入り始めた頃、上品な白髪の紳士がゆるやかな坂を登って来た。南原の教え子がふと校舎で目を留めて、その学者らしい老人の姿を見ていた。

老紳士は校門を通り、講堂の前でしばらくじっと屋根の白鳩を見上げていた。それから講堂に向かって深々と頭を下げた。

案内係の教え子は、あっと気づいて校舎から駆け出した。

老人は頭を上げ、胸に手を当てて静かに佇んでいる。

「高木先生！」

呼ばれた紳士が振り向いて微笑んだ。東大で南原の同僚だった、終戦工作をずっと共に闘った高木八尺だった。

「先生、よくいらしてくださいました。どうぞ、ご案内します」

「いや、私はこれを渡しに来ただけなんだ」

高木は微笑んで胸から封書を取り出した。南原のために書かれた弔辞だった。

「ご家族の方に渡してくれますか。私は一人で南原先生を偲(しの)ばせてもらうことにします」

「ですが……」

「南原先生が明治憲法の発布された年にお生まれになったのは、実に象徴的だったねえ、君」

高木も南原と同年で、すでに病を得ていた。教え子の福田歓一(ふくだかんいち)もすでに白髪が混じり、東大の法学部で教授を務めていた。

「高木先生。先生と南原先生がいらっしゃらなければ、戦争はあのとき終わっていませんでした」

去って行く背にそう言うと、高木は足を止めて微笑んだ。軽く帽子を持ち上げて、小さく会釈をした。

「ありがとう。南原先生にはなむけにいただいた言葉のようだ。ねえ君、僕からも南原先生に伝えてもらえるだろうか」

福田ははっとして姿勢を正した。

「南原先生がいなければ戦後の日本はどうなっていただろう。先生は見事に、日本民族の償いを果たして余りある一生を送られた。まさに、真理を見据えてまっすぐに歩かれた生涯だった」

高木はもう一度、講堂に向けて深々と頭を下げた。

（完）

解説

宇野重規

暗い時代の中で

「どんな時代に生き、どんな仕事に携わっても、闘いのない人生はない。南原は学問での闘いだけを考えてきたが、どうやらそれでは済みそうにない」（本書一八五頁）。本書の中の印象的な言葉の一つだ。

本書の主人公である南原繁（なんばらしげる）といえば、カントやフィヒテを研究した政治哲学者として知られる。敗戦後の日本において、当時の東京帝国大学総長に就任、新制東京大学に向けて改革を主導した。講演「新日本文化の創造」では、戦争による物質的荒廃に劣らず深刻な日本の精神的荒廃と向き合い、あらためて内面の自由と普遍的な正義を訴えた。学徒動員から生還した学生を含む聴衆を前にした南原の言葉は、多くの人々に精神的な空虚からの再出発を促すものであった。南原の影響は東大にとどまらず、教育基本法の制定や戦後教育制度の確立においても重要な役割をはたした。

しかし、本書の中の南原は決してつねに揺らぐことのない人物ではない。むしろ、軍国主義へと向かう戦前の日々において、脅かされ失われていく学問の自由のために闘いつつ、それでも無力感に苛まれ続ける南原の姿こそが、この小説の中心部をなす。冒頭の言葉は、南原が同僚であり、同志である政治学者の高木八尺と対話するシーンで出てくる。

南原の友人であり、経済学者であった森戸辰男がロシアのアナーキストであるクロポトキンの研究ゆえに起訴され、失職する森戸事件（一九二〇年）が始まりだった。憲法学者の美濃部達吉が、その天皇機関説を貴族院議員の菊池武夫に攻撃されて貴族院議員を辞職、右翼に銃撃されて重傷を負った天皇機関説事件（一九三五年）、さらに経済学者でありキリスト者である矢内原忠雄が、軍部批判ゆえに弾圧された矢内原事件（一九三七年）が続いた。南原が学問的な日本思想史研究のために招いた津田左右吉も不敬罪と攻撃され、その著作が発禁処分となった（一九四〇年）。

いずれも南原にとって親しい、信頼すべき人々であったが、南原は憤り、奔走しつつも、どうすることもできなかった。この暗い時代における絶対的な無力感こそが本書を貫く基調であり、そこで苦悩する南原こそが、著者が丹念に描き出す主人公の姿である。

しかしながら、本書の読後感は決して重苦しいばかりではない。むしろ、あたかも青春小説を思わせるような、どこか爽やかで、端正、そして清潔な印象を与えてくれるのは、その魅力的な登場人物によるところが大きい。まずはクリスチャンで法学者、後に「一高の良心」と言われた三谷隆正である。南原が一高で三谷と出会い、三谷に導かれて内村鑑三の門をたたき、無教会主義のキリスト教徒となるまでが本書の導入部となる。南原はそこで、高木や矢内原と知り合い、さらには最初の妻である百合子と出会う。彼らの持つ潔癖なまでの探究心と、自らの義務に対する責任感が心を打つ。各自の目の前にある義務（ニアレスト・デューティ）をはたすことからやがて自らの天職を知るという新渡戸稲造の言葉に励まされ、登場人物はその道を歩み出す。この導入こそが、その後の暗い時代と対照をなし、本書のもつ鋭い緊迫感の背景となっている。

生き生きとした登場人物

生き生きしているのは、南原の友人や仲間だけではない。思いがけないのは、日本最初の政治学者の一人とされ、南原の指導教授でもあった小野塚喜平次である。東京帝国大学の総長にまでなった人物であるが、正直なところ、政治学者である筆者にとっても、あまりピンとこない学者の一人である。しかしながら、近年の研究によれば、日本独自の実証的な政治学の形成にあたって、かなり重要な位置を占めていることが明らかになりつつある」(都築勉『おのがデモンに聞け――小野塚・吉野・南原・丸山・京極の政治学』、吉田書店)。

著者は独特のイマジネーションを働かせ、この日本の政治学の父を極めて魅力的な人物として描き出している。独特なユーモアの持ち主であり、大学でビールを楽しむリラックスした大物学者である小野塚は、同時に難しい時代にあって大学運営を担い、学問の自由を守るべく努力する。内務官僚として富山県での灌漑排水事業や労働組合法案作成などにあたっていた南原を大学に呼び戻すなど、弟子の育成に尽力したのも小野塚であった。「プラトンは哲学者の統治する理想国家を説いたろう? 君は学問のために闘うべきだ」(本書一一七頁)という小野塚の口説き文句が、その後の展開で効いてくる。

内村が南原の精神的な意味での指導者であったとすれば、小野塚は「学問の自由」の重要性と、それを守るための「知恵と胆力」(同一八三頁)を示唆する師として描かれていると言える。現実の小野塚が本当にそのような人物であったかはわからないが、この小説における小野塚の存在感には極めて大きいものがある。

カトリックの商法学者であり、戦後には文部大臣や最高裁判所長官にもなった田中耕太郎の人物像も興味深い。本書において田中は、学問的信念に導かれつつも、時として南原とは判断を異にする(矢内原事件への対応において、それが顕在化する)、ある意味でライヴァル的な存在として描かれている。これもまた、本当に田中がそのような人物であったかはわからないが、無教会主義のプロテスタントであった南原と、同じく内村の門をくぐりながら後にカトリックになった田中の対比は、あらためて検討するに値する重要な主題であろう。

それ以外にも、「少し大学に倦んでいるようだった」（同一二四頁）吉野作造、「僧のようにつるりとした頭で、これもまた宗教家然とした、いかにも万事よく聞き分けそうな才走った耳をしていた」（同）美濃部達吉、「茶色がかった美しい目」（同一二八頁）をした上杉慎吉、「人は残らず真と善からなると信じているようなところがあ」る（同一五七頁）高木八尺など、著名な学者たちの人物像が、本書では思いがけないディテイルを伴って描かれている。母のきくや、後妻の博子の温かい人柄とともに、この小説を単なる「学者小説」を超えた、魅力ある文学作品にしていると言えるだろう。

真理と正義、そして宗教

よく知られているように、南原は真善美の文化的価値に加え、正義という政治的価値を強調する「価値並行論」を展開した。また、「ある時代またはある国民が、いかなる神を神とし、何を神性と考えるかということは、その時代の文化や国民の運命を決定するものである」(『国家と宗教』「改版の序」、岩波文庫、五頁)と説いたように、「真の神」を求め続けたキリスト者であった。一人が真理を追求し、「真の神」を発見しない限り、人はナショナリズムや国家の絶対化を免(まぬか)れない。翻(ひるがえ)って南原の目には、実証主義的な合理主義やマルクス主義的な唯物論も、狭い人間中心主義を超えるものとは映らなかった。

あまりにも相対主義が支配的になり、価値について正面切って議論する習慣を失った現代日本社会においては、南原による正義や宗教の強調は、あるいはよく理解されないかもしれない。しかし、はたしてそうか。

例えば本書には次のような言葉が登場する。「真理とはこの一輪の花にあるのだろう。だがそれを見出せるかどうかは力を尽くして人生を歩いてみなければ分からない」(本書六三頁)、「国家は正義であればこそ、国民に政治的な義務を課すことができる。正義を追求しない国家に権威を振りかざす資格はない」(同二〇九頁)、「個にすぎない人間がそれを超える原動力は、一人ひとりの個性なのにな」(同二九六頁)。これらの言葉は、ふと思わず、自分や現代日本、そして世界のあり方について深く考えるきっかけを与えてくれるのではなかろうか。

そして南原が絶対的に追求したのは平和であった。もちろん、戦前には軍部や右翼勢力と戦い、戦後には占領軍や時の政権との対決を辞さなかった南原である。カントが指摘したように、けっして平和が一筋縄で得られないこと、むしろ現実政治がしばしばその理想を裏切ることは十二分に承知していた。しかしなお、人や国家が一時的には誤っても、そこから立ち直る力を持っていること、「歴史の歯車は回転が遅いように見えても、一つずつ確実に真理へ近づいていく」（同四六二頁）ことを南原は確信していた。

本書においても、憲法や自衛力をめぐる南原と吉田茂首相との対決が後半の大きな山場となっている。敗戦直後に国家の自衛力をむしろ擁護し、日本国憲法の正統性について誰よりも深刻に考えた南原が、いかに憲法による戦争放棄を支持し、全面講和を唱えるに至ったのか。その詳細な描写は、今日における憲法の押しつけ論や、解釈改憲論を考えるにあたっても重要な示唆となるだろう。また、南原が主体的に制定にかかわった教育基本法が、戦後の日本の政治体制にとっていかに大きな意味を持ったかについても、読者があらためて考えるきっかけになるはずだ。

その意味で、本書は決して遠い昔の話ではない。一人ひとりが自らの人生をかけて真理や正義を追求することの意義、そしてそのために思想と学問の自由、および平和を守ることの重要性、これを生き生きした登場人物の会話によって示すのが著者の真骨頂である。静かに、しかし確固として「闘う」勇気を与えてくれる本書は、現代において極めて貴重な一冊である。

（東京大学教授）

参考文献

池内紀『カント先生の散歩』（潮出版社）
岩本三夫『我ガ望――少年 南原繁』（山口書店）
内村鑑三『余は如何にして基督信徒となりし乎』（岩波文庫）
潮木守一『ドイツの大学――文化史的考察』（講談社学術文庫）
加藤節『南原繁――近代日本と知識人』（岩波新書）
加藤節『南原繁の思想世界――原理・時代・遺産』（岩波書店）
辻井喬、藤田英典、喜多明人編『なぜ変える？ 教育基本法』（岩波書店）
立花隆『天皇と東大』Ⅰ～Ⅳ（文春文庫）
立花隆『南原繁の言葉―8月15日・憲法・学問の自由』（東京大学出版会）
寺﨑昌男『東京大学の歴史――大学制度の先駆け』（講談社学術文庫）

南原繁『南原繁著作集』（岩波書店）
南原繁講述『南原繁・昭和22年度政治学史講義録』
南原繁『母』（中央公論社）
南原繁編『瑠璃柳――南原博子遺文・追憶集』（私家版）
南原繁著／「わが歩みし道　南原繁」編集刊行委員会編『わが歩みし道　南原繁――ふるさとに語る』（東京大学出版会）
南原繁研究会編『真理の力――南原繁と戦後教育改革』（to be 出版）
南原繁研究会編『南原繁と戦争――歴史からの教訓』（横濱大氣堂）
南原繁研究会編『南原繁の戦後体制構想』（横濱大氣堂）
南原繁研究会編『南原繁と憲法改定問題』（横濱大氣堂）
新渡戸・南原賞委員会編『新渡戸稲造・南原繁と現代の教養』（新渡戸・南原賞委員会）
丸山眞男・福田歓一編『回想の南原繁』（岩波書店）
丸山眞男・福田歓一編『聞き書　南原繁回顧録』（東京大学出版会）

三谷隆正『幸福論』（岩波文庫）

山口周三『南原繁の生涯――信仰・思想・業績』（教文館）

山口周三編著『真善美・信仰――南原繁著作集感想』（岩波出版サービスセンター）

山口周三『資料で読み解く南原繁と戦後教育改革』（東信堂）

矢内原忠雄『キリスト教入門』（中公文庫）

本書は、月刊「潮」（二〇一六年十月号から二〇一八年十一月号）に連載され、二〇一九年に小社より刊行された単行本を加筆修正のうえ、文庫化したものです。

村木 嵐（むらき・らん）

1967年京都市生まれ。京都大学法学部卒業。会社勤務等を経て、95年より司馬遼太郎家の家事手伝いとなる。司馬遼太郎氏の没後、夫人である福田みどり氏の個人秘書を19年間務める。2010年『マルガリータ』で第17回松本清張賞を受賞し、作家デビュー。主な作品に『頂上至極』『雪に咲く』『地上の星』『やまと錦』などがある。

夏の坂道

潮文庫　む－1

2021年7月20日　初版発行

著　者　村木　嵐
発行者　南　晋三
発行所　株式会社潮出版社
〒102-8110
東京都千代田区一番町6　一番町SQUARE
電　話　03-3230-0781（編集）
03-3230-0741（営業）
振替口座　00150-5-61090
印刷・製本　中央精版印刷株式会社
デザイン　多田和博

ISBN978-4-267-02289-0 C0193